Landon & Shay

Obras da autora publicadas pela Editora Record

ABC do amor
Um amor desastroso
Arte & alma
As cartas que escrevemos
Um encontro com Holly
Eleanor & Grey
Landon & Shay (vol. 1)
Landon & Shay (vol. 2)
No ritmo do amor
Sr. Daniels
Vergonha

Série Elementos
O ar que ele respira
A chama dentro de nós
O silêncio das águas
A força que nos atrai

Série Bússola
Tempestades do Sul
Luzes do Leste
Ondas do Oeste
Estrelas do Norte

Com Kandi Steiner
Uma carta de amor escrita por mulheres sensíveis

BRITTAINY CHERRY

Landon & Shay

VOLUME DOIS

Tradução de
Carolina Simmer

1ª edição

EDITORA RECORD
RIO DE JANEIRO • SÃO PAULO
2024

CIP-BRASIL. CATALOGAÇÃO NA PUBLICAÇÃO
SINDICATO NACIONAL DOS EDITORES DE LIVROS, RJ

C449L   Cherry, Brittainy
        Landon & Shay, vol. 2 / Brittainy Cherry ; tradução Carolina Simmer. - 1. ed. - Rio de Janeiro : Record, 2024.

        Tradução de: Landon & Shay, part. two
        ISBN 978-85-01-92100-0

        1. Romance americano. I. Simmer, Carolina. II. Título.

24-87805   CDD: 813
                        CDU: 82-31(73)

Meri Gleice Rodrigues de Souza - Bibliotecária - CRB-7/6439

Título original:
Landon & Shay – Part Two

Copyright © 2019 by Brittainy C. Cherry

Publicado mediante acordo com Bookcase Literary Agency

Texto revisado segundo o Acordo Ortográfico da Língua Portuguesa de 1990.

Todos os direitos reservados. Proibida a reprodução, no todo ou em parte, através de quaisquer meios. Os direitos morais da autora foram assegurados.

Direitos exclusivos de publicação em língua portuguesa somente para o Brasil adquiridos pela
EDITORA RECORD LTDA.
Rua Argentina, 171 – Rio de Janeiro, RJ – 20921-380 – Tel.: (21) 2585-2000, que se reserva a propriedade literária desta tradução.

Impresso no Brasil

ISBN 978-85-01-92100-0

Seja um leitor preferencial Record.
Cadastre-se no site www.record.com.br
e receba informações sobre nossos
lançamentos e nossas promoções.

Atendimento e venda direta ao leitor:
sac@record.com.br

Dedicatória
Às segundas chances de amar.

"Do sofrimento surgem as almas mais fortes; os personagens mais imponentes são marcados por cicatrizes."
— Khalil Gibran

1

Shay

Dezoito anos

Eu sempre me perguntei quem tinha sido a primeira pessoa na história a se apaixonar.

Será que ela se deu conta disso imediatamente ou achou que se tratava de uma queimação esquisita no estômago? Será que ficou feliz? Triste? Será que o amor foi correspondido ou foi algo platônico? Quanto tempo havia sido necessário para chegar àquele ponto? Quantos dias, meses e anos ela teve de percorrer até que o amor chegasse?

Ela ficou com medo?

Ela expressou seu sentimento primeiro ou esperou a outra pessoa se abrir?

O amor sempre foi um conceito estranho para mim, porque eu havia me deparado com muitas versões bizarras dele, até que conheci Landon e finalmente entendi que o amor podia surgir do nada. Nunca na vida eu teria imaginado que acabaria me apaixonando pelo meu arqui-inimigo. Eu realmente achava que a única palavra de quatro letras que eu usaria para descrever minha relação com Landon seria ódio. Então o amor foi chegando de fininho, sem se preocupar com minha opinião sobre Landon. O amor só se importava com o fato de que meu coração batia secretamente por ele.

O amor seguia seu próprio ritmo, sem acreditar em tempo, espaço ou restrições.

Ele simplesmente aparecia — às vezes nos momentos certos, às vezes, nos errados — e preenchia as pessoas com calor, com esperança, com uma sensação de acolhimento; mas e quando a pessoa amada ia embora sem previsão de voltar? Você ficava esperando, prendendo a respiração.

Fazia nove meses que Landon tinha ido embora, e, durante esse tempo, todo mundo ao meu redor havia começado a perder a esperança em nós dois.

Mas, ainda assim, mesmo sabendo da opinião das outras pessoas, o amor permanecia firme e forte.

— Acho que seria compreensível se você começasse a sair com outros caras — disse Tracey certa tarde após a aula. — A gente está no último ano, e você está aí, encalhada, porque cismou de ficar esperando um cara que não deu nenhum sinal de que pretende voltar. Quanto tempo você vai ficar à disposição dele?

Ah, sei lá, talvez pelo mesmo tempo que você levou para perceber que o Reggie era um babaca.

Mas não falei isso. Sorri e deixei que ela tivesse suas opiniões, porque eu confiava em Landon o suficiente para não me abalar com o que as pessoas achavam.

— Deixa a Tracey pra lá — comentou Raine depois que ela foi embora. — Acho muito romântico você ficar esperando pelo Landon, é como se vocês estivessem num filme. "Quando você se achar, volta para mim." — Ela suspirou, levando uma das mãos ao peito. — Nossa, vocês são tipo personagens de comédias românticas da Nora Ephron. Ele é o Tom Hanks e você é a Meg Ryan, então ignora a Tracey. Ela não sabe do que está falando.

Infelizmente Tracey não era a única que ficava dando pitaco no meu relacionamento com Landon. Minha mãe tinha a mesmíssima opinião, mas eu colocava a culpa disso em seu coração recentemente partido. Ela não entendia a conexão intensa que nós dois tínhamos estabelecido enquanto enfrentávamos períodos tão difíceis juntos. Minha prima também não entendia. Eleanor continuava convencida de que ele havia me traído com aquela garota do primeiro ano quando eles entraram no armário e o odiava com todas as suas forças.

Além de Raine, a única pessoa que realmente torcia pelo nosso romance era minha avó. Mima vivia perguntando sobre Landon, querendo notícias sobre o coração dele. Ela acreditava no nosso amor nada tradicional, mesmo quando o restante do mundo parecia discordar.

— Todo mundo sempre vai ter uma opinião para dar, Shannon Sofia — dizia Mima, balançando a cabeça. — Se o seu cabelo estiver muito grande, vão dizer que é para você cortá-lo. Se estiver curto, vão dizer que é para deixá-lo crescer. Se você emagrece, está muito magra, mas se engordar, vão chamá-la de gorda. Confia em mim quando digo que não existem finais felizes quando a gente vive tentando agradar os outros. E é melhor você prestar atenção nas suas amizades e ter certeza de que elas são verdadeiras. Tem gente que pode até dizer que é sua amiga, mas vive desejando o seu mal pelas costas. Eu tomaria cuidado com aquela Tracey. Dá para ver que ela é meio invejosa. Com o passar dos anos, você vai perceber que amizades não precisam durar para sempre só porque elas existem há muito tempo.

Mima era muito sábia.

Eu não comentava minha relação com Landon com quase ninguém, a não ser com Mima e Raine. Guardei nosso amor como um segredo. Não era como se a gente tivesse perdido nossa conexão, mesmo com mais de três mil quilômetros nos separando. Nós tínhamos prometido que estaríamos ao lado um do outro em certos momentos, não importava o que acontecesse. Por exemplo, no aniversário de Landon, ele estaria nos meus braços, ou nós conversaríamos por telefone para garantir que o coração dele continuasse batendo. Eu sabia que seu aniversário era uma data difícil para ele, e me recusava a deixá-lo sozinho com seus pensamentos.

E era uma via de mão dupla. Sempre que eu precisava de Landon, ele se fazia presente.

De vez em quando, a gente conversava por telefone, mas Landon não gostava muito de conversar assim, nem eu, uma peculiaridade que

Tracey tinha avisado que seria problemática em um relacionamento a distância. Mesmo assim, essa não era nossa praia. Eu não gostava de ficar tagarelando com um telefone grudado na minha orelha, então trocávamos mensagens e conversávamos pelo computador, mas meu meio de comunicação favorito eram nossos cadernos.

Começamos a mandar cadernos um para o outro, como fazíamos na escola. Eles demoravam algumas semanas para chegar, por causa da correria do dia a dia, mas, sempre que eu recebia algum pacote do correio, me sentia na manhã de Natal, abrindo o melhor presente do mundo.

Nosso amor não era tradicional, mas era nosso.

E eu tinha jurado que faria de tudo para manter nossa história viva para sempre.

10 de janeiro de 2004

Chick,

Los Angeles é... estranha — as árvores, o clima, as pessoas. Outro dia, começou a chover e parecia que o mundo estava acabando. Acho que chuva não é algo muito comum por aqui. Tenho a impressão de que, por sermos de Illinois, somos especialistas em clima. Menos vinte e seis graus? Beleza — bora escorregar na neve! Quarenta e cinco centímetros de neve? Vamos fazer um boneco de neve de três metros de altura!

Mas, para falar a verdade, gosto daqui. É legal não morrer de frio no inverno, e, bom, minha mãe parece estar mais feliz, é quase como se seu coração tivesse sido feito para a Califórnia.

Então, notícias da vida. Vejamos...

Peguei uma mania de ter sempre doces por perto. M&M's de amendoim deveriam ser proibidos, mas, nossa, ainda bem que não são. Não se surpreenda se eu estiver com uma barriga de Papai Noel na próxima vez que nos encontrarmos. A culpa é sua. Aliás, se você mandar umas balas de banana na próxima caixa, eu não vou achar ruim. Não consigo encontrá-las em lugar nenhum.

Minha terapeuta não chega aos pés da Sra. Levi, mas dá pro gasto. Eu me sinto bem depois das consultas, e acho que o objetivo é esse mesmo. Chegamos a mais uma notícia da vida: eu me sinto bem. Sei que você fica preocupada, mas estou me esforçando para que as coisas façam sentido na minha cabeça. Alguns dias são mais difíceis, já em outros, fica tudo bem. A terapeuta diz que tenho que viver um instante de cada vez. Enquanto escrevo aqui, este instante está bem legal.

Outra coisa aleatória. Um dia desses, um conhecido da minha mãe me apresentou a um agente que cuida da carreira de alguns atores, e ele quer trabalhar comigo. Talvez não dê em porra nenhuma, mas caramba... Estou empolgado

Os pontos positivos de Los Angeles até agora: as pessoas são viciadas em abacate; estou perto do mar, caso precise ir até ele; minha mãe está aqui; e o sol.

Pontos negativos de Los Angeles: falta você.

Eu meio que queria ganhar na loteria para ter dinheiro para visitar você.

Estou com saudade do seu rosto.

Estou com saudade das batidas do seu coração.

Merda. Estou com saudade de você. Estou com tanta saudade que fico me xingando por ter desperdiçado tanto tempo odiando você. Estou me esforçando para melhorar o bastante para conseguir voltar, mas, droga, queria que minha mente se curasse mais rápido. Só que, sabe como é, um instante de cada vez e tal.

Sua vez. Conta tudo o que está acontecendo por aí.

Eu te amo, eu te amo.

Uma vez para você me ouvir, duas vezes para deixar uma marca.

— Satanás

P.S.: Aproveita o pacote de M&M's de amendoim que mandei junto com o caderno

P.S. 2: Eu estava falando sério sobre as balas de banana. Não me decepciona, chick.

5 de fevereiro de 2004

Satanás,
Você nunca deveria ter me apresentado ao M&M's de amendoim — devia ser pecado algo ser tão bom assim. Quem diria que pecados deixariam um gosto tão bom na minha boca? Por que eles são tão gostosos, e por que você só mandou um pacote? Achei muito egoísmo seu, e tenho a sensação de que você ficou com alguns pacotes para comer sozinho.

Eu, a Tracey e a Raine vamos morar juntas no nosso primeiro ano na UW-Madison. A Mima está convencida de que morar com minhas duas melhores amigas é uma péssima ideia, mas eu acho que vai dar tudo certo. Já dormimos o suficiente na casa uma da outra para saber que vamos nos dar bem.

Recebi minha segunda carta de rejeição de uma agência de escritores. Acho que vou emoldurar! O que seria do sucesso sem uma pitada de fracasso, né? Pelo menos um de nós está conquistando seus sonhos! Por falar nisso, estou muito orgulhosa de você. Um dia, você vai ser famosérrimo, Landon, e já sou sua maior fã.

Você vai longe, garoto.

Pontos positivos de Raine, Illinois: a previsão de neve para amanhã é de apenas vinte e cinco centímetros. Eba! A comida da Mima continua sendo dos deuses. Minha mãe está superando bem seu coração partido, apesar de ainda chorar de vez em quando.

Coisas ruins de Raine, Illinois: você continua longe.

Eu te amo vezes dois.

— Chick

P.S.: Manda. Mais. Chocolate.
P.S. 2: Comprei cinco bilhetes de loteria outro dia. Ainda não ganhei, mas, assim que isso acontecer, vou comprar uma passagem para visitar você.

1º de maio de 2004

Satanás,

Hoje é um dia difícil. Talvez um dos mais difíceis da minha vida. Hoje tivemos que nos despedir da minha tia Paige, e só consigo pensar que foi cedo demais. Eu queria que você tivesse tido a chance de conhecê-la. A energia dela era contagiante. Ela tinha uma luz que iluminava até os dias mais sombrios. Ela adorava arte. Ela adorava crianças. Ela amava a família dela.

Nossa, como ela amava a família dela.

Sei que minha prima Eleanor vai ficar mal por um bom tempo por ter perdido a mãe, e vou ficar ao lado dela hoje para dar uma força. Greyson está vindo para dar um apoio para ela também. Você mandou bem quando escolheu um melhor amigo como ele. Vamos passar duas semanas aqui, então voltamos para Illinois. Vou precisar ser forte durante esse tempo. Vou precisar dar força à minha prima e ao meu tio, porque sei que eles vão desabar.

Quando eu voltar para casa, vou desabar sozinha, porque eu amava minha tia. Eu a amava muito, muito mesmo, e está doendo. Não é justo. A Mima rezou e me disse que o paraíso está esperando pela chegada da Paige, mas não acho que seja justo.

Não é justo Deus levar as pessoas boas quando ainda não terminamos de amá-las.

Nada de pontos positivos hoje. Só negativos.

Queria poder abraçar você. Sei que estou sendo egoísta e boba, mas, nossa, sinto saudade dos seus abraços.

Eu estou precisando de um neste momento.

Hoje está sendo um dia difícil.

Talvez amanhã seja melhor.

— Chick

2

Shay

Quando eu e minha mãe aterrissamos de volta em Illinois, não foi fácil. Havia um vazio no meu peito por ter me despedido da tia Paige. Ao chegarmos ao apartamento de Mima, o clima continuou pesado. Não havia muito o que dizer para amenizar a situação. Mesmo assim, Mima preparou o jantar para a gente, e nós comemos juntas antes de cada uma ir para seu canto.

Eu me sentei no meu quarto, e meu celular apitou.

Landon: Chegou bem em casa?

Shay: Sim, já voltei.

Landon: Como está o seu coração?

Fechei os olhos ao ler suas palavras.

Shay: Sofrendo.

Landon: Sinto muito, **chick**.

Alguns segundos se passaram, e outra mensagem chegou.

Landon: Me encontra nos salgueiros?

Shay: Rs bem que eu queria.

Landon: Não, é sério. Estou em Raine. Me encontra nos salgueiros.

Ele só disse isso, mas já foi suficiente. Quatro palavras bastaram para que meu mundo virasse de cabeça para baixo.

— Mima! — berrei, saindo correndo do quarto enquanto calçava os tênis. — Posso pegar seu carro emprestado?

Ela estava na sala de estar, fazendo ioga em seu tapete. E ela era bem flexível para a idade.

— Não. Está tarde, e você deve estar exausta da viagem.

— Mas...

— Sem mas. Não tem motivo que justifique sair a esta...

— O Landon está aqui em Raine — falei sem nem pensar duas vezes.

Veja bem, eu jamais teria coragem de interromper minha avó enquanto ela falava comigo, mas sabia que essas palavras a fariam mudar de ideia.

Ela se levantou, arqueando uma sobrancelha.

— Ele voltou?

— Voltou. Mas não sei por quanto tempo, e ele quer encontrar comigo.

— Manda um beijo para ele — disse ela sem pestanejar.

— Pode deixar.

Peguei as chaves na bancada e saí correndo. Já estava no meio do corredor quando Mima me chamou.

— Espera, Shay! Espera! — Eu me virei e me deparei com ela correndo atrás de mim, com alguns potes na mão. — Aqui, leva esta comida para ele. E diz que mandei um beijo.

Ela se inclinou e me deu um beijo na bochecha. Eu já estava com um frio na barriga.

Minhas mãos apertavam o volante com força enquanto eu dirigia até os dois salgueiros no parque Hadley. O sol já tinha adormecido, e as sombras da noite dançavam pelas árvores. Corri por elas com o coração tão acelerado que parecia que ia explodir no meu peito, e, quando cheguei ao meu destino, diminuí a velocidade.

Lá estava ele, parado de costas para mim, as mãos enfiadas nos bolsos.

Mesmo com seu rosto virado para o outro lado, eu sabia que ele estava lindo.

— Oi, Satanás — falei baixinho, minha voz soando mais nervosa do que eu esperava.

Eu estava dominada por um turbilhão de emoções, mas, no instante em que ele se virou na minha direção e seus lábios se curvaram num sorriso, exibindo a covinha de sua bochecha esquerda, todo meu nervosismo passou. Só restou felicidade.

— Oi, *chick*.

— O que você está fazendo aqui?

Ele deu de ombros e esfregou a nuca.

— Você disse que estava precisando de um abraço. Sei que estou meio atrasado, mas...

Eu o interrompi, porque não aguentava esperar mais. Corri até ele, envolvendo seu corpo largo em meus braços, puxando-o para perto de mim. Ele me apertou na mesma hora, aconchegando a cabeça no meu pescoço, inalando meu cheiro do mesmo jeito que eu sorvia seu perfume: amadeirado, cheiro de pura masculinidade. Nossa, como eu sentia falta do cheiro dele. Como eu sentia falta dos abraços dele. Como eu sentia falta dele. De cada pedacinho, cada centímetro, cada fôlego.

— Sinto muito, Shay, de verdade — sussurrou Landon.

Meus olhos ficaram marejados quando finalmente tive a oportunidade de desmoronar, sabendo que ele estaria ali para me segurar.

— Ela era maravilhosa — murmurei. — Não existe ninguém igual a ela.

— Eu imagino.

Abri um sorriso fraco e me afastei um pouco dele para analisá-lo. Eu o admirava com um ar fascinado, como uma mãe orgulhosa. Levei uma das mãos à sua bochecha, sem conseguir parar de sorrir feito uma boba. Eu estava feliz, muito, muito feliz — era o tipo de felicidade que parecia acontecer apenas uma vez na vida.

Aquele reencontro era muito importante para mim; Landon tinha vindo me abraçar no momento em que eu mais precisava.

— Como está o seu coração hoje? — perguntei a ele, esfregando meu nariz no dele.

Seus lábios se curvaram para cima.

— Continua batendo, mas vim aqui para saber do seu coração. A gente pode ficar no meu carro — ofereceu ele, indicando com a cabeça o caminho de volta até o estacionamento. — Eu só queria ver as árvores de perto outra vez. Está frio demais para a gente ficar parado aqui.

Concordei. Para falar a verdade, ele poderia ter dito *Vamos roubar um banco e depois comer tacos* que eu teria topado.

Eu o seguiria aonde quer que ele me levasse.

Entramos no carro alugado dele. Landon ligou o aquecedor, e me senti grata pelo calor que me envolvia.

— Eu estava com saudade de você — disse ele, fazendo com que eu sentisse imediatamente um frio na barriga.

— Eu também estava com saudade. Como estão as coisas? Como está a Califórnia? Como você está? — Essa última era a pergunta mais importante.

Ele abriu aquele sorriso fofo e esfregou o nariz com um dedo.

— Está tudo bem. Agitado mas bem. Tenho feito bastante terapia, para manter uma rotina. Estamos testando uns remédios diferentes para ajudar a manter minha cabeça em ordem. Por enquanto, está dando certo. Sinto saudade de você e dos meus amigos, mas sei que estou no caminho certo.

— Que bom. — Suspirei, me sentindo aliviada por saber que ele estava bem. E ele parecia bem. Não, ele parecia mais do que bem. Ele parecia incrível. — E a sua mãe?

O sorriso dele se alargou.

— Ela está ótima. Tem me dado tanto apoio... e é bom tê-la do meu lado durante isso tudo. E estou feliz de poder estar ao lado dela também, principalmente por causa de todas as bostas que meu pai fica inventando por causa do divórcio. Juro que não entendo de onde vem essa crueldade toda. Minha mãe sempre foi legal com ele, e sei que os dois se amaram em algum momento. Para mim, não faz sentido ser tão cruel com alguém que você já achou que seria seu final feliz. Parece até que nunca existiu amor entre eles.

Franzi a testa.

— Minha mãe não está lidando muito bem com o divórcio, mas nossas mães são fortes. Elas vão superar essa fase.

Ele concordou com a cabeça.

— É. A sua mãe é forte, isso é fato. Tenho certeza de que ela me detesta, mas ela é forte e vai ficar bem. A minha também vai. Ela consegue se adaptar a tudo.

— Pelo visto você teve a quem puxar.

Ele esticou o braço e segurou minha mão.

— Você quer conversar? — perguntou ele, sua voz baixa e séria.

— Sobre a sua tia?

— É difícil. Só de pensar nessa doença, fico triste demais. Sinto um nó na garganta, e as palavras não saem. Ver tudo o que ela passou nos últimos meses foi a coisa mais difícil do mundo.

— Então não vamos falar sobre esses meses. Me conta como ela era antes de ficar doente.

— O que você quer saber?

Ele sorriu e prendeu uma mecha de cabelo atrás da minha orelha.

— Tudo.

Passamos horas sentados naquele carro, rindo, falando sobre o passado, nos tocando. Ficamos nos olhando em silêncio por um tempo também. Ficar em silêncio com Landon era algo tão fácil para mim. Se tivéssemos que passar o restante das nossas vidas sem falar nada, eu sabia que me sentiria confortável, contanto que estivesse com ele.

Eu me sentei em seu colo, então ele me envolveu em seus braços e me abraçou. E não havia nada sexual naquilo. Nossos corpos se apoiavam um no outro, minha cabeça aconchegada em seu pescoço enquanto eu mantinha os olhos fechados. Eu poderia ter caído no sono bem ali, e ia querer acordar na mesma posição.

— Você ganhou na loteria? — perguntei, quando já estávamos juntos fazia quatro horas.

Ele riu.

— Não, só estou devendo uma grana para o Greyson.

— Ele pagou para você vir?

— Aham. As coisas andam bem apertadas lá em casa, e meu pai resolveu que não vai me dar mais dinheiro nenhum. Mas o Greyson veio falar comigo e me ajudou. Ele sabia que seria importante para mim estar do seu lado, do mesmo jeito que ele ficou do lado da Eleanor.

— Nossa, ele é tão legal!

— Ele é a melhor pessoa do mundo. O planeta precisa de mais caras como Greyson East.

Suspirei contra sua pele, me aconchegando ainda mais nele.

— Você acha que ele e a Eleanor vão acabar ficando juntos, mesmo ela na Flórida e ele na faculdade?

— Espero que sim. De verdade. Nunca vi o Greyson gostar tanto de alguém como ele gosta da Eleanor. Além do mais, sempre torço para que o amor verdadeiro vença no fim da história, apesar dos pesares.

Eu ri.

— Quem diria que Satanás em pessoa viraria um romântico?

— Fazer o quê? Conheci uma garota que mudou minhas opiniões sobre a vida e sobre o amor.

— Eu causo esse efeito nas pessoas — brinquei. — Tive que parar de falar sobre nós por um tempo. A Tracey fala que sou nova demais para estar metida num relacionamento assim com você.

— É, bom, a Tracey também ficava com o Reggie, então acho que a opinião dela não é lá muito útil. — Ele olhou nos meus olhos e franziu a testa. — Mas às vezes fico com medo de estar demorando demais para melhorar... de não conseguir ser a pessoa que você merece.

— Eu falei que era para você fazer tudo no seu tempo, Landon.

— Sim, mas é uma merda. — Ele bufou. — É mais difícil do que eu pensava.

— Me conta. Me conta o que está acontecendo com você.

— É difícil de explicar. É como se eu tentasse reorganizar meu cérebro bagunçado. Há caixas e mais caixas cheias de besteira, sem organização nenhuma. Preciso analisar várias merdas, e sempre que tiro uma coisa de uma caixa, outra aparece. Aí, quando consigo avançar por alguns dias, *bum!* Vem um ataque de pânico, e sinto que estou fazendo tudo errado. A pior parte dos ataques de pânico é que, quando eles acontecem, acabo me sentindo ainda mais culpado por eles estarem acontecendo. Fico me xingando, porque já era para eu ter passado dessa fase. Eu já devia estar melhor. Então tenho o ataque de pânico, me sinto culpado por permitir um ataque de pânico, aí ele vai saindo do controle e só piora. — Ele esfregou o rosto com uma das mãos e balançou a cabeça. — Merda. Isso parece deprimente pra caralho, mas é assim que eu estou agora, só me analisando e me organizando, e me sinto mal por estar fazendo você esperar por mim. Shay, eu te amo, mas não precisa me esperar. Não sei quanto tempo vou demorar.

— Você esperaria por mim?

— Para sempre — respondeu ele de imediato.

E acho que ele foi sincero.

Acho que ele quis dizer para sempre mesmo.

Segurei o rosto dele e me inclinei para beijar seus lábios de leve. Sem língua, sem pressão, só um beijo delicado, cheio de amor.

— Vou esperar — prometi.

— Por quanto tempo?

— Pelo tempo que precisar

— Nossa, *chick*... — murmurou ele, pressionando a testa contra a minha e fechando os olhos. — Eu vim aqui para te consolar, e é você que acaba me consolando. Como você faz isso? Como consegue melhorar tudo?

— A gente faz isso um pelo outro. Nós somos melhores juntos, mesmo sem tentar. Acho que o amor é assim. Amar é se sentir curado quando está perto da sua pessoa.

Desta vez, ele me deu um beijo mais intenso. Eu retribuí com a mesma empolgação, sugando seu lábio inferior, permitindo que sua língua fizesse amor com a minha.

— Está ficando tarde — comentou ele, se afastando um pouco de mim. — É melhor você voltar para casa antes que sua mãe e a Maria fiquem preocupadas. Já percebi que você está ignorando as mensagens que está recebendo.

Franzi o cenho.

— Eu preciso ir mesmo?

— Precisa, mas vou passar mais dois dias aqui, se você quiser...

— Quero — eu o interrompi. — Qualquer coisa, a qualquer momento, em qualquer lugar, eu quero. Enquanto estiver aqui, quero passar o tempo todo com você.

Ele me deu um beijo na testa.

— Eu também. Mas quero dar um presente antes de você ir.

Voltei para o banco do carona e prendi o cabelo atrás das orelhas.

— Você não precisava me dar nada.

— Ah, precisava, sim — falou ele.

Landon esticou o braço para alcançar o banco traseiro do carro e puxou um buquê de lindos, maravilhosos, espetaculares M&M's de amendoim.

Eu sorri como não sorria havia dias.

— Não consegui encontrar peônias, então achei que esta era a segunda melhor opção — explicou ele.

Eu o beijei de novo, sem conseguir nem imaginar por que qualquer pessoa em sã consciência acharia que não valeria a pena lutar pelo que eu e Landon sentíamos um pelo outro.

— É a coisa mais linda que já vi na vida. Eu também trouxe um negócio para você. Quer dizer, não é exatamente um presente meu, mas é para você. Já volto.

Saí do carro dele e fui até o meu para pegar os potes de comida que Mima tinha me entregado. Assim que Landon os viu, seus olhos se iluminaram, e ele saltou do carro.

— Da sua avó?! — exclamou ele, pegando os potes da minha mão.

Eu ri.

— Como você adivinhou?

— Fala sério! É impossível esquecer os potes de comida da Mima! — Ele abriu um e enfiou os dedos lá dentro feito um maluco, enchendo a boca de purê de batata. — *Poorraa* — gemeu ele, lambendo os dedos.

— Quero ver você gemendo assim quando me comer — comentei como quem não quer nada.

Isso chamou a atenção dele, e Landon levantou uma sobrancelha. Talvez outra parte do corpo dele tenha subido também.

— Como é que é?

Eu me inclinei para a frente e beijei sua bochecha.

— Boa noite, Landon.

Segui para meu carro, e ele gemeu.

— O quê? Não. "Boa noite" é o caralho. Você não pode dizer uma coisa dessas e ir embora, Shay!

— Eu preciso ir. Você mesmo disse, está tarde. Foi você que me avisou da hora.

— Dane-se a hora, a noite é uma criança!

— Me manda uma mensagem amanhã quando você quiser me encontrar.

— Já é uma da manhã, *chick*. Já é amanhã, então a gente pode muito bem passar um tempo juntos e comer umas paradas.

Senti um calor subir pela minha barriga, mas me sentei no banco do meu carro. Abri a janela, coloquei a cabeça para fora e disse:

— Até logo.

— Você está me matando, pequena — murmurou ele, vindo até a minha janela depois de colocar sua preciosa comida no banco do carona do seu carro, prendendo os potes com o cinto de segurança. Ele se inclinou sobre a minha janela e abriu aquele sorriso que me deixava louca. — Boa noite! Boa noite! A despedida é uma dor tão doce — disse ele, inclinando-se e beijando meus lábios. — Te mando mensagem amanhã cedo.

— Combinado.

Landon já estava indo para o carro dele quando se virou para me encarar de novo.

— E, *chick*?

— O quê?

Aqueles olhos azuis brilharam enquanto seus lábios se curvavam para cima.

— Eu te amo vezes dois.

3

Landon

Se Greyson algum dia precisasse de um rim, eu estava prontinho para lhe dar um dos meus. Porra, ele poderia até ficar com os dois. Ele tinha me feito um grande favor me trazendo para Illinois para ficar com Shay. Eu sentia que era uma decepção enorme para ela, e frequentemente pensava que não era bom o suficiente para Shay. Eu ficava me revirando na cama à noite, sabendo que não podia estar ao seu lado para lhe dar o amor de que ela precisava e merecia.

Eu sabia que ela começaria a faculdade em alguns meses — vivia pensando nisso — e não queria impedi-la de aproveitar a experiência completa. Havia momentos em que eu tentava me convencer de que não era bom o suficiente, dizendo a mim mesmo que não conseguiria oferecer um relacionamento normal que uma garota como Shay merecia, mas então eu a vi.

Eu a abracei.

Era como se fôssemos atraídos por um ímã, e nenhuma sensação no mundo era melhor do que tê-la em meus braços quando ela mais precisava de mim. Não havia nada melhor do que me sentir necessário. Parecia que havia um motivo para eu estar neste mundo, e era ajudar pessoas.

Falando em ajudar pessoas, a próxima que eu faria de tudo para ajudar era minha mãe. Ultimamente, ela chorava até cair no sono, pelo estresse causado pelo divórcio e porque meu pai estava tentando sugar cada centavo seu.

Enquanto Shay estava na escola, fui até o escritório de advocacia do meu pai em Chicago. Eu não falava com ele desde que me mudei para Los Angeles com minha mãe. Ele não havia tentado entrar em contato, então eu não vi nenhum motivo para procurá-lo. Quando se tratava de escolher um lado, eu estava com a minha mãe até o fim.

Entrei no escritório me sentindo deslocado. Mal dava para acreditar que eu tinha passado tanto tempo ali, organizando documentos, tentando deixar meu pai orgulhoso de mim, tentando melhorar nosso relacionamento.

Com um aceno de cabeça, cumprimentei April, a secretária do meu pai, que estava sentada em seu cubículo na frente da sala dele.

— Oi, April. Eu queria falar com o meu pai.

Ela franziu a testa.

— Ah, sinto muito, Landon. Você devia ter marcado hora. O Sr. Harrison está com a agenda lotada hoje. Tenta na semana que vem.

Ela voltou a digitar no teclado.

— Pois é, mas só vou estar na cidade nas próximas trinta e seis horas, entende? Eu queria falar com ele antes de voltar para Los Angeles.

Ela ergueu o olhar e depois voltou a encarar o computador.

— Ah, sinto muito. Não vai dar. Ele é um homem muito ocupado.

Eu não tinha tempo a perder, então a ignorei e segui em direção à porta do escritório do meu pai.

— Ei! Você não pode fazer isso! — berrou April, correndo atrás de mim, mas eu já tinha entrado na sala.

Ele estava em um telefonema, com as sobrancelhas grossas franzidas e a mesma expressão séria de sempre no rosto. Quando olhou para mim, fechou a cara e me dispensou com um gesto.

— Desculpa, Ralph. Eu falei para ele não te incomodar hoje — disse April, pedindo mil desculpas pela minha invasão.

Desde quando April chamava o chefe pelo primeiro nome?

Meu pai me lançou um olhar ameaçador e apontou para a porta.

Mas, em vez de sair, eu me sentei.

— Você não pode fazer isso — declarou April em um sussurro meio gritado.

— Você é que pensa. Fecha a porta quando sair, tá, April? — falei, cruzando os braços e me acomodando na cadeira.

Meu pai soltou uns resmungos antes de falar com a pessoa do outro lado da linha.

— Sr. Jacobson, me desculpe, mas acabou de acontecer um problema no escritório que preciso resolver, então, se puder me desculpar, eu gostaria de remarcar a nossa conversa para um outro dia. — Ele fez uma pausa. — Sim. Pois é. Vou pedir à April que agende com a sua secretária. Obrigado. Até logo.

Ele desligou o telefone e fechou a cara daquele seu jeito rabugento de sempre.

— Fecha a porta quando sair, April.

Ela obedeceu sem nem questionar. Eu tinha certeza de que ele gostava disso — de ter alguém que nunca contrariava suas ordens simplesmente porque ele pagava seu salário.

— O que você quer, Landon? — perguntou ele, olhando para mim com raiva.

— Também estou feliz em te ver, pai.

— Não tenho tempo para ficar batendo papo, garoto. Diz logo por que você está aqui, ou vai embora.

— Eu vim por causa da minha mãe. Você está acabando com ela, e eu queria saber se a gente pode chegar a algum acordo para resolver logo essa história do divórcio, sem que você tire tanta coisa dela.

— A sua mãe sabia onde estava se metendo quando aceitou se casar comigo. Estava tudo no acordo pré-nupcial que ela assinou sem reclamar.

— Porque ela te amava, pai. Ela assinou porque te amava e queria ficar com você.

— Pois é... bom, ela devia ter pensado nisso antes. Agora precisa lidar com as consequências do divórcio.

— Ela mal consegue pagar o advogado. Você não pode ajudar pelo menos com isso? Ou colocar um ponto final nessa história? Você tem dinheiro suficiente para resolver logo isso tudo.

— Eu me recuso a pagar um advogado para a sua mãe. Ela é uma mulher adulta e deveria conseguir se virar sozinha. Não tenho culpa se ela não entende a importância de guardar dinheiro. Ela devia ter voltado a trabalhar há anos, em vez de ter ficado só cuidando de você, como se fosse um bebê. Ela está colhendo o que plantou. Todas as nossas escolhas têm consequências, garoto, e a sua mãe precisa lidar com elas agora.

— Como você consegue ser tão cruel? Vocês se amaram em algum momento. Se não se amassem, não teriam se casado.

— As pessoas mudam, e a sua mãe é um ótimo exemplo disso.

— O que ela fez para você?

Ele franziu as sobrancelhas e entrelaçou as mãos.

— A questão não é o que ela fez para mim, Landon. É o que ela fez com você. Ela te mimou. Ela passou a vida toda te paparicando e fez com que você ficasse assim.

— Assim como? Que diabos isso quer dizer?

— Fraco. Ela te deixou fraco. Ela e aquele irmão maluco dela.

Todos os pelos do meu corpo se eriçaram quando ele mencionou Lance. Apertei os braços da poltrona até as juntas dos meus dedos perderem a cor.

— O Lance não era maluco. Ele estava doente. Ele tinha uma doença.

— Porra nenhuma — bufou meu pai, jogando as mãos para o alto em sinal de frustração. — O seu tio era uma criança que fazia pirraça porque não conseguia encontrar uma forma de manter a porcaria de um emprego nem cuidar de si mesmo. Ele era um aproveitador e manipulou a sua mãe com uma historinha triste para conseguir ir morar lá em casa. Ele era a fraqueza em pessoa, e a sua mãe deixou que ele te influenciasse. Você nunca devia ter convivido com aquele doido varrido e com os problemas dele.

As palavras que saíram de sua boca me fizeram ter vontade de pular por cima da mesa e dar um soco na cara dele. Lance não era um doido varrido só porque tinha dificuldade em lidar com seus problemas. Ele não era fraco porque não conseguia ter uma vida estável. Como meu pai tinha coragem de falar uma coisa dessas dele? Lance era um homem melhor do que meu pai jamais poderia ser. Mas a depressão o dominara, e ele não conseguiu encontrar a própria luz.

— Quer dizer, olha só para você, Landon. O que você está fazendo com a porcaria da sua vida? Você não entrou para a faculdade. Não tem objetivos. Não tem futuro. Você está seguindo os passos daquele idiota, e a sua mãe está fazendo com você o mesmo que fez com ele. Não me surpreenderia se você também acabasse batendo as botas.

Um calafrio percorreu meu corpo e senti a bile subir pela minha garganta. Como ele tinha coragem de falar uma merda dessas? Como ele era capaz de dizer que não se surpreenderia se eu morresse, assim como Lance?

— Eu te odeio muito — eu o interrompi, sentindo a raiva nas minhas entranhas crescer mais e mais a cada palavra que meu pai proferia.

Como alguém podia ser tão cruel?

Não havia nem sinal de remorso em sua expressão. Ele não se sentia culpado por suas palavras nem entendia que tinha passado dos limites.

Na verdade, ele parecia até satisfeito, orgulhoso de ver que tinha me atingido com suas maldades.

Ele se recostou na poltrona e cruzou os braços.

— Você me odeia porque eu não fico te paparicando como a sua mãe. Estou te mostrando a realidade, Landon, porque alguém precisa fazer você encarar os fatos. Você nunca vai ser ninguém na vida se continuar sendo um molenga sensível demais. As pessoas vão te fazer de gato e sapato, nem todo mundo vai passar a mão na sua cabeça igual à sua mãe. Você já tem dezenove anos, já está na hora de se comportar de acordo com a sua idade.

— Quando você vai começar a se comportar de acordo com a sua idade? — rebati, trincando os dentes.

— Eu me comporto de acordo com a minha idade, Landon. Sou um homem adulto que sabe se cuidar. Entendo que a sua mãe mima você, e tenho certeza de que outras pessoas à sua volta fazem o mesmo, mas não vai ser sempre assim. Em algum momento, eles vão cansar de você e vão dar um basta nas suas babaquices. Ninguém aguenta ficar escutando historinhas tristes para sempre, e pode acreditar que as pessoas vão perder a paciência muito antes do que você imagina. No fim das contas, quantas pessoas foram ao enterro do Lance? Praticamente ninguém. Ninguém perde tempo com gente igual ao Lance, com gente igual a você. Então trate de engolir o choro, seja homem e dê um rumo na sua vida. Caso contrário, você vai acabar sozinho e triste, morando no porão da sua mãe.

— Vir aqui foi uma péssima ideia — resmunguei, levantando-me da poltrona. — Esqueci o tipo de pessoa que você é.

Ele começou a digitar no computador, impassível.

— Pois é. Fecha a porta quando sair. — Eu estava me dirigindo à porta quando ouvi meu pai me chamar pela última vez. — Posso considerar pagar o advogado da sua mãe com uma condição.

— Qual?

— Que você entre na faculdade de Direito como tínhamos combinado. Você pode trabalhar aqui e colocar a sua vida de volta nos trilhos.

— Eu não vou fazer isso.

— Então a sua mãe vai ter que se virar. Não volte aqui se não estiver pronto para se tornar um homem de verdade. Enquanto continuar se comportando feito uma criança, não quero saber de você.

— Nunca mais vou voltar aqui — prometi. — E nunca mais quero te ver. Só vou te ver de novo na porcaria do seu enterro — murmurei.

— Ou no seu — rebateu ele, suas palavras cobertas por um ódio sinistro.

Não dava para acreditar que minha mãe tinha amado um homem como ele.

Saí do escritório me sentindo completamente derrotado, com raiva, triste — triste pra caralho. Não porque meu pai era um monstro, mas porque eu não tinha conseguido aliviar parte do estresse da minha mãe.

Ela precisava de uma folga, e eu não tinha a menor ideia de como poderia ajudá-la.

Fiquei sentado no meu carro alugado em frente ao prédio do escritório do meu pai, apertando o volante com força e respirando fundo. Meu coração estava acelerado. Tentei controlar o pânico que crescia na minha mente enquanto as palavras do meu pai ecoavam sem parar.

Não me surpreenderia se você também acabasse batendo as botas.

— Eu não sou assim, eu não sou assim, eu não sou assim — repeti com os lábios quase fechados.

Eu não era o garoto fraco que meu pai imaginava. Eu não era o meu tio. Eu tinha cicatrizes, mas não estava acabado.

Fiquei apertando o volante até me acalmar. Controlei minha respiração e esperei que as batidas do meu coração chegassem a um ritmo estável. Alguns meses atrás, eu não conseguiria fazer nada disso. A conversa com meu pai teria me consumido por horas.

Dessa vez, foi apenas por alguns minutos.

∼

— Ele falou isso mesmo? — perguntou Shay, sentada de pernas cruzadas na cama do meu quarto de hotel.

Ela viera me ver logo depois da escola, e eu tinha pedido uma pizza para nós.

— Aham. Ele disse que eu ia acabar igual ao Lance. Batendo as botas porque sou fraco.

— Que monstro. — Ela suspirou, balançando a cabeça. — Não entendo como alguém é capaz de dizer uma coisa tão cruel, ainda mais para o próprio filho.

— Ele diz que está me mostrando a realidade.

— Eu chamo isso de ódio. Espero que você não tenha acreditado em nada do que ele falou, Landon. Espero que saiba que é tudo mentira. Você é uma das pessoas mais fortes que eu conheço. As suas vulnerabilidades te fortalecem, não te deixam mais fraco, e sinto muito por seu pai ter dito coisas tão maldosas.

— Só estou com raiva por não ter conseguido ajudar minha mãe.

Shay começou a passar um guardanapo na pizza.

Arqueei uma sobrancelha.

— O que você está fazendo?

— Secando a pizza. Dizem que isso tira cinquenta calorias de cada fatia.

— Duvido muito.

Ela deu de ombros.

— Não custa nada tentar cortar umas calorias.

— Desde quando você se importa com calorias?

— Hum, desde que engordei cinco quilos por causa de estresse. Todo mundo diz que as pessoas engordam no primeiro ano da faculdade, e não posso começar assim. Então estou de dieta.

Eu a encarei como se ela estivesse completamente maluca, porque aquilo era muita maluquice.

— Você não precisa fazer dieta, Shay.

— Preciso, sim.

— Então você também cortou os doces?

Ela deu um leve empurrão no meu ombro.

— Deixa de ser ridículo.

Sorri para ela e coloquei os pratos na mesa de cabeceira. Então deslizei pela cama e a puxei para o meu colo.

— Eu amo cada centímetro seu e cada curva sua.

Seus lábios se curvaram em um sorriso fofo pra caralho.

— Até se a minha bunda virar um Oompa-Loompa?

— Porra, com certeza. Não sei se você sabe disso, mas eu sou um cara que gosta de bundas. Eu enterraria a minha cara tão fundo na sua bunda de Oompa-Loompa que encontraria o caminho para a fábrica de chocolate.

— Eca. — Ela se remexeu e riu, movendo os quadris sobre os meus. — Parece que você está falando de cocô.

— Eu iria até a floresta encantada do chocolate por você — brinquei.

— Landon.

— Vou comer seus bombons de chocolate.

— Ai, nossa. A Califórnia te deixou esquisito.

— Eu sempre fui esquisito. Isso não é novidade.

Ela torceu o nariz e concordou com a cabeça.

— É verdade. Você já comeu o papel higiênico que estava na bunda de uma garota.

— Não tinha papel higiênico nenhum! — Apontei um dedo para ela, sério, e pressionei a língua contra minha bochecha. — Ei, lembra aquele dia em que você esfregou a minha cabeça em vez da minha... cabeça?

Abri um sorrisinho ao lembrar da primeira vez que ela havia tentado bater uma punheta em mim. Nossa, eu amava tanto aquela garota. Eu amava sua inocência, sua risada, seus enganos, seu amor.

— Cala a boca. Para sua informação, estou aperfeiçoando as minhas técnicas. Andei praticando.

Minhas sobrancelhas se arquearam na mesma hora.

— Com quem?

— Ah, você sabe. Com o Randy, o Jason, o Jon, o Henry... o Walter, o Nick. Qualquer cara que apareça no meu caminho, na verdade — comentou ela.

Levei a mão até sua lombar e a puxei para mais perto de mim, pressionando seu peito contra o meu.

— Você está querendo me deixar com ciúme, *chick*?

— Por quê? Está funcionando? — perguntou ela, mordendo o lábio inferior.

— Um pouquinho.

Ela sorriu e se inclinou para perto, levando os lábios aos meus.

— Foi só com você — sussurrou ela antes de me dar um beijo. As mãos dela pousaram em meu peito, sentindo meu coração bater, e torci para que Shay soubesse que ele batia só por ela. — Mas realmente aprendi umas técnicas novas. A Raine comprou um. brinquedo para mim, que ela viu num comercial de televisão.

Fiquei curioso para saber mais.

— Um brinquedo, é?

— Não precisa ficar animadinho. É igual ao que ela comprou para a avó, porque o avô parou de dar no couro.

— Bom, vamos acrescentar isso à lista de coisas que eu jamais precisava ter descoberto sobre a avó da minha amiga. Vou passar o restante da vida tentando esquecer essa imagem.

— É totalmente normal que os idosos tenham uma vida sexual ativa, tá? Você sabia que eles são a segunda faixa etária que mais se contaminam com ISTs?

— Parece até que você está tentando cortar o meu tesão, *chick*.

Ela riu, e, droga, eu queria ficar ouvindo aquele som para sempre.

— Tá, desculpa. Voltando ao brinquedo. Sabe, aprendi uns movimentos com ele — explicou ela, e começou a rebolar devagar em cima da minha virilha.

O pano do vestido roçava minha calça jeans, criando uma fricção cheia de energia.

Cacete. Eu sabia que não podia usar calça jeans quando estava com essa garota.

Porra, beleza.

— O que mais você aprendeu?

— Bom, isto. — Ela puxou o vestido para cima, pressionando a calcinha contra minha virilha. Era vermelha, de renda, perfeita, e, cacete, eu queria enterrar minha cara nela antes de arrancá-la de seu corpo. Ela começou a mexer os quadris em movimentos circulares. Rebolando no meu pau, que ficava cada vez mais duro. Ela estava me fazendo perder a porra da cabeça. — Este é o número oito.

Fechei os olhos enquanto ela movia aqueles quadris mágicos pra caralho.

— Curti o número oito.

— Acho que funciona melhor sem a calça jeans.

Ela só precisou dizer isso para me convencer a me levantar e jogar a calça longe. Ela também tirou o vestido, ficando só com a calcinha vermelha que eu pretendia arrancar e um sutiã vermelho que eu abriria a qualquer momento. Quando voltei para a cama, ela se sentou de novo no meu colo e recomeçou o número oito, e *putaquepariu*, era muito melhor sem a calça.

Seu centro subia e descia pelo meu pau enquanto eu segurava sua bunda com as duas mãos e a apertava. A bunda dela era do tamanho perfeito para apertar, mas eu jurava que também curtiria sua bunda de Oompa-Loompa se fosse o caso. Seus peitos estavam bem na minha cara, e enterrei a cabeça neles. Uma das minhas mãos subiu por suas costas para abrir o sutiã, e, como um mágico, abri o gancho com um único movimento. Ela deixou o tecido cair.

Quando voltei a enterrar o rosto em seus peitos, chupei cada mamilo como se eles fossem minha principal forma de sustento. Ela gemeu com o contato da minha língua, ainda fazendo o número oito, deixando meu pau prestes a explodir na cueca boxer.

Ainda venerando seus peitos perfeitos, gemi quando ela diminuiu a velocidade dos movimentos, subindo e descendo, subindo e descendo, subindo e...

— Eu te quero demais agora — grunhi, mordendo sua boca de leve enquanto ela gemia de prazer.

— Eu também te quero — sussurrou Shay, sua boca já na minha orelha, me mordiscando.

— Deixa eu fazer amor com você.

Suspirei, sentindo meu pau latejar enquanto ela continuava mexendo devagar. *Lembrete: agradecer a Raine o brinquedo que ela comprou para Shay, seja lá o que for. Outro lembrete: nunca pensar na avó de Raine e no número oito ao mesmo tempo.*

— Quero fazer amor com você — falou ela, colocando um dedo sob meu queixo e levantando minha cabeça para encontrar meu olhar. Sua boca roçou a minha, e ela chupou meu lábio inferior. — Quero sentar em você, Landon. Quero ficar por cima, tá?

Porra, claro.

Tiramos o restante das nossas roupas, e eu me deitei. Peguei uma camisinha na carteira e a coloquei. Ela deslizou os dedos pelo meu peito, indo de cima para baixo, então esfregou seu centro contra minha rigidez.

— Caralho, Shay — gemi, sentindo-a bem molhada, sentindo meu desejo aumentar mais e mais enquanto ela pressionava seu centro contra meu pau. — Isso é gostoso demais.

Ela segurou meu pau antes de deslizá-lo para dentro de seu corpo.

— Espera... quer que eu apague a luz? Sei que você fica mais à vontade com...

— Não. — Segurei seus peitos e balancei a cabeça. Eu queria vê-la em cima de mim. Eu queria vê-la sentando em mim, sendo preenchida por mim, me dominando. Eu queria ver aqueles peitos balançando para cima e para baixo. Eu queria ver cada pedacinho dela, cada curva. Eu queria aquilo tudo. Queria viver cada segundo de nós dois fazendo amor. — Me fode com a luz acesa.

Ela fez exatamente isso. Deslizei para seu interior encharcado. Shay fincou as unhas nas minhas escápulas enquanto seus peitos perfeitos balançavam na minha cara, e ela me fodeu com a luz acesa.

Eu não fazia ideia de que sexo podia ser tão bom. Eu não fazia ideia de que meu coração podia bater com tanta força por outra pessoa. Eu não fazia ideia de que o amor me encontraria. Transar com Shay Gable não era apenas maravilhoso, era um privilégio do cacete, e eu torcia com todas as minhas forças para ter a chance de passar o restante da eternidade fazendo amor com ela.

Depois que nós dois gozamos — ela várias vezes —, ficamos deitados na cama, ofegantes, nossos corpos entrelaçados como um só. Afastei o cabelo de seu rosto, e ela se aconchegou ainda mais a mim.

— Cada momento que passo com você parece se tornar minha nova memória favorita — sussurrou ela, mordendo o lábio inferior.

— Não sei como vai ser amanhã. Não sei como vou entrar num avião e me despedir de você de novo.

— Nunca é uma despedida, é só um até logo. — Ela me beijou. — Sei que esse não é o jeito mais tradicional de levar um relacionamento, mas eu não me incomodo, Landon. Quero que você entenda isso de verdade. Isto — disse ela, colocando uma das mãos sobre meu peito, na altura do coração, e levando uma das minhas ao seu —, nós, nós somos assim, e eu adoro. Adoro nosso romance complicado.

— Eu também — falei. — No instante em que eu embarcar naquele avião, vou começar a sonhar com o momento de voltar para você.

Ela se inclinou e beijou meus lábios.

— Tenho uma coisa para te dar — disse ela, levantando-se da cama.

Então foi até sua bolsa e pegou uma caixinha.

Ela se sentou na beira da cama e a abriu, revelando um colar com um pingente de coração. Não era o desenho de um coração, e sim a porra de um coração de verdade — bom, metade de um coração.

— São dois pingentes. Eu tenho uma metade, e você vai ficar com a outra. Assim a gente sempre vai ter um pedaço do coração do outro onde quer que estejamos. — Ela abriu um sorriso tímido e balançou a cabeça. — Sei que é meio brega, então não tem problema se você detestar.

— Detestar? Não. Eu adorei. Coloca em mim?

Ela fez o que pedi, e fiquei surpreso com o quanto meu amor por essa garota só aumentava a cada segundo.

— Um dia, vou voltar para você e nós vamos viver felizes para sempre, Shay.

Ela encostou a testa na minha.

— Promete? — perguntou ela, soando esperançosa e assustada ao mesmo tempo.

Beijei sua boca e a abracei.

— Prometo.

Eu podia amar tantas coisas em Shay, mas as minhas favoritas eram as mais simples: as bobagens nas quais a maioria das pessoas não prestava atenção, como o fato de que ela sempre abria as janelas do carro, mesmo quando a temperatura estava negativa. Ou o fato de que ela colocava o som no último volume e cantava tão alto e num tom tão desafinado quando dirigia, mas ficava tão fofa fazendo isso. O fato de ela nunca saber a letra certa de suas músicas favoritas. Ou que ela ainda mordia a gola da blusa quando ficava nervosa. O fato de que ela amava animais e não conseguia passar por um cachorro sem fazer carinho nele. E ela sempre anunciava quando estava feliz. Ela sempre dizia o quanto se sentia contente e satisfeita, apesar de seu sorriso também deixar isso bem claro.

Eu amava ver sua mesa coberta com os papéis de seus últimos projetos. Amava o fato de que ela tomava só uma gota de café com muito leite. Ela havia parado de tomar café puro, como o pai, e agora só o bebia com leite, exatamente como a tia costumava fazer. Amava vê-la na ponta dos pés para alcançar a prateleira mais alta de seu armário. Amava Shay dançando pela cozinha sempre que cozinhava. Amava o fato de que, independentemente de quanto tempo eu passasse fora ou de quanto tempo eu ficasse atormentado, ela ainda me recebia de braços abertos.

Eu amava o fato de ela me amar incondicionalmente. Amava o som da sua voz ser capaz de me trazer de volta da escuridão.

Eu. A. Amava.

Total e completamente.

Passar aqueles dias ao lado dela parecia ter me transformado completamente. Shay Gable era o que me mantinha vivo, e, por isso, eu pretendia lhe dar o mundo inteiro um dia. Até lá, eu lhe daria cada parte de mim.

Quando chegou a hora de ir embora, foi difícil deixá-la para trás, mas eu estava determinado a voltar para ela de algum jeito, de alguma forma.

— Você já sabe o esquema, Landon. Três coisas boas que aconteceram nas últimas quarenta e oito horas. Bora — disse a Dra. Smith, recostando-se em sua poltrona giratória.

Eu tenho vindo ao consultório dela desde que me mudei para a Califórnia com minha mãe, e ela tinha aperfeiçoado a vibe despojada. Eu estava esperando pelo dia em que ela encarnaria com força o filme *Meninas malvadas* e diria: *Não existem regras neste consultório. Não sou uma médica normal. Sou uma médica descolada.*

Ela colocou os pés em cima da mesa e ficou jogando uma bolinha antiestresse de uma mão para a outra enquanto esperava minha resposta.

A gente se encontrava duas vezes por semana para organizar minhas caixas mentais, e, por enquanto, estava tudo correndo bem. Mesmo com sua abordagem nada tradicional, eu sabia que estava conseguindo resolver algumas das minhas questões.

Um dos recursos que me ajudava? As três coisas boas.

Sempre que eu tinha uma sessão com a Dra. Smith, precisava lhe contar três coisas boas que haviam acontecido nos últimos dois dias. Era uma forma de eu me concentrar nos aspectos positivos do presente, em vez de ficar remoendo as merdas do passado.

No começo, tive dificuldade para pensar em três coisas boas e ficava me sentindo um escroto. A Dra. Smith logo acabou com essa sensação.

"*Não é uma prova, Landon. Não existem respostas certas nem erradas. Se você disser que só pegou sinais verdes no caminho para cá, vou ficar satisfeita. Isso é uma coisa boa.*"

Minhas respostas começaram simples. Tomei café naquela manhã. Eu tinha uma cama na qual dormir. Tinha uma terapeuta. Então, a cada semana, depois de descarregar meus pensamentos, sentia que estávamos abrindo mais espaço para que eu encarasse o lado positivo de cada dia.

Depois do tempo que passei com Shay, era fácil pensar nas minhas três coisas boas.

— Shay, Shay e Shay — falei, girando na minha própria cadeira.

— Você repetiu a mesma coisa três vezes.
— Aham.
Ela arqueou uma sobrancelha.
— Assim não vale. Preciso de três coisas diferentes.
— Mas a Shay é boa o suficiente para preencher todos os três espaços.
— Tenho certeza de que isso é verdade, mas não é assim que a banda toca. Anda, pensa mais um pouco. Três coisas boas diferentes.
— Tá bom. A Shay, os beijos da Shay e a comida da avó da Shay.
A Dra. Smith sorriu. Ela colocou os pés no chão e apoiou os braços sobre as pernas, inclinando-se na minha direção.
— Acho que já sei sobre o que vamos falar hoje.
Não era difícil de adivinhar.
— Mas você não disse que também pretendia conversar com o seu pai enquanto estivesse por lá? Quer falar sobre isso? — perguntou ela.
Minhas mãos se fecharam em punhos, e me contorci ligeiramente.
— Precisamos?
A Dra. Smith me analisou com um olhar atento e cuidadoso. O jeito que ela me encarava era parecido com o da Sra. Levi quando estava me olhando, como se realmente se importasse com meu bem-estar.
— Você conhece as regras, Land. Só conversamos sobre aquilo que você se sentir confortável em compartilhar.
— Tudo bem. — Concordei com a cabeça, me ajeitando na cadeira.
— Então, sobre a Shay...

8 de dezembro de 2004

Satanás,
Não acredito que já se passaram sete meses desde a última vez que você esteve em meus braços. Ainda não ganhei na loteria, mas continuo comprando raspadinhas sempre que vou ao posto de gasolina. Vamos torcer!
O primeiro semestre da faculdade está quase no fim, e ainda não acredito que não desisti de estudar escrita criativa. Só me promete que, se eu acabar tendo que morar na rua por causa da profissão que escolhi, você vai parar quando me vir e me dar chocolate? Vai ser um consolo para o meu coração sofrido.
Dia desses, eu, Raine e Tracey estávamos assistindo à televisão, e adivinha só? Vimos um cara muito parecido com você em um comercial da Calvin Klein. Caramba, Landon! Você está fazendo comerciais! Comerciais! Nossa, como estou orgulhosa de você. A Raine começou a berrar quando te viu, ficou pulando no sofá feito uma doida.
Já eu? Comecei a chorar, porque estou tão feliz, e você me inspira tanto. Estou tão orgulhosa. Também chorei um pouquinho porque agora o mundo conhece a magia dessa sua barriga de tanquinho, e eu vou ter que brigar muito com as suas fãs. Estou pegando pesado na academia para me preparar. Não tenho medo de puxar o mega hair de nenhuma mulher que perder a linha.
Mas é sério, você é maravilhoso. Ver você realizando seus sonhos é maravilhoso para mim.
Estou com saudade. Estou com tanta saudade, e sinto que nós dois estamos mais ocupados do que nunca, eu com a faculdade e você dominando as telinhas, mas, caramba, como fico feliz quando suas cartas chegam.

Sei que a gente se fala por telefone e por mensagem, mas as cartas são especiais para mim. Gosto de ter uma coleção de coisas que posso reler sempre que a saudade aperta. Consigo sentir seu amor nas palavras, e você sabe o quanto palavras são importantes para mim.

Falando em palavras, terminei meu roteiro favorito da vida dia desses, mas estou morrendo de medo de mostrá-lo para o mundo. Não estou preparada para encarar a rejeição de algo do qual me orgulho tanto, pelo menos não agora. Vou guardá-lo só para mim por um tempinho antes de jogá-lo aos lobos.

Ah, eu e as meninas vamos alugar uma casa no próximo semestre. Estou empolgada para ter mais espaço. O lugar é um buraco, mas será nosso buraco. Espero que você possa visitar a gente em breve.

Mas, sim, estou feliz, e orgulhosa, e morrendo de saudade de você, mas não o suficiente para pedir que você volte enquanto está correndo atrás dos seus sonhos. Além do mais, às vezes é bom sentir falta de alguém. Isso só torna o reencontro mais gostoso.

Te amo vezes dois.

— Chick

P.S.: Coloquei umas balas no pacote. Mas só as cor-de-rosa e vermelhas, para mostrar o quanto te amo.

P.P.S.: Meu pai me ligou várias vezes esta semana. Não atendi, mas tive vontade de atender algumas vezes. Estou tentando entender o que isso significa. Quero saber o que ele tem para me dizer, mas também quero saber por que me importo com isso.

17 de março de 2005

Chick,
    Feliz Dia de São Patrício!
    Espero que você esteja em alguma festa clichê de faculdade, bebendo cerveja verde para comemorar.
    Hoje estamos gravando em Amsterdã. É o meu primeiro papel importante de verdade, e vamos ficar aqui por uns meses. Este lugar é muito lindo. Quando eu puder, vou trazer você para a Europa. Vou levar você em todos os cantos. Quero te mostrar o mundo inteiro, Shay.
    Eu gostaria de dizer que tudo no mundo do cinema está sendo maravilhoso, mas alguns dias são difíceis. Sinto falta de ter minha terapeuta por perto, mas nos falamos por Skype sempre que conseguimos arrumar um horário. Tem dias que a ansiedade toma conta de tudo, e fico com medo da minha cabeça se perder outra vez, mas aprendi umas técnicas muito boas para acalmar meu nervosismo.
    Quanto à vida de ator, eu não sou perfeito. Sempre que erro alguma coisa, fico bem desanimado, pensando que estou desperdiçando o tempo e o dinheiro das pessoas, e devo estar fazendo isso mesmo. Tudo em Hollywood gira em torno dessas duas coisas — tempo e dinheiro. Depois de cada gravação, volto para o hotel e fico pensando em tudo que eu poderia ter feito melhor.
    A Dra. Smith diz que é ruim fazer isso, ficar tentando mudar o passado quando posso simplesmente aplicar o que aprendi no futuro. Mesmo assim, é complicado. Um segundo de cada vez, eu acho.
    É difícil diferenciar o que é real e o que é falso aqui, no universo das celebridades. É difícil saber se as pessoas gostam

mesmo de você ou se estão apenas fingindo, se só querem fazer networking ou criar uma conexão real e uma amizade. Tudo vem com uma camada de mistério, e não sei o que acho disso. Sinto falta de coisas reais. Sinto falta da sinceridade. Sinto falta de você.

Falando em você, pedi para ler seu roteiro nas últimas duas cartas que mandei, e tenho a impressão de que fui solenemente ignorado. Sei que está ótimo, Shay, e talvez eu consiga dar um jeito de colocá-lo nas mãos de alguém importante no mercado.

Sei que você está com medo de jogá-lo aos lobos, mas lembra que sou um lobo em pele de cordeiro. Vou cuidar do seu bebê.

Coloquei uns chocolates belgas no pacote, e estou torcendo para que eles não derretam. Também acrescentei uns chocolates suíços para a Raine, já que ela sempre diz que é a Suíça e não se mete na vida dos outros.

Quando eu voltar para os Estados Unidos e conseguir tirar uma folga, vou te visitar.

Estou louco para provar seus lábios. Estou louco para abraçar você. Estou louco por *você*.

Te amo x2.

— Satanás

P.S.: Não acredito que seu pai continua ligando. Se ele estiver enchendo o saco, talvez seja melhor você mudar de número.

4

Shay
Vinte anos

— Alô? — sussurrei numa madrugada de maio, deitada na cama.

O toque do telefone me acordou, e me sentei em alerta ao ver o nome de Landon brilhar na tela. Já passava de meia-noite, e a gente quase nunca ligava um para o outro por impulso, sem combinar antes, então é claro que fiquei preocupada.

— Oi, *chick* — disse ele, parecendo tranquilo.

Isso me acalmou um pouco.

— Oi. O que houve?

— Nada. Desculpa, sei que está tarde, mas eu estava com saudade de casa e queria escutar a sua voz.

Meu coração perdeu o compasso, e me deitei de novo no travesseiro.

— Você está com saudade de mim, é?

— Demais. Preciso dar um jeito nisso logo, porque, cara... sinto falta de ter você nos meus braços.

— Bom, para de ser tão famoso então.

— Não sou famoso — disse ele, bocejando do outro lado da linha.

— Você está com sono.

— Estou, mas não ia conseguir dormir sem escutar a sua voz. Eu estava torcendo para cair no sono escutando você falar do outro lado da linha.

— Você quer ouvir alguma coisa específica?

— Se você quiser recitar o alfabeto, já vou ficar feliz É sério, pode falar qualquer coisa.

— Tipo que o meu pai apareceu aqui na faculdade atrás de mim?

Percebi o tom de alerta em sua voz.

— Espera, o quê?

— Pois é. Eu o vi andando pelo campus. Isso depois de eu passar meses ignorando as ligações dele e até mudar de número.

— O que você fez?

— Ele me viu antes que eu conseguisse fugir, então acabamos conversando.

— O que ele queria?

Meu estômago se revirou quando me lembrei da conversa.

— Dinheiro. Ele disse que está passando por um momento difícil e precisa de grana para comprar comida e tal. Falei para ele que tenho um emprego que paga uma miséria e que não podia ajudar, mas ele ficou enchendo o saco para eu pedir para a minha mãe dizendo que era para mim. Ele queria que eu agisse como uma mentirosa igual a ele.

Landon bufou.

— Por que nossos pais são tão babacas?

— Bom, a gente precisava ter alguma coisa em comum — brinquei.

— O que você falou para ele?

— Que eu não queria contato e que era para ele nunca mais me procurar.

— Estou orgulhoso de você — disse ele. — Sei que deve ter sido difícil.

— Parte de mim queria dar um abraço nele... por que será que isso acontece?

— Porque você é humana e entende que emoções são complexas, mas sentir algo por ele não significa querer que ele volte para a sua vida.

Era exatamente isso que eu precisava escutar.

Eu me virei para o lado e mantive o telefone pressionado na orelha.

— Então, o que você quer que eu fale agora? Não quero mais falar sobre o meu pai.

— Que tal me contar sobre o seu roteiro? — sugeriu ele. — Quero escutar suas palavras.

Mordi o lábio inferior.

— Não está tão bom assim.

— Porra nenhuma. Você disse na última carta que é o seu roteiro favorito.

— Eu falo demais nessas cartas — brinquei.

— Se você não quiser ler para mim, não tem problema.

— Não, eu vou ler. É só que ninguém leu ainda, então, se estiver uma porcaria, nem me fale, por favor. — Eu ri. — Mas tenho certeza de que você vai começar a roncar depois de cinco minutos.

— Duvido.

Peguei meu roteiro, acendi a luminária ao lado da cama e comecei a ler. Enquanto as palavras saíam da minha boca, fui me apaixonando ainda mais pela história que eu tinha criado. De vez em quando, Landon ria de algum diálogo ou dizia "Uau", fazendo com que eu me sentisse ainda mais orgulhosa do meu trabalho.

Eu esperava que ele dormisse logo no começo. Achei que ele já teria caído num sono profundo no segundo ato, mas não foi isso que aconteceu. Ele estava prestando atenção, como se estivesse gostando.

Quando terminei, ele aplaudiu do outro lado da linha, fazendo minhas bochechas esquentarem.

— Você gostou mesmo?

— É sério que você está me perguntando isso? Eu amei. Esse roteiro é igual à pessoa que o criou — comentou Landon. — Uma obra-prima.

Eu ri.

— Você é tão brega que chega a ser preocupante.

— Muito preocupante. Acredita em mim, até eu me assusto comigo mesmo — concordou ele. — Você está com sono?

— Não, não muito... não depois de ler o roteiro.

— Ótimo. Então... pode ler de novo?

Caí no sono lendo minhas próprias palavras para ele, e não poderia imaginar uma forma melhor de entrar no mundo dos sonhos.

∼

— A Kelsie está se divorciando — comentou minha mãe, falando de uma colega de trabalho durante o jantar de domingo.

A travessa de Mima fumegava ao ser colocada sobre a mesa. O vapor subia enquanto minha avó usava uma escumadeira para servir a comida. Os aromas da macarronada com carne assada preenchiam o cômodo e minha barriga roncava de expectativa.

Nós três jantávamos juntas todo domingo. Durante a semana, ficávamos ocupadas demais para nos encontrar. Eu só conseguia escapar da faculdade nos fins de semana, o estúdio de ioga de Mima estava crescendo e ganhando novas filiais, e minha mãe tinha passado a pegar o turno da noite no hospital onde trabalhava como enfermeira. Domingo era o único dia em que conseguíamos nos reunir e conversar sobre a vida.

Nos últimos anos, as conversas com a minha mãe sobre a vida tinham ficado um pouco mais amarguradas.

Ela rangia os dentes ao contar a história triste de Kelsie.

— Vocês acreditam que aquele cretino foi para a cama com a irmã da Kelsie?! A irmã dela! Vou te contar uma coisa, homens não prestam. Eles fazem de tudo para acabar com a vida de uma mulher. Se eu tivesse tido um pingo de bom senso, jamais teria me envolvido com homem nenhum.

O divórcio da minha mãe e do meu pai — correção, de Kurt, porque ele não era mais meu pai — tinha sido finalizado havia um tempo, e eu nem precisava dizer que minha mãe não tinha superado seu ódio por ele. Desde que Kurt traíra nossa família, minha mãe se tornara a líder do CMAOH — Clube das Mulheres que Amam Odiar Homens.

Ao virar sócia premium, você ganhava chocolates toda semana, a assinatura de um canal só de filmes água com açúcar e um gato.

Estou dentro! — principalmente pelo chocolate, um pouco pelo gato.

— A culpa não é toda do homem, querida. A irmã também participou da traição — acrescentou Mima. — Além disso, a Kelsie não deve ter contado a história toda. A gente não devia julgar.

Minha avó nunca se enveredava pelo mundo do julgamento quando se tratava dos problemas dos outros. Na minha opinião, a idade trazia experiência, e a experiência ensinava a não julgar os outros olhando a situação de fora.

No momento, minha mãe estava envolvida demais na própria experiência. Era difícil para ela não julgar os outros. Eu estava aprendendo que pessoas magoadas julgavam o estilo de vida dos outros apenas para se sentirem mais confortáveis com a própria história.

Pelo menos minha mãe podia dizer que seu marido não a traíra com a irmã que ela nem tinha. A história de Kelsie, com certeza, era pior nesse quesito.

— Tenho certeza de que aquele canalha seduziu ela de algum jeito. Homens são cobras, são monstros maldosos e venenosos. Eu nunca mais vou confiar em nenhum deles. Quer dizer, fala sério, se até supermodelos e atrizes famosas são traídas o tempo todo, como nós, simples mortais, podemos esperar algo diferente?

Na maior parte das vezes, quando minha mãe começava a proferir seus discursos, eu ficava quieta. Ultimamente, ela nem parecia procurar um motivo nem esperar nenhuma opinião sobre seu ódio por homens — ela só queria reclamar. Se eu tivesse que enfrentar mais um jantar ouvindo que Bill Clinton tinha sido um cafajeste com Hillary, arrancaria os cabelos.

Meu celular tocou e fui ver quem era no mesmo instante. Um sorriso se formou em meus lábios quando o nome de Landon apareceu.

Landon: Você está livre pra gente se encontrar nesta semana?
Tenho um trabalho em Chicago e quero te ver.

Meus dedos rapidamente começaram a digitar, enquanto minhas bochechas doíam com a largura do meu sorriso.

    Shay: Posso encontrar um horário na minha agenda para você.

    Landon: Chego ainda hoje. Posso ir direto para a sua casa?

Comecei a raciocinar rapidamente, me lembrando do estado da casa que eu dividia com Tracey e Raine. A calcinha e o sutiã que eu tinha trocado naquela manhã ainda deviam estar jogados no chão do meu quarto. Havia uma pilha gigantesca de roupa suja no cesto, e eu tinha quase certeza de que a mancha de vinho no meu edredom continuava bem visível, mesmo depois de usar o removedor de manchas. Um conselho: nunca assista a vídeos fofos de cachorros sendo adotados enquanto bebe uma garrafa de vinho na cama. Você vai acabar chorando de alegria e derrubando o vinho no seu colo sem querer.

Além disso, a área comum da casa era uma zona de guerra causada por três garotas que moravam juntas.

Nem era preciso dizer que o lugar estava uma bagunça completa e não tinha condição nenhuma de receber visitas, mas nunca duvide da capacidade que uma mulher tem de fazer uma faxina rápida quando a possibilidade de dormir de conchinha com Landon Harrison estava em jogo.

    Shay: Ótimo! Até logo!

— Desculpa, senhoritas, parece que vou ter que ir embora mais cedo hoje — expliquei, me levantando da mesa.

Mima sorriu. Minha mãe fez uma careta.

— Era o Landon? — perguntaram as duas ao mesmo tempo, mas em tons completamente diferentes.

— Era. Ele vem passar uns dias em Chicago e vai dar um pulo lá em casa.

— E é claro que você vai largar todos os seus planos para se adequar aos dele — comentou minha mãe. — Não gosto dessa história, Shannon Sofia. Já faz anos que vejo você largando tudo para encontrar esse garoto. O que exatamente ele está sacrificando por você?

Se eu ganhasse dinheiro sempre que minha mãe resmungasse sobre meu romance complicado com Landon, estaria tão rica que poderia abrir um parque de diversões.

Fui até ela e dei um beijo em sua testa.

— Eu juro que queria poder continuar essa conversa, mas preciso ir limpar a casa e me arrumar. Amo vocês duas. A gente se fala depois.

— Manda um beijo para o Landon — pediu Mima. — E diz que assisti ao comercial dele... aquele da pasta de dente. Pedi para uma aluna abrir o vídeo naquele tal de YouTube, e vimos umas quinze vezes!

Isso me fez abrir um sorriso. Enquanto minha mãe só sentia irritação por Landon, Mima tinha orgulho dele.

Landon devia ser o cara mais sortudo do mundo. Ele não precisou nem se esforçar para encontrar um agente. Três das maiores agências de atuação do mundo o procuraram, se oferecendo para representá-lo. Dava para acreditar numa coisa dessas? Não precisar ter que passar pela tarefa desanimadora de implorar por um papel, de oferecer seu primogênito para uma agência para que cogitassem dar uma chance a você?

Ah, que sonho.

— Eu falo com ele, Mima.

Dei um beijo na testa dela.

— Ah, espera! Vou mandar comida para ele. Calma aí.

Ela foi correndo buscar um pote na cozinha, me deixando sozinha com minha mãe e seus olhares desgostosos.

Suspirei.

— Tá bom. Pode falar — cedi, dando permissão para que ela despejasse todas as suas frustrações em mim. — Pode falar que estou cometendo um erro enorme.

— Você está cometendo um erro enorme — repetiu ela. — Sei que você acha que está tudo bem, mas quero que tome cuidado com o seu coração — alertou minha mãe, repetindo o mesmo aviso de sempre havia quase três anos. — Ele mora longe e está ficando mais famoso a cada dia. Vive cercado de mulheres. No mundo dele, é fácil trair.

Desde que minha mãe descobriu o caso do meu pai anos antes, tinha se convencido de que bastava alguém ter um pênis para ser canalha.

Mas eu não me importava muito com a opinião dela, porque ela só tinha a visão de quem estava de fora do meu relacionamento. Ela não sentia o calor do amor de Landon, o conforto que ele me proporcionava mesmo a quilômetros de distância.

Claro, nossa situação não era comum, mas era nossa, e eu sabia que seria um erro deixar a visão da minha mãe influenciar nosso relacionamento. No instante em que você permite que outras pessoas se metam na sua vida, acaba escutando opiniões tóxicas e envenenando a própria história. Eu não deixaria isso acontecer comigo e com Landon.

O que nós tínhamos merecia o amor e o respeito da nossa privacidade.

∽

— Ai, nossa, conta tudo. — Raine estava radiante, sentada na frente de Landon à mesa de jantar, com o queixo apoiado nas mãos, exibindo um olhar fascinado. — Conta como é ser famoso.

A privacidade que eu achei que teria com Landon?

Não aconteceria enquanto Raine morasse comigo. Ela estava animadíssima por reencontrar o melhor amigo, e dava para entender. Eu também estava empolgada — até mais do que ela.

Landon estava tão bonito, tão adulto.

Sua barba estava perfeitamente feita, e ele exalava sex appeal e mel. Eu não desgrudei dele nem um minuto desde que chegou.

Eu me sentei na cadeira ao seu lado, e ele não tirava a mão da minha coxa, massageando-a para cima e para baixo.

— Não sou famoso. — Landon riu, virando-se para Raine. — Para falar a verdade, não sei o que está acontecendo comigo nem por que tudo isso está acontecendo, mas parece que vou acordar a qualquer minuto e descobrir que foi tudo um sonho.

— Sabe o que eu odeio? — perguntou Raine, torcendo o nariz.

— O quê?

— Quando gente muito famosa diz que não é famosa. É tipo quando gente rica fala "Ah, eu não sou rica, meus pais é que são". Tipo, cala a boca, sua chata. Você não pode dizer que não é rica e dirigir uma Mercedes e usar sapatos Gucci. Não é assim que as coisas funcionam.

Eu ri da minha amiga dramática.

— Mas ela tem razão. Você é famoso, Landon. O mundo já viu a sua bunda numa cueca. Esse é o auge da fama.

— E é uma bundinha tão linda — zombou Raine, se inclinando para apertar as bochechas dele. — Que orgulho do meu caçula.

— Pela milionésima vez, eu sou mais velho do que você, Raine — disse Landon.

— Só por uma questão de idade, não de maturidade. — Ela olhou para nós dois. Então fitou a mão de Landon acariciando minha coxa. — O clima está esquentando? É melhor eu ir embora?

— Você devia ir embora — brinquei.

Ela concordou com a cabeça.

— Tá! Beleza! Mas não faz planos para amanhã à noite, Landon. A gente vai fazer uma festinha com todo mundo. Agora, vão lá fazer o que vocês querem fazer, seus pombinhos. Mas lembrem que as paredes são finas e o meu quarto fica ao lado do da Shay.

Eu ri.

— Eu sei, e sempre lembro como as paredes são finas quando o Hank vem dormir aqui.

Ela sorriu e piscou para mim.

— A gente quebrou a cabeceira outro dia.

Landon se manifestou:

— Acho que isso entra na categoria "excesso de informação". Não quero pensar em você e no Hank transando e quebrando cabeceiras. Afinal, você é tipo minha irmã mais velha.

Raine fez a volta na mesa e deu tapinhas nas costas dele.

— Você já tem idade suficiente para saber que a sua irmã transa, Landon. Pelo menos quatro vezes por semana, em muitas posições diferentes.

— Raine — gemeu Landon, batendo com uma das mãos no rosto.

— Excesso de informação.

— Aposto que você não vai achar que é excesso de informação quando a Shay testar tudo o que aprendeu com o Kama Sutra que dei para ela. Boa noite, crianças.

Ela foi embora, e Landon ficou me encarando com uma sobrancelha bem erguida.

— O que foi? — perguntei.

— Que história é essa de Kama Sutra?

Seus lábios se curvaram em um sorriso malicioso.

Revirei os olhos.

— Bobagem. A Raine só pensa em sexo. Ela disse que estava precisando apimentar as coisas com o Hank porque os dois estavam juntos fazia muito tempo.

— Eu gosto de coisas apimentadas. Coisas apimentadas são as minhas favoritas. Me conta o nome de umas posições do livro. Qual a gente vai tentar hoje?

Senti meu rosto esquentando só de pensar nisso.

— Nenhuma.

Ele arqueou uma sobrancelha.

— Ah, cacete. Você leu mesmo o livro, não leu?

— O quê? Não. Não li.

Ele sorriu e apontou para mim.

— Tem um nome na ponta da sua língua. Eu sei que tem. Fala logo.

— Bom... — Puxei a gola da minha blusa entre os lábios e dei de ombros. — Tem um negócio chamado borboleta.

A forma como os olhos dele sorriram junto com seus lábios fez minhas bochechas esquentarem ainda mais. Ele se levantou.

— Bora, vamos lá Vou fazer muita borboleta em você.

A noite resultou em muitas tentativas fracassadas de posições sexuais.

— Seu dedo do pé devia estar mesmo na minha orelha? — perguntou Landon, segurando a risada. — Se você começar a girar o mindinho no meu lóbulo, vou ficar com muito tesão. — Eu ri e comecei a girar o dedo na sua orelha. — Porra, Shay, isso, iiiisssoo! Adoro quando você me faz carinho com o pé — zombou ele em um tom dramático.

Minha barriga doía de tanto rir quando afastei o pé de sua cabeça e o apoiei na cama. Landon se jogou em cima de mim, fingindo que estava sem fôlego.

— Nada melhor que uma foda com o dedo do pé — disse ele.

— Da próxima vez, vou usar o dedão.

— Não me provoca assim. Preciso reabastecer o tanque.

Apoiei a cabeça em seu peito nu, e ele me envolveu em seus braços, me puxando para mais perto. Um simples abraço poderia ser carregado de tensão sexual, mas ficar deitada completamente nua ao lado de Landon era reconfortante, como se eu estivesse enroscada no cobertor mais confortável do mundo.

— Tenho uma novidade para te contar — disse ele, me fazendo erguer o olhar do seu peito. — Acho que é meio maneiro.

— Ah? O que é?

— Uns meses atrás, fiz teste para um filme de drama da Kilt Entertainment. Era um dos papéis principais, muita areia para o meu caminhãozinho.

— Fala sério. Isso é surreal!

A Kilt Entertainment era uma produtora imensa, conhecida por fazer filmes ganhadores do Oscar. Eles só trabalhavam com a nata do mercado e tinham o toque de Midas. Tudo em que tocavam virava ouro.

— Por que você não me contou antes? — perguntei.

Se fosse comigo, eu ficaria louca para dar a notícia.

— Não quis falar nada antes de eu realmente ter chance de ganhar o papel. Mas, bom, olha só que coisa...

Eu me sentei na cama.

— Mentira! — Meu coração batia disparado no peito enquanto eu olhava para o sorriso bobo de Landon e via o brilho em seus olhos. — Você conseguiu?! Você vai ser o protagonista de um filme da Kilt Entertainment?!

— Parece que sim. Ainda não posso contar para ninguém, mas, quer dizer, você não é ninguém. Você é a pessoa, a única pessoa para quem eu queria contar na hora.

— Vou guardar seu segredo, mas, cacete, Landon, isso é demais. Isso significa muita coisa. Ai, nossa. — Cobri a boca com as mãos enquanto meus olhos ficavam marejados de emoção. Ninguém no mundo merecia algo tão grandioso, algo tão importante, quanto Landon. — Isso é surreal. É um daqueles momentos que muda a sua vida e vira tudo de cabeça para baixo. Você é maravilhoso. — Eu me inclinei e lhe dei um beijo. — Você é tão, tão maravilhoso.

— Tudo o que eu tenho na vida é por sua causa.

Será que ele ouviu? Será que ele ouviu meu coração perder o compasso quando aquelas palavras saíram de sua boca?

Ele se ajeitou na cama e se empertigou um pouco.

— Adivinha quem é a protagonista?

Levantei uma sobrancelha.

Ele sorriu.

— Você vai gostar. Você vai *amar*.

— Quem?

— A Sarah Sims.

Fiquei de queixo caído quando ele disse aquele nome. Caramba, Sarah Sims! Também conhecida como uma das atrizes mais fantásticas da nossa época. Sarah Sims era um talento triplo. Atriz, diretora e roteirista premiada. Ela trabalhava no mundo do cinema desde os cinco anos. O pai dela era Jack Sims, um dos roteiristas mais bem-sucedidos da história, e, e, e! Sarah Sims tinha ganhado o maior prêmio do mundo inteiro

Ela tinha um EGOT. Ela havia recebido todos os quatro objetivos da minha vida: um Emmy, um Grammy, um Oscar e um Tony.

Ela era uma das pessoas que eu mais idolatrava no mundo inteirinho, e Landon ia trabalhar com ela.

Uau, uau, uau.

— Diz para ela que eu a amo — falei, engasgada, os pelos dos meus braços se arrepiando só de pensar em tudo aquilo. — Diz que eu a amo e que quero ser igual a ela, e que acho que ela é a mulher mais talentosa, linda, e bizarramente talentosa do planeta.

Ele riu.

— Você disse talentosa duas vezes.

— Eu sei. Ela é boa nesse nível.

Ele arqueou uma sobrancelha.

— Por acaso você tem uma quedinha por essa mulher? Preciso ficar preocupado?

— Só se você deixar eu chegar perto dela. Sou uma mulher comportada pra cacete, mas, se estiver perto da Sarah Sims, talvez tente me esfregar na perna dela.

— Estou me sentindo estranhamente perturbado e excitado ao mesmo tempo.

— Isso é demais, Landon. A ficha já caiu? Isso é incrível. Vai ser ótimo para você.

Ele deu de ombros, bem despreocupado. Era como se ele não percebesse que sua vida estava prestes a mudar para sempre. Meu estômago se revirou ligeiramente quando me dei conta disso.

A vida dele ia mudar para sempre. A vida dele, que já era caótica, se tornaria ainda mais louca. Não consegui dissipar o medo ao imaginar como eu poderia me encaixar naquele novo mundo dele. Nós mal conseguíamos nos ver agora, e, quando a carreira de Landon decolasse — e ela decolaria —, como conseguiríamos ficar juntos? Ele estava disparando pela vida, enquanto eu mal me movia. Meus sonhos estavam engavetados, e, às vezes, eu não conseguia enxergar uma forma de acompanhar os de Landon.

Quase como se conseguisse ver as preocupações que passavam pela minha mente, ele me puxou para perto e me envolveu em seu abraço.

— Você vai ter que me visitar durante as filmagens. Talvez possa ficar uma semana comigo. Tenho dinheiro agora, Shay. Podemos viajar com mais frequência.

— Não posso fazer isso, Landon. Não posso deixar você pagar por viagens tão caras.

— Mas eu quero — explicou ele. — Quero você comigo. Para ser sincero, acho que não aguento mais passar tanto tempo sem te ver. Talvez a gente pudesse marcar uma vez por mês. Só quero garantir que estou te dando tanto de mim quanto possível. Shay, quero garantir que sou suficiente para você. E meu lado egoísta quer dormir com você nos meus braços cada vez mais.

Meu coração perdeu o compasso, sentindo como se finalmente estivéssemos chegando mais perto do que sempre sonhei para nós dois.

— Sério?

— Sério. Dinheiro não é problema. Quero te ver mais. *Preciso* te ver mais. Sei que você tem a faculdade e tal, mas a gente pode se organizar de acordo com os seus compromissos também. Pela primeira vez em muito tempo, sinto que as coisas estão melhorando. As estrelas e a lua estão se alinhando e quero olhar para esse céu com você.

Mordi meu lábio inferior.

— Você me apresenta para a Sarah Sims quando eu for te visitar nas filmagens?

Ele riu.

— Ai, meu Deus, não. Você vai me trocar por ela na mesma hora, e não vou aguentar ser rejeitado dessa maneira.

— Humpf. Você tem razão. Além do mais, aposto que a Sarah faz a borboleta como ninguém.

— Eu vou aprender a fazer essa posição da borboleta antes de ir embora, cacete, e você nunca mais vai lembrar da existência da Sarah Sims.

Eu ri.

— Acho muito difícil eu me esquecer da Sarah, mas dou o maior apoio para você continuar insistindo na borboleta.

— Eu não desisto fácil, fica tranquila.

— Estou tão feliz — falei, passando as mãos pelo meu cabelo. — Estou tão feliz por você estar aqui, e estou tão feliz por você estar conquistando os seus sonhos. — Abri um sorriso de orelha a orelha e suspirei. — Eu só estou muito feliz, Landon.

— Daqui a pouco, eu vou atuar num filme seu — disse ele, levando os lábios aos meus. Era como se ele visse as inseguranças que eu tinha sobre meus próprios sonhos não se realizarem e as acalmasse com um beijo. — Você é a próxima, Shay. Você é a próxima, e o mundo será um lugar melhor por causa das suas palavras.

Ele roçou o nariz no meu, me dando um beijo de esquimó antes de levar a boca à minha testa.

— Sabe o que eu quero fazer agora? — sussurrou ele.

Seu hálito quente desceu até minha nuca.

— O quê?

— Fazer a borboleta de novo.

Passamos o restante da noite fazendo amor, fazendo piadas e nos divertindo.

Era tão fácil sorrir com Landon ao meu lado, e, naquela noite, ele estava com um humor ótimo. Eu adorava vê-lo feliz, saudável, comigo.

Nós rimos tanto que lágrimas surgiram em nossos olhos e escorreram por nossas bochechas enquanto nos jogávamos nas ridículas aventuras de Shay, Landon e o Kama Sutra. Eu adorava a sensação de segurança que Landon me passava e a forma como ele me tocava, como se eu fosse feita de ouro. Nunca na vida eu tinha imaginado que estar nos braços de alguém poderia fazer você se sentir em casa. A pele dele contra a minha, minha cabeça apoiada em seu peito... meu lar. Aquilo era o meu lar.

Ao fecharmos os olhos naquela noite, nossas respirações iam e vinham em harmonia. Inspira, expira. Era algo tão calmo, tão conectado, tão certo. Era difícil passar muito tempo longe de Landon, mas o reencontro sempre fazia tudo valer a pena. O que nós tínhamos era real, e era nosso.

Sentir o peito dele subindo e descendo era uma das minhas sensações favoritas. Eu nunca tinha me sentido tão próxima de alguém...

Inspira, expira...

Fechei os olhos até cair no sono, sabendo que, quando eu sonhasse com o meu lar naquela noite, sonharia com o coração dele.

∼

Na nossa última noite juntos, acordei em plena madrugada com os movimentos do edredom. Esfreguei os olhos para afastar o sono, me apoiei nos cotovelos e vi Landon sentado na beirada da cama, segurando o celular. Ele estava de cabeça baixa, encarando uma mensagem.

— Tudo bem? — perguntei, bocejando.

Ele não respondeu. O céu ainda estava um breu. A única luz no quarto era a da tela do celular dele. Quanto tempo ele estava sentado ali, encarando aquele brilho?

Cheguei mais perto e toquei suas costas tensas.

— Lan, o que houve?

— Meu, hum... — Ele fungou e passou a mão sob o nariz. — É o meu pai. Ele infartou.

— Ai, nossa. — Eu me empertiguei. — Sinto muito. Ele está bem?

— Não sei. Acordei para ir ao banheiro e vi uma mensagem da secretária dele, a April, no meu celular. Ela mandou tem mais de quatro horas. Ele está no hospital St. Luke's.

— Tudo bem, vamos lá.

Ele fez uma careta.

— Não. Você não precisa ir comigo. Está tarde, descansa. Mas é melhor eu ir, para ver como ele está.

— Landon, deixa disso. Anda, se arruma. Eu dirijo.

Ele me obedeceu, e nós entramos no carro. Seguimos o caminho todo em silêncio, e Landon ficou apertando o pingente de coração que eu tinha lhe dado, encarando a janela do lado do carona. Eu não queria dizer nada para reconfortá-lo, porque sabia que nada seria capaz de animá-lo. Dava para perceber que sua mente estava a mil. Eu tinha passado tempo suficiente com Landon para saber quando sua cabeça começava a sabotá-lo só de olhar para a cara dele. Suas sobrancelhas estavam franzidas e tensas, ele não parava de bater o pé esquerdo no chão do carro. Sua mandíbula também estava trincada.

De vez em quando, eu esticava a mão e apertava seu joelho para tranquilizá-lo, tentando lembrá-lo de que ele não estava sozinho. Eu sabia que sua mente o fazia se sentir assim de vez em quando, então minha missão era oferecer pequenos lembretes de que isso não era verdade.

O sol estava começando a nascer quando chegamos ao hospital. Entramos correndo, e, assim que viramos na sala de espera, alguém o chamou. Nós giramos nos calcanhares e demos de cara com uma mulher de casaco com botões duplos e salto alto. Ela era pequena e parecia um pouco mais velha do que a gente, talvez tivesse uns trinta e poucos anos.

— April, o que aconteceu? — perguntou Landon.

April — a secretária do pai dele.

Ela parecia agitada e nervosa, mas hospitais deviam ter esse efeito nas pessoas.

— Ele já saiu da cirurgia. Parece que desta vez foi grave, pior do que o último. Por isso que eu te liguei.

— Pior do que o último? — perguntou Landon com a testa franzida. — Como assim pior do que o último?

April cruzou os braços.

— Ele teve um pequeno infarto uns meses atrás. Eu ia te contar, mas ele não quis, disse que era problema dele e preferia que você não soubesse. Agora foi diferente. Fiquei tão assustada quando aconteceu, que...

— Você estava com ele quando aconteceu? — interrompeu-a Landon.

Os olhos de April se arregalaram de choque. Eu a estudei rapidamente e percebi que a barra da roupa que escapava sob o casaco parecia cetim — cetim, com acabamento em renda.

April notou meu olhar e puxou o casaco para baixo.

— Eu, hum, estava.

Landon não hesitou antes de fazer a pergunta seguinte.

— Você está transando com ele?

April balançou a cabeça.

— Isso não é da sua conta, Landon. Que pergunta mais descabida!

— Me poupe da lição de moral, April. Você só tem uns seis anos a mais do que eu, e não preciso levar sermão de uma mulher que está transando com o chefe.

Ela abriu a boca para rebater, mas se calou ao perceber que não podia mentir sobre a situação.

— Sra. Harrison, desculpa interromper, mas o seu marido está acordado, caso a senhora queira fazer uma visita. Ele está no quarto 2033 — disse uma enfermeira, aproximando-se de nós três e jogando outra bomba na conversa.

O rosto de Landon empalideceu quando ele ouviu aquelas palavras.

— Obrigada — murmurou April com um tom ríspido.

— Que diabo isso significa? — bradou Landon. — Por que ela te chamou de Sra. Harrison?

— Acho que todos nós sabemos o que é um casamento, Landon. — Ela se empertigou, mas continuava longe de se equiparar à altura de Landon. — Eu e o seu pai nos amamos. Já nos sentimos assim há um tempo, e, quando o divórcio saiu, finalmente pudemos ficar juntos.

— Por que será que eu desconfio de que isso seja um bando de merda e que vocês não esperaram um minuto para ficarem juntos?

— murmurou ele. — Foda-se. Não vim aqui para ficar batendo papo sobre o inferno de vida que você e o meu pai têm juntos. Só quero saber se ele está bem. Então, se você me der licença, vou ver o meu pai.

Ele pegou minha mão e me puxou para longe de April e de suas revelações.

Seguimos para o quarto do pai dele e, quando chegamos à porta, parei.

— Vou esperar aqui.

— Você pode entrar — falou ele.

— Acho que você devia falar a sós com o seu pai.

— Por favor, Shay — pediu ele em um tom suave, sua voz baixa. — Preciso de você do meu lado.

Eu não podia dizer não a um pedido desses. Se ele precisasse de mim, eu o seguiria até o fim do mundo.

— Tá bom. — Concordei com a cabeça, apertando sua mão. — Estou aqui.

5

Landon

Meu pai estava deitado na cama do hospital, parecendo mais acabado do que nunca. Imagino que deva ser comum parecer que você foi ao inferno e voltou todo ferrado depois de ter um ataque cardíaco.

Shay entrou no quarto comigo e ficou no cantinho, sem querer se envolver na minha conversa com meu pai. Mas pelo menos ela estava ali. Só de saber que estávamos no mesmo cômodo, eu já conseguia respirar melhor.

— Oi, pai.

Fiz uma careta ao me aproximar da cama.

Ele olhou para mim e bufou antes de se virar para a janela. Máquinas apitavam ao redor dele e havia fios por todo lado. Ele tinha tubos de oxigênio no nariz, e cada respiração parecia deixá-lo exausto.

— O que você está fazendo aqui?

Ele exalou como se o esforço dessas palavras tivesse sugado três anos de sua vida.

— Eu queria ver se você estava bem. A April me mandou mensagem, e...

— Falei para ela não fazer isso.

Ele franziu o cenho.

— Ainda bem que ela fez.

Ele resmungou alguma coisa enquanto se remexia devagar na cama.

— Quem é a garota?

Olhei para o canto, para Shay, que parecia nervosa.

— Minha namorada.

Nós nunca tínhamos usado esse termo antes, namorados, mas não havia dúvidas de que Shay era minha, e eu era dela. A gente só não sentia tanta necessidade de colocar rótulos para expressar isso.

Meu pai olhou para Shay de cima a baixo e balançou a cabeça.

— Você acha que é capaz de fazer uma garota feliz?

Vai tomar no cu, pai.

Pigarreei e enfiei as mãos nos bolsos, sem querer ser babaca com um babaca que tinha acabado de infartar.

— Ele é — gritou Shay, sua voz alta e séria. — Ele é mais do que capaz.

— Espera só até ele surtar — murmurou ele, fechando os olhos. — Quando se trata do meu filho, sempre é garantido que ele vai surtar e deixar outra pessoa limpar sua bagunça.

Shay deu um passo para a frente, com a intenção de dizer umas verdades na cara do meu pai, mas eu levantei a mão para impedi-la. Eu não me importava com o que ele achava de mim, de toda forma. Ele era apenas um velho com um coração frio. Ele nunca tinha me entendido e nunca me entenderia.

Mesmo assim, eu não tinha opção a não ser vir ver como ele estava. Podia ser idiotice da minha parte, mas, mesmo que eu não amasse meu pai, ainda me preocupava, queria saber se ele estava bem.

— Se você não veio aqui para me dizer que voltou a estudar e que vai trabalhar no escritório, pode ir embora — disse ele para mim. — Não quero que a pessoa mais patética do mundo tenha pena de mim.

— Eu sou ator, pai, e acabei de conseguir o papel principal de um filme incrível. Não vou ser advogado. Eu nunca teria sido advogado.

— Por que é que você vê tanta graça em ser medíocre? — resmungou ele.

— Ele não é medíocre — rebateu Shay, marchando até a cama.

— Shay, está tudo bem.

— Não está, não. Não é justo nem certo deixar o seu pai falar com você desse jeito. Sr. Harrison, o seu filho é incrivelmente talentoso e está construindo uma carreira. Só porque ele não se tornou o que o senhor gostaria, não quer dizer que ele não esteja conquistando coisas maravilhosas. E tem mais, no instante em que ele soube o que tinha acontecido com o senhor, deixou todos os sentimentos de lado e veio correndo para o hospital, porque ele se importa com o senhor. É cruel falar assim com alguém que veio ficar do seu lado em um momento de necessidade.

— Menina, não sei quem você pensa que é, mas está se metendo com a pessoa errada — alertou meu pai.

— O senhor também — rebateu Shay, se empertigando.

Se ela estava nervosa, não demonstrou. Shay nem pestanejou.

Pigarreei.

— Escuta, você passou por muita coisa, então vou deixar você descansar. Estou feliz por você estar bem, pai. Desejo tudo de melhor para você.

— Não me chama de pai. Já está mais do que claro que você não quer voltar para as suas raízes; então você não é mais meu filho. Você não é ninguém para mim. Não volte aqui. Nunca mais quero te ver.

Ele se virou para o outro lado e ficou encarando a janela sem dizer mais nada.

Shay o encarou, chocada com a frieza do meu pai, mas aquilo não era novidade para mim. Na última vez que tínhamos nos visto, ele havia dito que não se surpreenderia se eu me matasse. Ver que ele continuava sendo uma pessoa cruel não me chocava, mesmo depois de correr risco de vida.

O coração do meu pai já era problemático antes mesmo do infarto

Nós nos viramos para ir embora, e meu pai falou mais uma coisa.

— Ele vai te machucar, e aí você vai fazer papel de boba.

As palavras eram obviamente direcionadas para Shay, em uma última tentativa de me atacar.

Segurei a mão de Shay, vi o fogo ardendo em seus olhos, mostrando que ela estava pronta para a briga, mas não valia a pena. Ele não valia a pena.

Quando saímos do quarto, April estava parada do lado de fora com um olhar preocupado.

— Você não estressou o seu pai, né? O coração dele já sofreu demais. Ele não precisa de mais estresse.

Não respondi.

Eu continuava remoendo os ataques do meu pai.

Não deixe essas ideias se assentarem, Landon. Seja melhor do que ele. Seja mais forte.

Shay olhou para April de cara feia e inclinou a cabeça, estreitando os olhos.

— Espero que você nunca mude, porque parece que o pai do Landon não consegue lidar com pessoas que amadurecem. Caso contrário, cuidado. Ele só se apega a pessoas que concordam com as opiniões dele.

Fomos embora, deixando April parada ali, parecendo confusa e atordoada.

Seja lá o que acontecesse com meu pai, seria problema dela.

Assim que saímos para o ar fresco, o sol matinal brilhou em nossa pele. Shay rapidamente me puxou para um abraço.

— Sinto muito, Landon. Eu não sabia que seu pai era um monstro. Estou chocada por ele ter sido tão cruel, mesmo depois de tudo o que aconteceu. Seria de se imaginar que quase morrer faria uma pessoa ficar mais humilde.

— Meu pai tem tanta humildade quanto tem amor. Nenhuma.

— Mesmo assim, as coisas que ele falou foram cruéis.

— Ah, se eu ganhasse dinheiro sempre que alguém me dissesse algo cruel, estaria rico o suficiente para não me importar — brinquei.

Eu me estiquei para abrir a porta do carona do carro dela, e Shay segurou meu braço para me impedir.

— Landon, você sabe que nada do que ele disse é verdade, né?

— Está tudo bem, Shay. Meu pai fala demais. Só isso.

— É, mas, por favor, me diz que você sabe que as palavras dele são uma bando de mentiras.

Abri um meio sorriso. Ela franziu a testa, segurou minhas mãos e as levou ao meu peito. Então começou a repetir as palavras que tinha me dito na noite em que eu lhe mostrara minhas cicatrizes pela primeira vez.

— Você é inteligente. Você é talentoso. Você é lindo. Você é bom, Landon Harrison. Você é tão bom que me dói pensar que qualquer pessoa neste mundo pense o contrário.

Nossa. Como ela fazia aquilo? Como Shay conseguia fazer com que eu acalmasse meus pensamentos descontrolados?

— No que você está pensando? — perguntou ela, me encarando com aqueles olhos cor de chocolate. — O que está passando pela sua cabeça neste segundo?

Engoli em seco, passando uma mão sob o nariz.

— Por que eu me importo tanto com um homem que nem me ama? Por que os comentários dele machucam cada vez mais?

— Porque você o ama — respondeu ela. — Mesmo quando dói, você o ama. O problema do amor é esse, não dá para desligar só porque ele não é recíproco.

— Você ainda ama o seu pai? Depois de tudo o que ele fez com a sua família?

— Partes dele, sim. — Ela concordou com a cabeça. — Mesmo sem querer, há partes daquele homem que eu amo, ou memórias, na verdade. Tipo como quando eu era pequena e ele se deitava comigo na grama e nós ficávamos olhando as nuvens. Ou dos momentos em que, depois de passar muito tempo fora, ele entrava no meu quarto, me colocava para dormir e me dava um beijo na testa. Ou de quando ele me ajudava com os meus textos, meus ensaios do teatro, e me avaliava. Amo essas partes dele, as lembranças. Mas também me amo o suficiente para não deixar ele voltar, para não deixar ele se aproximar o suficiente para me magoar ainda mais. O amor que sinto por ele se resume a essas memórias. Elas estão no passado, e me recuso a deixar que interfiram no meu futuro.

— Como você ficou tão esperta?

Ela sorriu, o que sempre me fazia sorrir também.

— Assisti muito ao programa do Dr. Phil com a Mima.

— Faz sentido.

— É sério, Landon, não deixa as palavras do seu pai te afetarem, tá? Sei que isso é mais fácil na teoria do que na prática, mas tenta não fazer isso.

Eu a puxei para um abraço de lado e dei um beijo em sua testa.

— Pode deixar. Agora vamos tomar café? Estou morrendo de fome.

Ela continuou me observando com os olhos semicerrados, como se tentasse enxergar além das palavras que eu oferecia para encontrar o diálogo que corria solto na minha mente.

Não presta muita atenção, chick. A situação não está das melhores agora.

Sorri e a cutuquei.

— Comida — implorei. — Por favor?

Ela desviou os olhos cansados e concordou com a cabeça.

— Tá. Claro.

Entramos no carro, e liguei o rádio. Não demorou muito para Shay começar a se remexer e cantar, toda desafinada, e eu cantei também, porque sabia que ela estava preocupada comigo e com meus pensamentos.

Apesar de eu cantar e sorrir, minha cabeça continuava remoendo as palavras do meu pai.

Você não é mais meu filho.

Quando se trata do meu filho, sempre é garantido que ele vai surtar e deixar outra pessoa limpar sua bagunça.

Essas frases giravam sem parar pela minha cabeça enquanto eu cantava a letra de alguma música que estava no topo das paradas. Ansiedade e depressão funcionavam exatamente assim — de vez em quando, elas traziam máscaras, máscaras para blindar seus entes queridos do sofrimento, porque você sabia o quanto eles ficariam preocupados, máscaras para protegê-los da dor que você sentia.

Então, coloquei uma máscara.

Fingi estar bem por ela. Não queria que ela ficasse preocupada comigo. Não queria que ela ficasse nervosa ao saber que minha mente estava emperrada e sendo babaca comigo naquele momento. E estava dando certo. Quanto mais tempo passávamos no carro, mais tranquila Shay ficava. Ela relaxou e parou de ficar me olhando de soslaio, para ver se estava tudo bem.

O problema das máscaras é que, se você as usa por tempo demais, elas começam a rachar. Com as rachaduras, elas acabam quebrando, e, quando a minha quebrasse, Shay acabaria tendo que lidar com a minha confusão.

Eu a tiraria daqui a pouco. Eu me permitiria respirar sem fingir que estava tudo bem, mas não durante meu tempo com Shay. Durante meu tempo ali com ela, eu ficaria bem. Eu seria minha versão feliz e não mostraria minhas cicatrizes. Nosso tempo juntos era escasso, e eu não queria estragar tudo com conversas sobre minha mente problemática.

Ela merecia a versão feliz de Landon, então seria isso que eu lhe daria.

Então voltaria para Los Angeles e desmoronaria no lugar certo: no consultório da Dra. Smith, onde desmoronar não apenas era permitido, como incentivado. *"Para melhorar é preciso derrubar o que te faz mal, Landon."* E eu pretendia derrubar tudo, porque, depois que conseguisse me entender, poderia me concentrar ainda mais na minha vida com Shay. Até lá, eu só precisava analisar minhas caixas mentais, uma de cada vez, desempacotando-as com as pessoas certas — não com Shay.

Paramos para comer e mantive a máscara no lugar.

Quando estávamos quase chegando em casa, meu telefone tocou, e o nome de April surgiu na tela. Meu estômago embrulhou, diminuí o som do rádio, e a cantoria horrível-porém-contagiante de Shay foi interrompida.

— Alô? — falei, atendendo a ligação. April não disse nada de início. Só escutei o barulho de seu choro enquanto ela soluçava descontroladamente. *Mas que diabos era aquilo?* — O que houve? — perguntei.

— Você! — berrou ela. — Você causou isso. A culpa é sua — gritou ela, sua voz falhando enquanto desmoronava.

Espera, o quê?

Ela continuou falando, contou que ele havia sofrido outro infarto grave depois que fomos embora e que teve outra parada cardíaca.

Meia hora depois de eu sair do hospital, ele havia sido declarado morto.

O celular caiu da minha mão.

— O que foi? — perguntou Shay, olhando para mim. — O que aconteceu?

— É o meu pai — falei, engasgando.

— E o que tem ele? Está tudo bem? Precisamos voltar?

— Não. — Balancei a cabeça, sentindo a bile subir pela minha garganta. — Ele morreu.

~

Tive que ligar para minha mãe para dar a notícia, e, quando ela ficou sabendo, chorou do outro lado da linha como se tivesse perdido um pedaço da própria alma, do mesmo jeito que April havia chorado. Mesmo depois de tudo que aquele homem tinha feito minha mãe passar, ela ainda conseguia reunir lágrimas para lamentar sua morte.

Eu não chorei. Eu devia ter desmoronado, devia ter desabado, mas nada aconteceu.

Eu não me sentia triste. Eu não me sentia abalado. Eu não me sentia arrasado.

Eu não sentia nada.

Um entorpecimento tomava conta do meu corpo, me engolindo por inteiro.

Shay me levou de volta para sua casa, e dava para ver a preocupação em seu olhar, mas eu não reagi. Eu não conseguia falar. Palavras pareciam exaustivas demais.

Ela se sentou na minha frente em sua cama, enquanto eu continuei olhando para o nada, sem focar em coisa alguma.

— Como eu posso te ajudar? — perguntou ela, esfregando as mãos para cima e para baixo nas minhas coxas. — O que eu posso fazer?

Balancei a cabeça.

Nada. Ela não podia fazer nada.

Às vezes, não havia nada a ser feito. Às vezes, tudo o que uma pessoa podia fazer era se sentar.

Então ficamos sentados.

Nós nos deitamos.

Ela dormiu.

Eu, não.

6

Shay

Havia mais de vinte e quatro horas que ele não falava.

Quando a mãe de Landon ligava para ver como ele estava, eu atendia, porque ele não saía da cama. Ela estava no exterior, tentando pegar um voo de volta para casa, mas só conseguiria chegar no dia seguinte.

— O que a gente faz? — sussurrou Raine quando eu, ela, Hank e Eric estávamos sentados na sala. — Ele precisa comer alguma coisa, não saiu do quarto desde que vocês dois voltaram.

— Eu sei, mas ele não se mexe. Ele não fala nem faz nada. Fiquei até surpresa quando ele se levantou para ir ao banheiro — falei.

— O pai dele era um escroto — resmungou Hank. — Ele tratava o Landon mal pra caralho.

— É verdade, mas ele o amava mesmo assim — respondi.

Eric franziu a testa e coçou a nuca. Ele estava fazendo faculdade em Wisconsin, mas tinha pegado o carro para vir assim que Raine lhe contara o que havia acontecido. Greyson estava resolvendo alguns problemas, mas viria assim que possível.

— Isso não deve estar fazendo bem para ele, para a cabeça dele. Vocês sabem como o Land fica mal. Ele já passou por tanta merda, e estava melhorando. Ele está melhorando, mas acho que isso vai desandar o processo — comentou Eric. — Ele fez tanto progresso, mas, caralho! Que situação tensa. Não sei se ele consegue carregar esse peso agora.

— Eu estou bem.

Todos nós olhamos para o corredor, onde nos deparamos com Landon. Ele estava com as mãos enfiadas nos bolsos e os ombros curvados para a frente.

— Vocês não precisam se preocupar com isso — falou ele, batendo na lateral da cabeça. — Estou bem.

— Cara, você não precisa estar bem agora — disse Hank. — O seu pai morreu, isso é sério.

— Não foi você mesmo que falou que meu pai era um escroto que me tratava mal pra caralho? Ele não vai fazer falta. Não é como se ele quisesse conviver comigo, de qualquer forma.

Essas palavras apertaram meu coração. Eu me levantei e fui até ele.

— O que a gente pode fazer? Como podemos ajudar?

— Para começo de conversa, vocês podem parar de ficar fazendo drama — disse ele, passando a mão sob o nariz. — Eu estou bem. Eric, sei que você veio de longe, mas não precisava. Já mandei uma mensagem para o Grey dizendo para ele não vir. Ele já tem as próprias merdas para resolver, não precisa das minhas. Só vou tirar um cochilo. Vocês podem seguir com a vida de vocês.

Ele se virou e voltou para o meu quarto.

Olhei para nossos amigos, e todos exibiam uma expressão séria no rosto.

— A gente vai ficar aqui — disse Eric com firmeza. — Não vamos embora. Agora, vai lá — ele gesticulou para o corredor —, vai cuidar do nosso garoto.

Concordei com a cabeça e segui para o meu quarto. Cada passo que eu dava parecia pesado. Eu não sabia como oferecer a Landon aquilo de que ele precisava, porque ele não se comunicava. Ele não se abria. Ele não deixava que eu — nem ninguém — entrasse

Ao entrar no quarto, eu o encontrei todo encolhido. Ele abraçava um dos meus travesseiros e seus olhos estavam fechados. Ele parecia tão frágil, tão arrasado

Subi na cama e me deitei ao lado dele. Então o envolvi com meu corpo e me aconcheguei a ele, sentindo sua pele fria contra meu calor.

— Não precisa fazer isso — disse ele.

— Fazer o quê?

— Me abraçar.

Foi então que o abracei mais forte. Eu sabia que o momento em que as pessoas mais precisavam de um abraço era quando elas diziam que não precisavam de um. Foi isso que fiz pela minha mãe nas noites em que ela ficava chorando depois que descobriu que meu pai a havia traído. Eu ia para a cama dela, a envolvia no meu abraço e a apertava.

Fiz a mesma coisa com Landon, pensando nas palavras de Mima.

Sé valiente. Sé fuerte. Sé amable, y quédate.

Seja corajosa. Seja forte. Seja gentil e fique.

Landon não foi informado sobre o velório do pai. April não respondia a nenhuma das suas mensagens, então tivemos que nos virar para descobrir tudo. Quando Landon, a mãe dele e eu aparecemos na igreja onde o velório estava acontecendo, fomos barrados quase que imediatamente ao sermos vistos por April.

— Não — declarou ela em seu traje todo preto. Seus olhos inchados indicavam que ela não dormia havia dias, e seu cabelo estava preso em um coque perfeito. — Vocês não podem ficar aqui.

Landon enfiou as mãos nos bolsos da calça cinza e deu de ombros.

— Ele era meu pai. Acho que tenho mais direito de estar aqui do que você.

— O Ralph não iria querer isso — discordou ela.

A mãe de Landon deu um passo para a frente e se empertigou, jogando os ombros para trás.

— Pois é, bom, essa decisão não é sua.

— Você com certeza não devia estar aqui — reclamou April, olhando a mãe de Landon de cima a baixo. — Você é a última pessoa que ele iria querer aqui.

— Fui casada com ele por mais de vinte anos. E você era o quê? Alguém com quem ele estava trepando fazia vinte dias?

— Que tal sete anos? — rebateu April, o veneno em suas palavras atingindo Carol. — E ele só te aturou nos últimos anos porque podia contar comigo nos dias em que você enchia demais o saco.

— Eu sabia — murmurou Carol, dilatando as narinas.

Um sorriso sinistro surgiu nos lábios de April, como se ela se sentisse vitoriosa ao finalmente revelar a verdade sobre seu caso com Ralph, mas eu não entendia por que alguém se sentiria bem com isso. Qual era a vantagem em ser tão maliciosa?

— Você é nojenta — rebateu Carol.

— É, bom, pelo menos eu não sou você — rebateu April.

Landon deu um passo para a frente, seu olhar pegando fogo.

— Se você falar mais alguma grosseria para a minha mãe, vai se ver comigo.

— Landon — repreendeu-o Carol, sua voz controlada enquanto ela colocava a mão na frente do filho. — Não.

Ele grunhiu um pouco, mas obedeceu à mãe e deu um passo para trás.

— Eu vou embora, mas pelo menos deixa o Landon se despedir do pai — pediu Carol, se controlando muito mais do que eu seria capaz naquela situação.

— Eu já disse que não. Nenhum de vocês é bem-vindo aqui. O Landon é culpado pela morte do pai. Ele foi a última pessoa com quem o Ralph falou, e isso lhe causou um estresse extremo.

— Nunca mais diga uma merda dessas sobre o meu filho. Ele não tem culpa pelo que aconteceu — bradou Carol, erguendo a voz a um volume que fez todo mundo ao redor nos encarar. Agora, eram os olhos dela que ardiam de raiva. — Vou arrancar esse seu mega hair barato com minhas próprias mãos se você ousar repetir isso.

— Essa é a verdade. — April pressionou os lábios. — O Ralph sempre disse que vocês dois eram tóxicos, e ele não iria querer que estivessem aqui hoje. Então tratem de ir embora.

Houve uma pausa de alguns segundos, enquanto Carol e April permaneciam encarando-se, respirando pesado. Landon finalmente tocou o braço da mãe e a puxou de leve.

— Está tudo bem, mãe. Vamos. Ela tem razão, ele não iria querer que eu estivesse aqui. Para falar a verdade, eu também não quero.

Senti um aperto no peito por Landon, porque eu sabia que isso era mentira. Eu sabia o quanto ele se importava com o homem que fora incapaz de amá-lo do jeito que ele merecia. Eu sabia o quanto ele estava sofrendo com a morte do pai, especialmente porque a última conversa entre os dois não tinha sido nada boa. Eu tinha certeza de que ele queria uma oportunidade de dizer palavras melhores para o pai, uma oportunidade de contar suas verdades, mas agora não poderia fazer isso.

A vida era injusta com muita gente, mas eu acreditava que era ainda mais injusta com Landon Harrison.

Ele estava indo bem, falando sobre o futuro — um futuro comigo, um futuro para nós —, mas eu enxergava o peso em seu olhar naqueles últimos dias. Eu enxergava o quanto ele guardava dentro de si, sem dizer nada. Eu enxergava suas mágoas, apesar de ele não as expressar. Ele as mantinha trancadas a sete chaves.

Ele nem chorou, pensei quando estávamos voltando para o carro.

Para mim, essa era a parte mais assustadora — o fato de Landon não ter demonstrado nenhuma emoção em relação à morte do pai. Ele não desmoronou. Ele não liberou seus sentimentos, e isso me deixava apavorada. Se ele não estava botando nada para fora, estava guardando tudo dentro de si.

E os pensamentos pesados, sombrios, de Landon nunca traziam nada de bom.

∾

— Vou ficar no hotel com a minha mãe hoje — disse Landon depois de jantarmos naquela noite.

Ele mal tinha comido, da mesma forma que mal havia tocado em comida nos últimos dias. Eu estava preocupada por ele não se alimentar o suficiente, mas não podia fazer nada. Mima até trouxera alguns pratos para ele, que permaneceram intactos.

Esse era um sinal evidente de que havia algo errado. Landon nunca recusava a comida de Mima.

Sua declaração foi tão curta e grossa.

— Ah? Hoje é sua última noite aqui, né? O voo é amanhã cedo? — perguntei, tentando não parecer muito chateada.

— Aham.

— Tem certeza de que não dá para ficar um pouco mais? Posso cuidar de você. Imagina só... — Sorri, me aproximando dele e tocando seus ombros. — Café na cama, massagens, a gente de conchinha quando você precisar, e até quando não precisar.

Massageei suas escápulas, e ele abriu um sorriso cansado, forçado.

— Bem que eu queria, mas preciso voltar ao trabalho. Meu empresário já está me enchendo o saco por causa das mudanças de última hora que precisamos fazer.

A decepção tomou conta de mim, mas tentei não demonstrar nada. Ele já estava passando por muita coisa. Não precisava se sentir culpado por eu ter saudade dele.

— Está tudo bem.

Ele abriu outro sorriso, este um pouquinho mais carinhoso.

— Eu queria poder ficar aqui hoje, mas acho que seria bom fazer companhia para a minha mãe.

— Eu entendo, de verdade. Ela precisa de você, e você precisa dela. Pode ir.

Ele me puxou para um abraço e eu o apertei com força.

— Obrigado por tudo, Shay. Você sempre faz mais do que precisa.

Apoiei a cabeça no seu peito.

— Como está o seu coração?

Ele não respondeu, apenas se inclinou e beijou minha testa.

— É melhor eu ir. E não precisa ficar preocupada comigo.

— Você sabe que vou ficar preocupada.

— Tenta não ficar. — Ele se afastou e se inclinou na minha direção, beijando minha boca de leve. — Eu te amo vezes dois.

— Eu te amo vezes dois — repeti, meus lábios se demorando nos dele. — Ei?

— Sim?

— Não deixa a sua cabeça ir longe demais. Estou aqui se você precisar. Sempre.

Nós nos despedimos, e, quando ele entrou no carro para ir embora, fui tomada por uma sensação ruim ao vê-lo dobrando a esquina. Landon foi embora com a cabeça confusa e o coração pesado, e eu não sabia quando ele encontraria o caminho de volta para mim. Dias antes estávamos falando sobre nosso futuro e pensando em como diminuir o espaço entre nós, e agora parecia que a distância voltava a aumentar.

Fiquei com o coração partido ao pensar que Landon estava se afastando de mim, tanto em distância como em seu coração.

7

Landon

A Dra. Smith não colocou os pés sobre a mesa quando entrei em seu consultório naquele dia. Ela não jogou a bolinha antiestresse nem abriu seu sorriso bobo. Ela não me pediu que falasse três coisas boas que haviam acontecido nas últimas quarenta e oito horas, e fiquei agradecido por isso.

Eu não tinha nada para dizer.

Ela ficou sentada ali, me encarando como se tentasse entrar na minha cabeça e ver o tamanho do estrago que a perda do meu pai havia causado. A resposta seria: enorme.

Um estrago tão gigantesco que eu queria fingir que ele nem existia.

— Land...

— Vazio — eu a interrompi.

— O quê?

— É assim que eu me sinto. Me sinto vazio. Não sei se os remédios continuam fazendo efeito, porque não sinto nada. Me sinto vazio por dentro.

Ela assentiu.

— É normal se sentir perdido depois da morte de alguém.

— Não. Não foi isso que eu disse. Falei que estou me sentindo vazio, não perdido.

— Sim, eu sei, mas, às vezes, as duas coisas são tão parecidas que você pode confundir os sentimentos.

— Eu não estou confuso! — rebati com rispidez, minhas mãos agarrando os braços da cadeira. Fechei os olhos, me arrependendo no mesmo instante. — Desculpa. Eu não pretendia perder a calma.

— Não, isso é bom. Perder a calma é bom. Sabe por quê? Porque, quando você perde a calma, não tem como se sentir vazio. Acho que você está se sentindo o oposto de vazio, Landon. Acho que você está sentindo coisas demais. Acho que você está sentindo tudo e mais um pouco agora e não está conseguindo processar tanta coisa neste segundo. Você está sobrecarregado, e isso te deixa empacado.

— Como conserto isso? — sussurrei entre os dentes. — Como me conserto?

Ela suspirou e esfregou a nuca.

— Você precisa entender que não está quebrado. Você está de luto.

Absorvi as palavras e me ajeitei na poltrona.

Era isso que estava acontecendo? Eu estava de luto por um homem que não queria nem me ver quando estava vivo?

Não. Ele que se foda.

Ele que se foda por não me querer, ele que se foda por não se importar, e ele que se foda por ter morrido.

— São os remédios — comentei, entrelaçando os dedos.

— Não há nada de errado com os seus medicamentos.

— Sei lá. Talvez a gente devesse tentar outra coisa — resmunguei, coçando o pescoço.

— Não são os remédios — insistiu a Dra. Smith.

— Como você sabe? Você não está no meu corpo.

— Antes da situação com o seu pai, como você se sentia, Landon?

Pensei nos dias que antecederam o infarto do meu pai. Pensei em Shay e no seu sorriso, em nós rindo, nos beijando, fazendo amor. Pensei em como era bom estar com ela, em como era fácil. Pensei nas oportunidades de trabalho que eu tinha recebido, que meus sonhos estavam se realizando — porra, em como eu tinha sonhos. *Eu*. Eu tinha sonhos. No passado, eu vivia apenas nos meus pesadelos.

Nas últimas semanas, eu só me sentia vivo.

Baixei a cabeça e encarei o carpete no chão.

— Isto é luto? — perguntei.

Ela concordou com a cabeça.

— Sim. Isso é luto.

Droga.

Eu estava torcendo para existir algum remédio que pudesse curar aquela dor dentro de mim.

Quem poderia saber quanto tempo aquela merda demoraria para passar? Eu não tinha tempo nem forças para lidar com o luto. Então deixei a sensação de lado e a enterrei o mais fundo possível em minha mente. Eu mergulharia no trabalho e nos personagens que deveria interpretar.

Desse jeito, pelo menos, eu poderia me tornar alguém diferente por um tempo, alguém que não fosse eu.

Pigarreei.

— Acho que não quero mais fazer isto.

— Isto o quê?

— Continuar vindo aqui. Minha agenda de trabalho está ficando lotada, e não tenho mais tempo para me dedicar à terapia.

— O quê? Landon, não. — Pela primeira vez, a Dra. Smith parecia preocupada. — Agora, mais do que nunca, é o momento de manter esse compromisso. Sei o que está acontecendo. Dá para ver que você sente que o mundo está desmoronando ao seu redor, mas não está. Você já progrediu tanto. Não vamos andar para trás. Vamos continuar organizando as suas caixas.

Meus pensamentos vagaram para uma das últimas coisas que meu pai disse sobre mim.

Quando se trata do meu filho, sempre é garantido que ele vai surtar e deixar outra pessoa limpar sua bagunça.

Eu não queria que ele estivesse certo. Eu não queria surtar e deixar outras pessoas resolverem minha bagunça. Eu não queria ser o babaca fraco que meu pai acreditava que eu era. Eu não queria ser como o tio Lance.

Ultimamente, era difícil respirar, e eu sabia que isso era um sinal de que eu estava prestes a desabar de novo. Caindo, caindo, caindo, de volta à escuridão. Mas eu não queria que isso acontecesse. Eu não tinha tempo para ficar de luto nem para ter outra crise habitual de depressão, e sabia que, se continuasse organizando aquelas merdas de caixas com a Dra. Smith, acabaria mergulhando ainda mais nos sentimentos que preferia manter guardados.

Eu não queria reviver meus traumas. Eu queria melhorar.

Eu achava que estava melhorando.

— É melhor assim, doutora. Obrigado por toda a sua ajuda — falei, levantando-me da poltrona para ir embora.

— Landon, espera. Por favor — implorou ela, também se levantando.

Eu me virei para encará-la e arqueei uma sobrancelha.

Ela suspirou, e seus olhos se encheram de emoção.

— Você é uma boa pessoa, que merece um final feliz. Não desista disso. Não perca essa batalha. Se você prefere me afastar da sua vida, conversa com outra pessoa. Encontra alguém para manter essa porta aberta. Porque é fácil se fechar para o restante do mundo e acreditar que está sozinho, mas você não está. Mesmo nos piores dias, sempre existe alguém disposto a te dar a mão.

— Tá. Beleza.

— E, como sempre — ela abriu um sorriso triste —, minha porta está aberta.

Depois que saí do consultório da Dra. Smith, coloquei minha máscara e cometi o erro de usá-la por tempo demais. Ela se tornou parte de mim. Sorrisos falsos, risadas falsas, tudo falso para esconder meu sofrimento interior. Por sorte, eu era ator de Hollywood — o mundo da falsidade. Eu me encaixava perfeitamente ali, e ninguém desconfiava de que havia algo errado comigo. Para as pessoas, eu era apenas Landon Pace — o ator simpático. Mas eu sabia que a máscara não duraria para sempre, porque elas sempre rachavam, independentemente do que acontecesse.

E, quando a minha começou a rachar, se estilhaçou em um milhão de pedaços.

1º de agosto de 2006

Satanás,

Então, achei que seria legal a gente voltar ao nosso velho hábito de trocar cartas, apesar de eu te mandar mensagens todos os dias. A Tracey voltou para o nosso terceiro ano na faculdade depois de passar um tempo estudando fora, e sinto que estamos um pouco distantes. Talvez seja coisa da minha cabeça, mas parece que ela briga comigo ou discorda de mim sempre que abro a boca. E nem é sobre nada importante. Dia desses, ela berrou comigo porque tomei o leite todo e não tive tempo de comprar mais. Essas implicâncias são as que mais me irritam.

Por exemplo, se eu disser que gosto de um suéter, ela faz questão de argumentar por que ele fica feio em mim. "Ele deixa seus ombros largos. Essa cor fica horrível em você." São sempre coisas negativas.

A Raine disse que minha relação com a Tracey sempre foi assim. Acho que só percebi isso depois que ela voltou do intercâmbio. Minha mãe fala que as pessoas mudam com o tempo, e talvez eu e a Tracey estejamos seguindo caminhos diferentes.

Só para deixar claro, eu fico maravilhosa naquele suéter, mesmo que ele deixe meus ombros mais largos.

Como você está? Como está a Sarah Sims?! Você disse para ela que eu a amo? Você pediu um autógrafo? Você perguntou se ela quer casar comigo? Por favor, diz que sim para tudo.

Você continua achando que seria legal eu ir te visitar? Posso te mandar os dias que estou livre. Uma viagem de fim de semana sempre cai bem.

Estou com saudade, Landon.

Mal posso esperar para estarmos no mesmo fuso horário de novo.

— Chick

P.S.: *Estou mandando docinhos para o meu docinho. Mas talvez seja melhor você não comer essas balas — elas são do último Dia dos Namorados. O Hank as deu para a Raine, e ela ainda não tinha jogado fora. Então, a menos que você esteja interessado em balas de sete meses atrás, é melhor evitá-las.*

DE: ShayGable@gmail.com
PARA: Harrison.Landon@gmail.com
DATA: 1º de setembro de 2005, 16:23
ASSUNTO: Como está o seu coração?

Satanás,

Oi. Faz um mês que mandei o caderno, e acabei de me dar conta de que você nem deve estar em casa para recebê-lo. Esqueci que sua agenda de trabalho é uma loucura. Nem sei quando você vai voltar para casa e ver sua correspondência.

No caderno, basicamente dei notícias sobre a minha vida. Acho que não falei nada muito empolgante. Eu só queria falar com você para saber como estão as coisas depois da perda do seu pai. Espero que você esteja se cuidando. Pode falar comigo sempre que quiser. Dia e noite.

Enfim, esta é uma carta pequena e doce. Finge que anexei balinhas de caramelo. Porque elas são pequenas e doces.

— *Chick*

P.S.: Como está o seu coração?
P.S. 2: Sei que é bobagem e tenho certeza de que você está bem, mas, se não estiver, fala comigo, por favor. Eu te amo e estou começando a ficar preocupada.

Shay: Oi, Landon. Eu só mandei mensagem para ver se está tudo bem. Faz uma semana que te mandei um e-mail, então achei melhor tentar por aqui. Está tudo bem?

∽

Shay: Oi. Faz seis semanas que não tenho notícias suas. Responde, por favor. Estou ficando maluca.

∽

Shay: Seis semanas e quatro dias. Cadê você? Não sei mais como posso entrar em contato.

∽

Shay: Dois meses. Parece que você está me afastando, Landon, e isso me assusta. A gente estava indo tão bem. Sei que você continua mal com a perda do seu pai, mas saiba que pode conversar comigo, por favor. Você pode se abrir comigo, como sempre fez. Sempre vou estar aqui para você. Mesmo que não seja no sentido romântico, mas como amiga. Você é o meu melhor amigo, Landon, e meu peito dói só de pensar em você sofrendo sozinho.
Se você não puder falar comigo, me diz que está conversando com outra pessoa, por favor. Só me mostra que você não está se afogando na sua própria mente. A gente precisa de você aqui, Landon. Não deixa a depressão te pegar. Você é forte, e você não está sozinho. Mesmo que pareça assim em alguns dias. Eu te amo vezes dois. Me responde, por favor.

∽

Shay: Assisti a uma entrevista sua e vi a falsidade no seu sorriso. Não sei o que está acontecendo, Landon, mas sei que você está sofrendo. Você não precisa ser falso comigo. Se existe uma pessoa no mundo com quem você pode ser quem realmente é, sou eu. Já vi suas cicatrizes, e elas não me assustam. Volta para mim e desmorona comigo. Eu vou te segurar. Estou aqui.

8

Shay

Em uma tarde de quinta-feira em novembro, parei em frente à caixa de correio depois da aula para ver se havia alguma correspondência de Landon. Eu verificava com frequência demais, por mais que soubesse o dia em que o carteiro fazia as entregas.

De novo, nada.

Sentindo a decepção se acomodar em meu peito diante de ainda mais silêncio, comecei a andar na direção de casa e parei ao ver um garoto sentado nos degraus da varanda. Meu garoto.

Meu coração praticamente saiu do peito quando comecei a correr até ele. Seus ombros estavam curvados para a frente, e sua cabeça estava baixa, os olhos encarando os sapatos. Seu cabelo castanho comprido cobria o rosto, que parecia estar molhado e sujo.

— Landon... o que você está fazendo aqui? — perguntei, um milhão de pensamentos passando pela minha cabeça.

Que diferença fazia por que ele estava ali? Eu só sabia que queria envolvê-lo em meus braços e apertá-lo.

— Eu não queria entrar em surto como ele disse — murmurou Landon.

— Como assim? Quem falou isso?

— Meu pai. Ele disse que eu ia surtar, e que você teria que limpar a minha bagunça. Eu não queria que isso acontecesse, mas não sabia para onde ir. — Ele me fitou, seu olhar tomado pela emoção. — Você acha que ele morreu por minha causa? — perguntou ele. Lágrimas

se acumularam em seus olhos e começaram a escorrer pelo seu rosto.
— Eu matei o meu pai?

Corri até ele e me sentei ao seu lado, envolvendo-o em meus braços. Ele cheirava a uísque e maconha; duas coisas que eu sabia que ele não usava havia muito tempo.

Ah, Landon.

Aonde você foi, e como posso te trazer de volta?

— Não, é claro que não foi por sua causa. Não tem como ter sido por sua causa.

— Talvez ele precisasse de mim no escritório. Ele ainda poderia estar aqui se eu tivesse feito o que ele queria.

— Landon, você sabe que isso não é verdade. O seu pai estava doente... a morte dele não teve nada a ver com você.

— Então por que sinto como se a culpa tivesse sido minha, do mesmo jeito que o Lance foi culpa minha?

— O que aconteceu com o Lance não foi culpa sua. Nada disso é culpa sua.

Eu estava vendo tudo acontecendo diante dos meus olhos... ele voltando aos seus velhos pensamentos sombrios.

Ele fungou, esfregou uma mão sob o nariz, engasgando nas próprias palavras.

— Desculpa, Shay. Eu estou na merda — murmurou ele. — Não queria que você me visse assim, mas, porra...

Ele esfregava a boca sem parar enquanto mais lágrimas escorriam dos seus olhos. Seu corpo inteiro começou a tremer enquanto ele desmoronava na minha varanda. Chapado, bêbado e arrasado.

— Vem — falei, puxando-o para se levantar. Passei um braço ao redor de sua cintura e o guiei para dentro de casa. — Vamos dar um jeito em você.

— Você não precisa lidar com essa merda — sussurrou ele em um tom embriagado, cambaleando para a frente e para trás enquanto eu tentava equilibrá-lo. — Você não devia ter que lidar com a porra da minha bagunça.

— Shh — falei, sabendo que sua mente estava acelerada demais para compreender qualquer coisa que eu dissesse para ele naquele estado. — você só precisa de um banho, tá?

Ele concordou com a cabeça.

Enquanto eu o guiava pela sala, Tracey ergueu o olhar do sofá.

— O que houve? — Seus olhos se voltaram para Landon. — Ele está bêbado? São três da tarde — comentou ela. — De uma quinta-feira!

— Agora não, Tracey — falei, seguindo em direção ao banheiro.

A última coisa de que eu precisava agora era da crítica dela. Entramos no banheiro, e eu fechei a porta e a tranquei. Landon se apoiou na parede enquanto eu ligava o chuveiro, deixando a água esquentar.

— Merda, desculpa, Shay. Desculpa mesmo — repetia ele sem parar.

Não falei nada. Ajudei-o a tirar a roupa e a entrar no banho.

— Vem comigo? — pediu ele.

Tirei a roupa também e entrei no boxe fumegante com ele. A água corria pelos nossos corpos enquanto eu colocava xampu nas mãos e começava a esfregar o cabelo de Landon. Ensaboei seu corpo enquanto ele balançava de um lado para o outro, ainda completamente alucinado. Minha mente começou a pregar peças em mim conforme a situação ficava clara, e tive flashes do passado, sentindo-me muito desconfortável com tudo aquilo.

— *Mamãe, o que você está fazendo?* — *perguntei ao passar pelo banheiro, onde meu pai estava curvado sob o chuveiro.* — *O papai está bem?*

Ele não parecia bem. Seus olhos estavam fechados, e ele balançava para a frente e para trás, em pé dentro da banheira.

— *Está, Shay* — *respondeu ela, me tirando do banheiro.* — *Volta para a cama. Já vou te dar boa-noite.*

Tentei afastar aquelas lembranças, sem deixar que elas me dominassem, mas cuidar de Landon do mesmo jeito que minha mãe cuidava do meu pai as deixavam frescas demais.

Uma sensação esquisita me acompanhou quando o levei para o meu quarto e o deitei na cama. Ele não parou de pedir desculpas até cair no sono, então abracei seu corpo, sem conseguir descansar. O que havia acontecido com Landon nas últimas semanas? Eu o vira na capa dos tabloides, parecendo feliz como nunca, e ele dava entrevistas sorrindo o tempo todo de orelha a orelha. Mas não era essa a pessoa que havia aparecido na minha porta naquela tarde. O garoto diante de mim estava arrasado, machucado, irradiando o sofrimento causado pelos demônios em sua mente.

Estava nítido que a pessoa que ele mostrava para o restante do mundo não existia.

O garoto deitado na minha cama naquela noite era o Landon de verdade. O Landon arrasado.

O garoto que tinha perdido o pai e se culpava por isso.

Quando ele acordou no meio da madrugada, eu ainda não tinha dormido.

Ele se virou para mim e abriu um sorriso fraco.

— Oi.

— Oi. Você está bem? — Ele abriu outro sorriso, e eu balancei a cabeça. — Só a verdade, nada de mentira.

O sorriso desapareceu, e ele passou um dedo sob o nariz.

— Não — confessou ele. — Não estou bem.

Apoiei a testa na dele e rocei minha boca na sua.

— Me diz do que você precisa?

— De você — sussurrou ele, levando uma das mãos à minha nuca. Sua língua deslizou pelo meu lábio inferior antes de ele chupá-lo de leve. — Preciso de você.

Então foi isso que dei a ele. Eu me entreguei — por completo. Ele tirou minha roupa e dominou meu corpo, me tomando por inteiro. Minhas costas arqueavam com seus toques, e seus dedos me exploravam, enquanto ele chupava e mordiscava meus mamilos.

Quando Landon entrou em mim, quase gritei de prazer. Nossa, como eu tinha sentido falta dele. Eu sentia falta do seu toque, dos seus beijos, do seu calor. Mas o jeito que fizemos amor parecia diferente naquela noite. Quase como se parte dele estivesse distante, e ele agisse no automático. Quando ele puxou meu cabelo e me pressionou na cama, ficou claro que não estávamos fazendo amor. Ele estava me comendo, sem pudor, com força, indo rápido e fundo.

Gemi de prazer, sabendo que a forma como ele controlava meu corpo era preocupante, mas, mesmo assim, a sensação era deliciosa. Fui egoísta a ponto de desejar que ele me usasse até sua dor desaparecer. Se me amar lhe desse alguns segundos de paz dos demônios em sua mente, eu estava disposta a deixar que ele me dominasse por completo. Se eu pudesse fazer com que Landon se sentisse bem, toparia qualquer coisa.

Porque eu o amava e conhecia suas batalhas. Quando amanhecesse, nós poderíamos conversar. Poderíamos falar sobre o que se passava em sua cabeça e entrar em sintonia. Eu poderia escutar seus problemas e ajudá-lo a enfrentá-los, mostrando que ele não estava sozinho.

O único problema foi que, quando acordei na manhã seguinte, ele tinha ido embora. Deixando apenas um bilhete no travesseiro dele me pedindo desculpas.

~

Landon parecia estar trabalhando demais e usando isso como uma desculpa para não lidar com as próprias emoções. Era fácil para ele se desligar dos problemas quando estava interpretando um personagem, e cheguei à conclusão de que era exatamente isso que ele estava fazendo: desligando seus sentimentos até perder o controle sobre eles, quando então aparecia na minha porta.

Algumas semanas se passavam, e ele sempre encontrava o caminho de volta para mim, levando um pedaço meu quando ia embora. Ele fazia amor comigo de um jeito profundo, intenso, sem jamais dar um pio sobre a confusão em sua mente. Quando amanhecia, ele já tinha partido.

Então meses se passaram sem que eu tivesse notícias dele, e comecei a ficar preocupada de novo. O Ano-Novo passou, e eu não tive nenhum sinal dele, e o Dia dos Namorados também. Não tinha ninguém com quem comemorar.

— Ele deve estar ocupado trabalhando — argumentou Raine certa noite, enquanto eu, ela e Tracey jantávamos comida chinesa na sala e fazíamos o dever de casa.

— Não custava nada mandar uma porcaria de mensagem — rebateu Tracey. — Acho que ele está te cozinhando.

— Tracey! — arfou Raine, batendo no braço dela. — Como você tem coragem de dizer uma coisa dessas?

— Não é algo tão impossível assim. Ele está trabalhando com a Sarah Sims. Ela é só a pessoa mais linda da face da Terra. Você o culparia se ele pulasse a cerca?

— É claro que sim — disse Raine. — Mas ele não faria isso porque é o Landon e ele ama a Shay.

— Só estou dizendo que a tentação existe. E não é nem como se eles fossem namorados de verdade. Os dois mal se veem, e, quando ele aparece, é para fazer drama. Para mim, faria sentido ele querer alguém que está mais perto.

— Se você continuar falando essas coisas, vou puxar seu mega hair — ameaçou Raine.

Eu fiquei quieta, porque nem mesmo sabia o que estava pensando. No geral, a situação me deixava com vergonha. Eu tinha a impressão de que, quanto mais tempo se passava, mais eu parecia minha própria mãe — sentada na frente da janela, esperando um homem me procurar. Então ele vinha, fazia o que queria e ia embora de novo.

As garotas continuaram falando sobre mim como se eu não estivesse ali, e, de certa forma, não estava mesmo. Minha mente estava longe dos estudos, da comida chinesa e daquela conversa toda.

— Quer dizer, sinceramente — comentou Tracey, enfiando um rolinho primavera na boca —, eles mal se falam por telefone.

— Que diferença isso faz? Nem todo mundo gosta de falar ao telefone — rebateu Raine.

— Mas eles namoram a distância. É esquisito, só isso. Parece que você está se contentando com pouco, Shay.

— Mas que história é essa, Tracey? O que foi que te deixou amargurada assim? — perguntou Raine em resposta aos comentários maldosos dela.

— Só estou dizendo que ela merece mais do que ele tem oferecido, que são migalhas. É meio patético de ver. Nem me imagino perdendo tempo sonhando com um cara que não se importa o suficiente comigo nem para responder minhas mensagens e que só aparece quando quer me comer. Talvez a fama tenha subido à cabeça, e ele agora acha que pode fazer o que quiser, quando quiser. De qualquer forma, é uma palhaçada. Quer dizer, vocês chegam a conversar quando ele aparece aqui, ou é só sexo?

Eu queria poder dizer que não era só sexo, mas estaria mentindo. Tracey tinha razão. Eu sabia que nós duas tínhamos nos desentendido algumas vezes ao longo dos anos, mas ela estava certíssima desta vez. Eu tinha mandado tantos e-mails e mensagens para Landon, sem receber nenhuma resposta.

Nem. Uma. Única. Resposta.

Mas, quando ele aparecia na minha porta, eu o deixava entrar feito uma idiota — do mesmo jeito que minha mãe passou anos fazendo com o meu pai.

O que eu estava fazendo?

Quem eu estava me tornando?

9

Shay

Vinte e um anos

— Tem certeza de que você não quer ir à festa hoje? — perguntou Tracey em uma noite de sábado em abril, desviando minha atenção do computador. — É a festa da primavera! Vamos, Shay. Vai ser bom para você. Você pode beber, dançar, falar com *garotos*.

Ela enfatizou a palavra "garotos", e eu logo entendi o que ela quis dizer.

Continuei sentada à escrivaninha, com as pernas cruzadas feito um pretzel.

— Acho que não vai rolar. Tenho que estudar para uma prova importante.

— *Ou* você poderia estudar o Jason Hopps. — Ela sorriu, se aproximando para me cutucar o braço. — Você sabe que ele é doido por você há séculos. Quando vai dar uma chance de verdade para ele?

Sorri para minha amiga que tentava bancar a cupido entre mim e Jason. Nós tínhamos nos conhecido no ano anterior, na aula de escrita criativa. Então tivemos que escrever um conto em dupla e ficamos muito amigos. Sim, eu tinha ideia de que Jason gostava de mim. Ele mesmo tinha me dito isso com todas as letras em uma festa do ano passado, e seis meses depois em outra festa, e dois meses depois em outra ocasião, mas não parecia certo retribuir esse sentimento quando meu coração não estava completamente disponível.

Ele ainda pertencia ao garoto complicado que havia sumido da minha vida.

Mesmo que eu não tivesse notícias dele havia séculos. Fazia três meses que Landon tinha entrado em contato. Após meses de silêncio, eu sabia que era idiotice continuar apaixonada por Landon. Mesmo tendo levado um perdido, não sabia como desligar meus sentimentos, especialmente em um dia como aquele. Era aniversário dele. Landon sempre dava um jeito de voltar para mim no seu aniversário, fosse em pessoa ou pelo menos com um telefonema.

— Eu e o Jason somos só amigos — falei para ela, abrindo o laptop de novo. — Não quero estragar isso.

Além do mais, apesar de eu não ter notícias de Landon havia um bom tempo, eu ainda era dele — pelo menos no meu coração.

— Por que não? — gemeu ela, exausta por sempre me ver rejeitando Jason. — Ele é perfeito. É gato, é inteligente, é cheiroso como uma manhã de Natal e ama a mãe, mas não de um jeito esquisito a ponto de precisar de terapia. Além disso, dizem por aí que o dito-cujo dele é *bem* impressionante. O que mais você pode querer num cara?!

— Eu sei que o Jason é maravilhoso. Pode acreditar, eu sei, mas não penso nele desse jeito.

— Isso porque você não está pensando direito. Não me diz que é por causa do Landon, por favor. Shay, ele sumiu, e você tem o direito de seguir em frente. Você não está esperando por ele ainda, né?

— Não, não estou — menti, e ela também sabia que isso era mentira.

Tracey suspirou, dando um tapa na testa.

— Shay, você sabe que eu te amo, mas essa história está fazendo as mulheres voltarem quinhentos anos no tempo. Não sei por que você é tão vidrada nesse cara, ele não vale a pena. Não estou nem aí se ele é um ator bonitão e famosinho. Isso não dá a ele o direito de te tratar feito lixo.

— Talvez a Tracey tenha razão, Shay — disse Raine, entrando na conversa.

Aquilo foi uma surpresa para mim. Raine sempre tinha apoiado meu namoro com Landon, então ouvi-la falar assim era como levar uma punhalada no peito.

— Vocês não entendem. As coisas com ele são complicadas — falei, me sentindo uma idiota assim que as palavras saíram da minha boca.

— O amor não devia ser tão complicado assim, Shay. Olha o jeito como ele te trata. Ele passa meses te ignorando. Isso não é amor. É abuso — disse Raine. — Sei que ele é como um irmão para mim, mas não tem como justificar o injustificável, e o que ele está fazendo com você não tem justificativa.

Eu me fechei depois que ela disse isso. Senti minhas barreiras se erguendo enquanto minha amiga explicava que Landon não me fazia bem, só que ela não entendia. Ela não compreendia que nossos corações entravam em sincronia quando estávamos juntos. Ela não compreendia por que minha conexão com Landon era maior do que um amor normal.

O que nós tínhamos era complicado, e difícil, e complexo, e lindo. Além do mais, um dia ele conseguiria finalmente se encontrar e voltaria perfeito para mim. Ele estava quase lá antes da morte do pai, então conseguiria chegar a esse ponto outra vez. Eu sabia que conseguiria. Ele tinha apenas se deparado com um obstáculo no meio do caminho, mas daria a volta por cima.

Fechei os olhos, escutando meus próprios pensamentos, com vergonha deles e com vergonha de mim mesma.

O que eu estava fazendo? Como tinha chegado a esse ponto? Como eu podia optar por uma situação que me tornava tão parecida com a pessoa que minha mãe tinha sido? Esperando um homem me amar por inteiro, esperando um homem voltar para mim.

— Talvez eu saia amanhã — disse, torcendo para que isso desse um pouco de esperança a minhas amigas.

As duas suspiraram, e Raine foi buscar a bolsa.

— Tá bom. Manda mensagem para a gente se você mudar de ideia.

— Pode deixar.

As meninas tinham razão sobre tudo, e era por isso que eu esperava que Landon me mandasse uma mensagem em algum momento. Eu só sabia que ele estava vivo porque pesquisava o nome dele na internet. Sua carreira ainda parecia estar indo bem, mas isso não me ajudava em nada. Eu sabia que não podia continuar com aquela loucura, porque estava me tornando uma pessoa irreconhecível. Eu estava me tornando a garota que sempre disse que nunca seria. Eu estava me tornando desesperada pelo amor de um homem.

Ansiosa, fiquei esperando Landon entrar em contato.

Minha autoestima sofria mais e mais a cada instante que passava. Eu precisava de respostas dele. Eu precisava que ele se abrisse comigo, que definisse o que nós éramos — o que pretendíamos nos tornar. Eu precisava do futuro dele, ou precisava me libertar do nosso passado.

Meu coração não aguentaria permanecer naquele limbo por muito mais tempo. Nós precisávamos ter uma conversa séria, e teria que ser cara a cara. Ou pelo menos em uma ligação. Qualquer coisa. Eu precisava de respostas, e rezei para que Landon fosse homem o suficiente para me dá-las.

Passei o restante da noite esperando por aquela batida à porta. Esperando ver aquele garoto parado do outro lado da porta. Esperando que ele estivesse pronto para mim, por completo. Esperando para ele dizer que não me deixaria de novo tão cedo e que estava pronto para se abrir emocionalmente.

Era quase uma da manhã quando perdi as esperanças de que Landon bateria à minha porta. Eu não sabia por que fiquei tanto tempo esperando por ele. Não sabia por que permitia que ele tivesse tanto controle sobre mim, tanta influência no meu coração, mas, quando a batida veio, às duas da manhã, abri a porta e sorri ao ver aquele garoto complicado parado na minha frente.

Homem complicado.

Landon já não era mais um garoto. No decorrer dos vários meses, seu corpo havia mudado de mais formas do que eu poderia imaginar. Seus braços estavam cobertos de tatuagens, a tinta escondendo as cicatrizes do passado, desenhos diferentes envolvendo sua pele bronzeada, mas algumas coisas permaneciam iguais.

Seu sorriso torto e bobo. Sua covinha perfeita. Seus olhos cheios de paixão e desejo.

Agora, lá estava ele, ainda tão dolorosamente complicado.

Arrasado.

Destruído.

Desordenado.

E meu.

Suspiro.

Não tão meu assim.

— Oi — disse ele soltando o ar, colocando as mãos nos bolsos.

— Oi — respondi, tentando controlar meu coração acelerado.

Eu não sabia que era possível sentir tanta falta de alguém, mesmo quando a pessoa estava parada à sua frente. Era como se ele estivesse ali fisicamente, mas o Landon que eu queria encontrar ainda estivesse bem longe de mim.

Cruzei os braços, fazendo o possível para me segurar, com medo de relaxar e me estilhaçar em mil pedacinhos bem na frente do garoto que controlava meu coração.

— Como está o seu coração hoje?

Ele não me respondeu. Ele se moveu rapidamente e me puxou para seus braços. Seus lábios pressionaram os meus, e ele roubou meus beijos como se sua vida dependesse deles naquela noite. Ele inalou minha existência, me deixando fraca e trêmula. Suas mãos subiram pelas minhas costas enquanto ele pressionava sua rigidez contra minha coxa.

Meu corpo instantaneamente cedeu ao seu toque. Traiu minha mente, permitindo que minhas pernas tremessem de prazer. Os beijos dele tinham gosto de uísque, e esse foi o primeiro sinal de alerta. Tudo bem que ele tinha idade suficiente para beber, e tudo bem que eu não era sua mãe para lhe dar uma bronca por ficar enchendo a cara, mas o gosto do álcool queimou uma parte da minha alma.

Seus beijos eram cheios de paixão, e eu mal tive tempo para assimilar o que estava acontecendo. Ele tirou a camisa e a jogou do outro lado da sala. Então tirou a minha blusa e fez a mesma coisa.

— Land... espera — murmurei, ofegante.

Ele me empurrou contra a parede e começou a lamber meu pescoço em pequenos movimentos circulares, chupando a pele e me mordiscando enquanto seus quadris roçavam nos meus.

— Eu te quero pra caralho — grunhiu ele no meu ouvido ao levantar uma das minhas pernas e a prender em sua cintura. — Eu te quero todinha hoje, Shay... por favor... Posso ficar com você? Posso te provar? Posso te devorar a noite toda?

— Pode. — A palavra saiu como um suspiro, e senti vergonha da minha necessidade de dar tudo o que ele queria, vergonha da minha necessidade de me entregar quando ele se recusava a fazer o mesmo. Meu cérebro desligou, e meus desejos assumiram o controle. Eu retribuí seu beijo com mais intensidade, esfregando os quadris em seu pau duro. — Você é meu veneno — sussurrei, minha respiração dolorosa enquanto meu corpo pressionava o dele.

Seus lábios percorreram minha clavícula ao mesmo tempo que ele abria minha calça jeans.

— Você é minha cura — jurou ele com a boca pressionada na minha.

O pânico corria pelo meu corpo conforme eu o beijava com mais vontade. Eu o devorei, sabendo que a forma como ele me amava estava acabando comigo, sabendo que ele iria embora quando amanhecesse, partindo para um mundo do qual eu não fazia parte. Eu não era bem-vinda no universo que ele estava criando nos últimos meses. Eu não fazia parte do futuro que ele construía. Eu não passava de um mero cantinho do seu passado, que ele só visitava nos momentos mais sombrios.

Eu era sua sombra, que torcia feito uma idiota para que lampejos de luz me iluminassem. Ele era meu ponto fraco, minha kryptonita, minha jaula. Enquanto eu o levantava, ele me puxava para baixo. Era confuso como o amor podia se parecer tanto com uma guerra. Landon estava vencendo ao mesmo tempo que eu morria no campo de batalha.

Isso não é amor, pensei.

Era um vício, uma doença contagiosa que me deixaria destruída e arrasada — do mesmo jeito que meu avô fizera com Mima, do mesmo jeito que meu pai acabara com minha mãe.

Como a gente chegou a esse ponto? Como deixamos de sentir mente, corpo e alma e passamos a sentir apenas os toques um do outro? Como acabamos em uma relação puramente física?

Ele costumava conversar comigo. Ele costumava abrir o coração para mim. Agora, sempre que aparecia aqui, era só para desejar meu corpo, não minha mente, não meus pensamentos, não eu. Nós éramos algo apenas físico, nem mais nem menos. Eu nem conseguia me lembrar da última vez que ele perguntara como estava o meu coração. Se ele tivesse feito isso, eu teria lhe contado sobre suas batidas erráticas.

Pela manhã, Landon já teria partido, e eu ficaria com os cacos do meu coração que ele deixaria para trás. Por que eu permitia que isso continuasse acontecendo ano após ano? Por que eu me guardava para um homem que não estava disposto a me dar nada além de uma noite? Quem era aquela pessoa que eu estava me tornando?

Eu tinha crescido cercada por relacionamentos instáveis. Tinha visto meu avô sugar minha avó até a alma. Tinha visto meu pai esgotar todas as forças de minha mãe. E, mesmo assim, de algum jeito, eu havia acabado na mesma situação.

Parecia que as mulheres da minha família eram amaldiçoadas com amores fracassados, amores que feriam mais do que curavam.

A cada estocada dentro de mim, Landon levava um pedaço da minha alma. A cada beijo intenso e apaixonado, ele roubava uma parte de mim. Eu estava ruindo por um garoto que nem estaria presente para juntar meus cacos.

Eu não conseguia respirar, sentindo o pânico no meu peito aumentar cada vez que seus dedos tocavam minha pele, cada vez que sua língua passava pelo meu centro, cada vez que seu pau duro deslizava para dentro de mim.

Estávamos transando na cama, e tive a sabedoria de não confundir mais aquele ato com fazer amor. Amor não causava aquela sensação. Amor não machucava. Pelo menos não deveria ser doloroso.

Fechei os olhos, e as lágrimas começaram a escorrer pelas minhas bochechas. Virei o rosto para o lado quando Landon segurou minhas mãos sobre minha cabeça. Comecei a fungar cada vez mais, fazendo com que ele abrisse os olhos e me encarasse. Que me encarasse de verdade. Percebi que aquela era a primeira vez que ele me olhava desde que tinha chegado.

Seus movimentos foram parando enquanto ele se sustentava sobre meu corpo.

— Você está chorando.

— Você está me machucando.

Ele saiu de dentro de mim, sentou-se e levantou uma sobrancelha.

— Posso ir mais devagar.

Balancei a cabeça e me sentei também.

— Não, você está me machucando, Landon — repeti, levando uma das mãos ao peito. — Você me machuca sempre que aparece aqui e depois some. — Puxei o lençol para cobrir meu corpo exposto ao mesmo tempo que exibia mais e mais partes do meu coração partido. — Sempre que você vem, eu me sinto inteira por um milésimo de segundo. Aí você vai embora e leva partes de mim junto. Eu estou desmoronando, esperando o dia que você vai dizer que está pronto para isto, para mim, para a gente, e não estou falando só do meu corpo. Estou falando do meu coração e da minha alma. A cada dia que passa, me sinto ainda mais idiota.

Ele apertou a beirada do colchão e baixou a cabeça.

— As coisas andam muito loucas em Los Angeles... Estou tentando cuidar de mim, mas é difícil, Shay.

— Eu entendo, de verdade. Mas você não pode nem entrar em contato e me ligar? Ou me dar notícias? Nada? Eu só mereço você nos seus piores momentos?

— Shay...

— Fico me sentindo uma puta — sussurrei, as palavras escapando da minha boca. — Alguém que você usa e joga de lado quando consegue o que quer. Você se levanta e vai embora sem nem olhar para trás.

Ele fez uma careta e esfregou a nuca, flexionando o bíceps.

— Eu não quero te machucar. Eu nunca quero te machucar.

— Só porque você não quer fazer algo, não significa que não faça. — Cheguei mais perto dele e segurei suas mãos. Meu coração disparou enquanto eu me inclinava para a frente e apoiava minha testa na dele. — Me diz. — Suspirei, fechando os olhos. — Me diz que você está pronto para se abrir emocionalmente. Me diz que você me quer. Me diz que você vai ficar comigo. Me diz que não sou uma idiota por ficar esperando por um cara que não está mais esperando por mim. Me diz que chegou a nossa hora.

Meu coração batia freneticamente no peito.

Uma batida, duas batidas, três batidas, quatro...

Então ele acabou comigo.

— Não posso dizer isso.

— Não pode ou não quer?

O silêncio dele era tão alto que chegava a doer.

Soltei suas mãos e me afastei um pouco. Seus olhos estavam cheios de emoção, vítreos, como se Landon estivesse guardando algo dentro de si. Como se ele tivesse muito a dizer, mas lhe faltassem palavras.

— Eu esperei por você — sussurrei, balançando a cabeça sem acreditar. — Eu esperei por você. Deixei essa situação entre a gente rolar por tanto tempo porque eu te amo, Landon, mas está na cara que isso é só sexo para você.

— Não é assim, Shay. Eu não pensei direito. Quando eu te vi, só quis estar perto de você, só quis te ter nos meus braços e sentir que estava tudo bem. Você não sabe como é estar sob os holofotes agora enquanto eu tento entender minha cabeça confusa. As coisas andam difíceis ultimamente.

— Como?

De novo, silêncio.

Ele baixou a cabeça e não disse nada.

Nossa. Quando isso aconteceu? Quando ele havia parado de se abrir comigo? A gente não era assim. O romance que criamos não era assim. Aquela era uma versão completamente diferente, distorcida, de amor, que eu não reconhecia.

Eu não aguentava mais. Não podia continuar amparando Landon porque ele estava com problemas. Não podia proteger seu coração lhe dando o direito de pisotear o meu. Não podia salvá-lo, sendo que, para isso, eu tinha que me render.

Eu me recusava a me sacrificar quando ele se recusava a se abrir.

— É melhor você ir embora — sussurrei, as palavras ardendo ao serem forçadas a sair da minha boca.

— Shay...

Ele suspirou e passou as mãos pelo cabelo bagunçado.

— Não diz meu nome se você vai mentir logo depois.

Mais silêncio.

Ele se levantou e começou a se vestir.

Lágrimas queimavam no fundo dos meus olhos enquanto eu analisava seu corpo, inclinado para pegar a calça jeans. Mas não chorei. Não daria a ele o gostinho de ver o quanto tinha me magoado. Não daria a ele o prazer de ver o quanto afetava minha alma.

Eu não daria mais lágrimas a ele.

Eu já tinha chorado o suficiente por um garoto que não estava pronto para mim, que obviamente nunca estaria pronto para aquilo, para nós... para o romance que poderíamos ter contado.

— Diz que acabou — falei, me empertigando, apesar de meu corpo querer se encolher.

— O quê?

— Quero que você diga que a gente terminou. Não quero ficar me iludindo, achando que você vai voltar aqui. Não quero ficar pensando que ainda podemos dar um jeito de consertar as coisas. Então, diz. Diz que acabou.

O canto de sua boca se contraiu, e ele hesitou por um milésimo de segundo. Ele não tinha coragem nem de me olhar nos olhos.

— Está tudo acabado entre nós, Shay. Seja lá o que a gente teve, acabou.

Apesar de eu ter dito que queria ouvir aquelas palavras, elas me destruíram.

Pronto. Tínhamos terminado. Landon e Shay oficialmente tinham chegado ao fim.

Antes de ir embora, ele olhou para mim. Seus olhos azuis estavam tão pesados, e ele parecia esgotado. Havia algo ali, algo assustador que atormentava seu espírito, e eu só queria abraçá-lo. Eu queria puxá-lo para mim e dizer que tudo ficaria bem, mas não podia.

Nós tínhamos terminado, e ele não era mais meu.

Além do mais, ele não se abriria comigo.

— Eu te amo — confessou ele, e suas palavras me tiraram o fôlego. — Eu te amo tanto, Shay, e me desculpa por ter ferrado com tudo. Eu queria ter sido quem você queria, a pessoa de quem você precisava, quem você merecia, mas não consigo. Desejo todas as melhores coisas do mundo para você. Desejo que você realize cada um dos seus desejos. Eu te amo mais do que já amei qualquer coisa na porra deste mundo, e me desculpa. Eu sinto muito por ter te machucado. Sinto pra caralho — disse ele.

Lágrimas escorriam pelo seu rosto enquanto ele saía pela porta. Seus ombros estavam curvados para a frente, e suas mãos se enterraram nos fundos dos bolsos.

Ah, Landon.

Meu peito doía de arrependimento, de preocupação, de amor.

Ele não sabia? Ele não enxergava? A única coisa que eu queria era que ele voltasse para mim. Ele era meus sonhos, minhas esperanças, meus desejos, e minhas orações, mas agora estava me deixando e eu não iria impedi-lo.

Naquela noite, ele foi embora, e eu fiquei deitada na cama, sem conseguir descansar. Os dias seguintes se arrastaram, e o embrulho no meu estômago não passava. Eu não conseguia parar de pensar nele. Era impossível me concentrar nos estudos, em comer, em qualquer coisa além do vazio que Landon tinha deixado no meu coração ao partir.

Havia tantos momentos em que eu acreditava ter cometido um erro, como se tivesse sido um erro afastá-lo. Eu sabia que seus demônios o atormentavam toda noite. Quem era eu para tentar acelerar sua recuperação? Além do mais, eu tinha dito a ele que podia levar o tempo que fosse necessário. Pior ainda, eu tinha dito a ele que não tivesse pressa. E lá estava eu, com as vozes das minhas próprias dúvidas e das dos outros berrando dentro da minha cabeça, mandando Landon se apressar e descobrir um jeito de me amar e de se abrir para mim.

Eu tinha cometido um erro, um erro imenso, grave, que me deixara ansiando pelo garoto complicado que eu amava.

Eu o amava.

Nem falei isso antes de ele ir embora. Quando ele disse que me amava, eu não falei que o amava vezes dois. Essa era a pior parte — pensar que ele tinha ido embora sem saber que eu o amava mais do que já havia amado qualquer pessoa.

~

Quando meu celular apitou, torci feito uma idiota para que fosse Landon me mandando mensagem para explicar as coisas, me mandando mensagem para desanuviar minha mente tão confusa. Mas eu não vi o nome dele e suspirei.

Abri a mensagem mesmo assim, vendo que era do grupo que eu tinha com Tracey e Raine.

> **Tracey:** Mas que porra é essa?! Que babaca do caralho. Eu avisei que isso ia acontecer.

Meu coração disparou quando vi que ela havia mandado o link de uma matéria. Cliquei nele e li a manchete várias vezes.

> Novo casal na área: a vencedora do Oscar Sarah Sims foi vista com o novo astro do pedaço, o ator em ascensão Landon Pace.

O quê? De jeito nenhum. Isso era impossível.

Mentira. Só podia ser mentira — não havia outra opção.

Sarah Sims era uma das atrizes mais lindas e deslumbrantes da atualidade. Ela era multitalentosa e tinha vários prêmios para provar isso. Ela era tudo que eu sonhava em ser e tudo que eu não era. Eu era sua maior fã. Ele sabia que eu era sua maior fã. Ele não faria uma coisa dessas comigo.

A matéria explicava que os dois estavam promovendo o filme que haviam gravado juntos e foram vistos abraçados depois das entrevistas. Não podia ser. Landon não se envolveria com uma mulher logo depois de a gente terminar. Não fazia nem duas semanas. Ele nunca faria algo assim, nunca se aproximaria de alguém logo depois de me cortar da sua vida.

Então vieram as fotos.

Fotos de Landon e da maldita Sarah Sims abraçados. Fotos dos dois almoçando juntos. Fotos dela com os braços ao redor dele. Dos lábios dela beijando o rosto dele. Do sorriso dele.

Do sorriso dele.

Ai, nossa, ele nunca mais me procurou com aquele sorriso no rosto, apenas com sua melancolia. Só que, com ela, ele sorria de orelha a orelha, todo feliz. Havia tanta luz em seus olhos que senti vontade de chorar. E de gritar. E de me estilhaçar.

E a última foto era a do beijo.

Do. Beijo.

Eles. Se. BEIJARAM!

A boca de Landon na dela. A boca de Sarah na dele.

Os dois pareciam tão perfeitos juntos, como se fossem um quebra-cabeça lindamente encaixado, sintonizados do jeito que eu sonhava com Landon.

Eu ia vomitar.

Tracey: Eu avisei que você estava perdendo tempo com esse idiota.

Lá estava o "eu te avisei" que Tracey queria me dizer havia anos Raine me mandou uma mensagem fora do grupo.

Raine: Você está bem?

Raine: Estou indo para casa.

Naquela noite, chorei nos braços de Raine, me sentindo humilhada, triste e furiosa. Todo meu ser doía ao chorar, minhas palavras incompreensíveis entre os soluços. Ela me consolou, me embalou em seus braços enquanto eu me acabava de chorar por um cara que tinha me traído da forma mais dolorosa possível. Naquela noite, Raine não brigou comigo em momento algum por chorar por alguém como ele. Em momento nenhum, ela disse que tinha me avisado, como Tracey havia feito. Ela apenas juntou meus cacos e me incentivou a colocar minhas emoções para fora.

10

Landon

Você está me machucando.

Eu não conseguia parar de remoer essas palavras desde que Shay as dissera.

Elas se repetiam sem parar na minha cabeça. A única pessoa que eu nunca deveria machucar na vida estava sofrendo por minha causa, e eu sabia que precisava consertar aquilo.

Voltei a Illinois algumas semanas depois que a tempestade do meu inferno pessoal passou. Eu queria encontrar Shay e lhe explicar tudo. Ela merecia pelo menos isso. Ela merecia uma explicação de por que agi como agi, precisava saber que tudo tinha desmoronado para mim nos últimos meses.

— Seu idiota — murmurei para mim mesmo.

Eu devia simplesmente ter contado a ela o que estava acontecendo. Eu devia ter me aberto, porque sabia que ela conseguiria acalmar minhas angústias, mas parte de mim não acreditava que eu merecia melhorar.

Apesar da minha luta diária, a depressão começava a me sufocar de novo. Depois de passar tanto tempo me sentindo bem, era como se a morte do meu pai tivesse sido um estilingue, me arremessando pelo ar e me prendendo em teias de desespero das quais eu não conseguia me soltar. Eu tinha tentado ignorar. Tinha fingido que nada estava acontecendo, mas isso só havia piorado as coisas. Às vezes, era impossível fugir da depressão — era preciso encará-la, e, quando eu me virei para olhar a minha nos olhos, ela quase me matou.

Eu só me sentia à vontade para desmoronar quando estava nos braços de Shay. Ela era meu porto seguro. Com ela eu podia ser complicado e problemático. Ela era meu paraíso, e eu era o inferno dela.

Fui até a casa de Shay para conversar com ela. Parei o carro e segui até sua porta com um buquê patético, feito de balas e M&M's de amendoim, junto com nosso caderno. Eu estava prestes a bater quando ouvi risadas lá dentro. Olhei pela janela e vi Shay jogando a cabeça para trás, dando gargalhadas, parecendo feliz da vida, e um cara ao seu lado, rindo também. Tinha um babaca com a mão na coxa dela. Um babaca fazendo Shay rir. Quem era aquele babaca?

Meu sangue começou a ferver quando o vi tocando a perna dela. Quem ele achava que era? Eu estava prestes a escancarar a porta quando uma voz me interrompeu.

— O que você está fazendo aqui?

Eu me virei e dei de cara com Tracey parada atrás de mim, com uma mochila nas costas. Ela parecia surpresa ao me ver.

Dei um passo para longe da porta.

— Oi, Tracey.

— Não me vem com essa de "oi, Tracey", Landon. Que diabos você está fazendo aqui? — bradou ela, seus olhos ardendo de raiva. Seu olhar mirou a janela, de onde dava para ver que Shay e o babaca continuavam de papo. — Você precisa ir embora, Landon. Você precisa ir embora e deixar ela em paz, e deixar ela seguir em frente depois de toda a merda que você fez.

— Tracey...

— Não. Estou falando sério. Você não sabe pelo que ela passou. Você não sabe quantas noites ela chorou até dormir porque você tinha ido embora. Você não sabe quantas vezes eu e a Raine precisamos consolá-la por sua causa. Quer dizer, sinceramente, Landon. Que porra é essa?! Ela passou por cima de tudo para cuidar de você, e é assim que você retribui? Depois de todos os anos que ela ficou do seu lado e te deu apoio, você acha que está tudo bem magoar a Shay assim?

Fiz uma careta.

— Eu sei. Eu ferrei com tudo.

— Você fez mais do que ferrar com tudo. Você estragou a melhor coisa que já aconteceu na sua vida. Agora vai embora.

Olhei mais uma vez para Shay e o babaca, então baixei a cabeça.

— Não posso ir embora sem explicar as coisas para ela.

— Ela não precisa de uma explicação nem das suas desculpas esfarrapadas. Ela precisa seguir em frente, e é isso que está fazendo.

— Com aquele cara?

Bufei, irritado, magoado, triste. Principalmente triste. Triste pra caralho. Meu coração cheio de cicatrizes estava sangrando, e eu não sabia como estancar a ferida.

— Sim. O Jason é ótimo para ela. Os dois têm um monte de coisas em comum e são amigos há um tempão.

— Ela nunca falou de nenhum Jason — rebati, o ciúme fervilhando no meu estômago.

— Provavelmente porque ela estava esperando por você. Mas olha só para ela agora. — Tracey apontou para a janela. — Ela parou de esperar. Deixa ela em paz. Ela merece alguém melhor do que você.

Isso era verdade, mas mesmo assim. Depois de tudo que a gente tinha vivido junto, eu não podia ir embora sem dizer a Shay como eu me sentia. Não podia ir embora sem contar para ela o inferno pelo qual eu tinha passado.

— Tracey, por favor. Deixa só eu falar com ela.

— E vai falar o quê? Que você está passando por um momento complicado? Que você se perdeu? Que você, mais uma vez, a decepcionou? Fala sério, Landon. Você sempre faz a mesma coisa. Perde o controle e espera que ela esteja sempre disponível para te ajudar. E você sabe que ela vai fazer isso, mas não é justo. Você quer mesmo que ela passe a vida inteira recolhendo os seus cacos? Quer que ela carregue esse fardo? Deixa ela se livrar desse drama todo que são vocês dois. Deixa ela ser feliz de verdade.

— Você acha que esse cara vai fazer ela feliz?

— Sei lá — respondeu Tracey com sinceridade —, mas ele com certeza não vai deixar ela tão triste quanto você deixava.

Odiei saber que ela tinha razão. Eu não estava estável, não estava estável havia tempo pra caralho. Shay esperava que eu voltasse totalmente pronto para me comprometer com ela, com a gente, mas, como sempre, eu acabei ferindo seus sentimentos.

Eu magoava as pessoas que amava.

Meu pai também tinha razão. Só de ver Shay seguindo em frente com sua vida ali naquela sala, com aquele babaca, eu sabia que isso era verdade. Ele tinha dito que as pessoas não aguentariam escutar minhas historinhas tristes para sempre, que tudo tinha limite.

O tempo acabou.

— Você pode dizer que eu a amo? — pedi, me sentindo um idiota por nem sequer cogitar que eu merecia uma chance de conversar com Shay.

— Não, não posso. Isso só vai piorar as coisas, Landon. Você precisa simplesmente sumir da vida dela. Desaparecer.

— Só entrega o caderno para ela. Talvez aí ela consiga entender o que estava acontecendo comigo. — Eu praticamente implorei, esticando o caderno para Tracey.

Ela bufou.

— Não. Esquece.

Ela disse "esquece" como se abrir mão do amor da minha vida fosse a coisa mais fácil do mundo.

~

Eu me sentei diante da Dra. Smith, sabendo que havia chegado ao fundo do poço. Ao momento em que a única opção restante era me levantar e recomeçar.

Cruzei os braços, me sentindo um merdinha pela forma como eu tinha abandonado nossas consultas meses atrás.

— Eu queria saber se a gente pode retomar o tratamento, para eu me recuperar. Acabei, hum, saindo um pouco dos trilhos, e não sei se consigo mais me virar sozinho. Além disso, me aproveitei das pessoas erradas e as magoei pelo caminho, e nunca mais quero fazer isso. Quero melhorar e aprender a só depender de mim mesmo.

Ela sorriu e assentiu.

— Estou orgulhosa de você, sabia?

— Por quê?

— Por ter coragem de recomeçar. Então, por onde vamos começar hoje? Qual caixa você quer analisar primeiro? Tenho certeza de que muitas coisas aconteceram nos últimos meses. Precisamos estabelecer um ponto de partida.

— Bom... — Respirei fundo e balancei de leve a cabeça. — Podemos começar pela overdose.

11

Shay

Eu tinha me apaixonado uma vez.

Por um garoto lindo, complicado, que tinha um monte de problemas.

Anos antes, Landon Harrison prometera voltar para mim quando se encontrasse. Anos antes, ele dissera que acharia o caminho de volta até o meu coração. O problema de fazer esse tipo de promessa na juventude era que o romance não tinha força suficiente para se sustentar.

Nós dois éramos crianças ingênuas, complicadas. O que sabíamos sobre o amor? O que sabíamos sobre sentimentos verdadeiros? O que sabíamos sobre como fazer as coisas darem certo?

Nos livros, quando um homem fazia uma promessa para uma mulher, ele sempre voltava para ela. Ele vinha com um gesto grandioso, solucionava o problema com que a deixara. Explicava que os últimos anos de sua vida tinham sido repletos de dificuldades e batalhas, então discursava alegando que o amor dela era a única coisa que o fazia respirar.

Por um tempo, acreditei que isso aconteceria. Por uma eternidade, ansiei pelo gesto grandioso, esperando Landon surgir galopando um cavalo branco, dizendo para mim tudo que eu queria escutar. Confessando que havia sentido minha falta; que tinha curado seu coração complicado; que estava pronto para dar um final feliz ao nosso romance.

Só que isso nunca aconteceu.

Anos se passaram, e Landon nunca olhou para trás. Eu sabia que ele tinha se encontrado, porque seu rosto estava em cada canto da internet, nos outdoors, e brilhava nas telas de cinema. Ele não era mais Landon Harrison, o garoto que eu costumava amar, havia se tornado Landon Pace, o queridinho de Hollywood. Eu o via rir no programa do Jimmy Fallon. Eu o via sorrir de orelha a orelha nos tapetes vermelhos. Eu o vi se transformar no homem que sempre soube que ele seria capaz de se tornar. Ele se transformou e desabrochou, como as peônias na primavera, e se esqueceu completamente da minha existência.

Landon havia se tornado um superastro de Hollywood, e eu tinha o privilégio de vê-lo vencer uma vez atrás da outra, de longe. Ele era o Brad Pitt da nossa geração, e eu era a ex-namorada esquisita que stalkeava seu perfil no Instagram, que acompanhava as matérias do TMZ sobre as mulheres com quem ele transava, as festas às quais ele ia e quais iates ele usaria em sua tradicional festança de aniversário.

Todo ano, ele comemorava o aniversário em um iate, com dezenas de supermodelos. Se isso não era um golpe no meu ego, eu não sabia o que mais poderia ser. Por um breve período, aqueles aniversários tinham sido meus. Suas mãos haviam segurado as minhas.

Ele tinha sido meu.

Mesmo que só por um instante.

Além de acompanhar o sucesso dele de longe, eu também assistia a seus relacionamentos rolando soltos. Landon saía com tantas mulheres diferentes que fazia Leonardo DiCaprio parecer um homem de família sossegado. Eu ficava até um pouco surpresa por Landon não ter encontrado o caminho de volta para mim, porque ele basicamente tinha encontrado o caminho até todas as outras mulheres solteiras da face da Terra.

Quer dizer, sinceramente — como ele podia seguir em frente, se encontrar e se esquecer de, ah, sei lá, agradecer à garota que o incentivara a seguir exatamente aquela carreira? Como ele podia ter superado tudo tão rápido com estrelas tipo Sarah Sims, sem jamais pedir desculpas? Como ele pôde ir embora sem nunca olhar para trás?

Se não fosse por mim, ele não teria nem pensado em ser ator. Se não fosse por mim, ele nunca saberia como era a cara de um roteiro. Eu havia aberto essas portas para Landon, e ele tinha passado por elas sem nem se lembrar de mim.

Ele vivia no mundo do cinema, e eu recebia cartas de rejeição a torto e a direito, lutando para encontrar uma forma de realizar meus sonhos. E lá estava o bom e velho Landon, comendo filés com The Rock, provavelmente o chamando até de Dwayne, como se os dois fossem amigos de verdade, enquanto eu tentava arrumar um jeito de não comer miojo três vezes na semana.

A vida era injusta.

Ele vivia o sonho que eu almejava alcançar, transando com vencedoras do EGOT, e eu lutava para pagar os empréstimos estudantis que havia feito para estudar escrita criativa e ter um diploma que só acumulava poeira.

Sempre que ele aparecia na televisão, em redes sociais ou em um trailer de algum filme, parte da minha alma ardia de pura raiva. Meus sentimentos por Landon haviam voltado à estaca zero, para a época que antecedeu nossa aposta idiota na escola, para a época em que ele era Satanás, nada mais, nada menos.

Uma vez, eu contei para alguns colegas na cafeteria onde trabalhava que tinha namorado Landon, e todo mundo riu da minha cara.

— Claro, e eu namorei a Rihanna. — Meu gerente, Brady, riu. — Ah, Shay. Você e seu senso de humor.

Nunca mais falei sobre isso — nem sobre ele. Fui uma completa idiota nos anos de faculdade, acreditava que havia uma chance de Landon voltar para mim. E me recusava a fazer a mesma coisa agora na casa dos trinta.

A adolescência e o início da minha vida adulta tinham sido meu momento para cometer erros amorosos idiotas.

O restante da minha vida seria dedicado a descobrir o amor-próprio.

Antigamente, eu acreditava em contos de fadas. Acreditava que o amor verdadeiro sobreviveria a tudo, mas, agora, eu tinha idade suficiente para entender que não era bem assim. A única história de amor que importava era a que eu vivia comigo mesma. Se eu me amasse, estava tudo certo. Meu amor precisava ser suficiente para me manter aquecida à noite. Então voltei a me apaixonar — por mim, pela minha vida, pelos meus sonhos.

Todo santo dia, eu dizia para mim mesma que estaria pronta caso meu caminho e o de Landon voltassem a se cruzar, mas eu sabia que seria impossível estar preparada para um dia como esse. Não depois do que tínhamos compartilhado. Não depois do que fomos. Nosso tempo juntos era como uma única folha voando ao vento, sem direção ou destino, mas nosso amor havia sido verdadeiro, mesmo que só tivesse existido por momentos. O primeiro amor era diferente. Você nunca via as chamas se aproximando até ser tarde demais e acabar se queimando.

Eu não acreditava que alguém fosse capaz de esquecer o primeiro amor. Você simplesmente permitia que ele habitasse uma parte minúscula do seu coração, ocupando um espaço valioso da sua alma.

Eu sabia que, depois de amar Landon, não conseguiria entregar todo meu amor de bandeja para outra pessoa. Meu coração tinha virado pedra quando ele me deixou.

Seria preciso um milagre para que ele amolecesse um dia, e eu não estava mais disposta a acreditar em milagres.

12

Landon
Trinta e quatro anos

— É melhor você parar de escrever, porque estamos chegando ao prédio — disse Willow, olhando para mim e logo depois voltando a encarar o celular.

Olhei para meu caderno e fiz uma careta. As palavras não estavam fluindo naquela tarde.

Todo santo dia, eu escrevia uma carta.

Centenas de palavras reunidas no papel pautado. Cores diferentes de caneta, traços diferentes, formas diferentes de expressar amor.

Algumas eram curtas, outras se estendiam por páginas e mais páginas. Eu compartilhava partes de mim nos cadernos pautados, externando todos os meus sentimentos por meio da tinta da caneta. Fazia alguns anos que eu escrevia cartas. Nunca achei que seria o tipo de cara que escreveria cartas de amor para alguém, porém isso havia se tornado um hábito

Cada carta estava inundada de verdades, algo que faltava na minha vida diária. Não era segredo nenhum que, se não fosse por Shay Gable, eu jamais teria pegado em uma caneta para me expressar.

Agora, isso para mim era tão natural quanto tomar banho e escovar os dentes.

Eu nunca havia imaginado que as palavras seriam capazes de curar até pegar uma caneta e sangrar no papel.

— Pronto? — perguntou Willow, olhando para mim por um milésimo de segundo antes de voltar a encarar o celular e digitar alguma coisa. Provavelmente ele estava tentando administrar o caos que era minha caixa de e-mails.

Willow era minha assistente já havia alguns anos, e, sem as habilidades dela, eu jamais apareceria em testes, pré-estreias nem em entrevistas. No geral, ela organizava a minha vida inteira.

Estávamos dentro de um SUV preto, em frente ao prédio do *Tonight Show*, e eu me esforçava para me preparar para a loucura que seria quando abrisse a porta e saísse do carro. Fazia mais de dez anos que eu tinha que lidar com a fama, e, ainda assim, não me acostumava nunca. Eu não achava normal estar andando na rua e escutar pessoas gritando meu nome. Nem me deparar com pessoas esperando por mim nos lugares porque queriam tentar me ver nem que fosse por um instante. Eu nunca me acostumaria com gente se importando com a minha existência.

Bom, com a minha existência inventada, de toda forma.

Elas se importavam com minha versão como ator — Landon Pace, o queridinho de Hollywood.

Elas não estavam nem aí para o Landon Harrison de verdade.

Mesmo assim, eu era grato.

Ao longo dos anos, tive fãs que enfrentaram as condições climáticas mais extremas só para tirar uma foto rápida comigo. Se isso não fizesse você ter noção da sua importância na vida das pessoas, nada mais faria. Mas nada mudava o fato de que eu tinha que reunir coragem para sair do carro toda vez, porque, quando eu pisava na rua, o show começava. Eu sorria, era simpático, era tudo que sonhavam que eu fosse e muito mais. Eu entregava tudo aos meus fãs e depois voltava para casa para dormir abraçado ao meu cachorro.

Respirei fundo, fechando o caderno. Enfiei a mão no bolso, peguei uma bala de cereja e a joguei na boca.

— Pronto.

— Beleza. Vou tirar umas fotos suas interagindo com os fãs. — Willow chegou mais perto da porta e tocou a maçaneta. — Vamos.

No instante em que ela a abriu, soltei o ar que estava prendendo e liguei o botão do charme. Saí do SUV ao som de gritos e berros de alegria — tudo aquilo era para mim. Não que meu sorriso fosse falso. Ele era completamente verdadeiro, mas eu estava cansado. Havia tanto tempo que eu estava cansado que não sabia se um dia me sentiria acordado.

Ao mesmo tempo que minha carreira me tornava melhor, ela também me sugava de muitas formas.

Então olhei para a esquerda, vi um garotinho usando uma fantasia de super-herói, vestido como um dos meus personagens, e era impossível não me sentir feliz. Era por isso que eu continuava fazendo aquilo. Era por isso que eu me fazia presente todos os dias — pelos fãs, jovens e velhos, que se faziam presentes para mim.

Tirei tantas fotos e dei tantos autógrafos quantos consegui, até que Willow anunciou que eu precisava ir. Ela me puxou para dentro do prédio, e, no instante em que a porta fechou, relaxei meu rosto.

— Não entendo por que todo mundo é tão obcecado por você — comentou Willow, digitando no celular. — Até parece que ninguém sabe que você passa um tempão cagando depois de jantar comida chinesa.

Eu ri.

— Acho que pensam que eu cago ouro.

— A julgar pelo cheiro, acho que você caga esterco.

Uma das minhas coisas favoritas em minha assistente era o fato de que ela nunca puxava meu saco. Ela era tão verdadeira quanto possível, e, na minha carreira, era uma dádiva encontrar pessoas honestas.

Fui guiado para o camarim, onde encontrei minha estilista esperando com as opções de roupa para a entrevista daquela tarde.

— Você não está dormindo direito — disse minha mãe, erguendo o olhar da arara em que ela remexia. Ela se aproximou de mim e puxou minhas bochechas, analisando minha exaustão. — A gente pode cancelar o programa hoje, se você estiver muito cansado.

Eu ri.

— A gente não vai dar um bolo no Jimmy Fallon, mãe. Estou bem. Vou dormir hoje.

— Você falou a mesma coisa ontem — argumentou ela.

Eu adorava trabalhar com minha mãe, de verdade. Conseguir unir nossos sonhos era mais do que uma bênção. E ela era boa no que fazia, então não era como se eu a tivesse contratado só porque era minha mãe. Eu confiava em suas habilidades e na atenção que ela tinha aos detalhes.

Mas, às vezes, a mãe coruja dentro dela falava mais alto do que a estilista.

— Só fico preocupada por você estar trabalhando demais, Land. Foram meses viajando sem parar para promover o filme no exterior, e você vai voltar a filmar daqui a pouco. Você vai acabar tendo um treco.

Eu já tinha passado dos trinta, e minha mãe continuava cuidando de mim. Era bem improvável que isso mudasse em um futuro próximo. Além do mais, ela estava certa. Eu sentia que estava chegando ao meu limite, me sentindo sobrecarregado. Eu estava por um fio e tinha que conversar com meu empresário. Precisava tirar um tempo de folga o mais rápido possível.

Quando eu passava longos períodos sem descansar, minha mente voltava aos velhos hábitos. Minha terapeuta, a Dra. Smith, dizia que o segredo para viver com a ansiedade e a depressão era entender meus gatilhos. Se eu soubesse como minha cabeça funcionava, seria mais fácil guiar o barco para águas tranquilas. Se eu ignorasse os gatilhos, acabaria naufragando.

Após anos de tentativas e erros, eu estava começando a aprender a navegar, mas meu barco ainda oscilava em condições ruins de vez em quando. Quando eu precisasse de uma folga, provavelmente logo, tiraria uma.

Dispensei os comentários dela, dando de ombros, e apontei com a cabeça para a arara.

— O que estamos pensando para hoje? — perguntei, mudando de assunto.

Minha mãe franziu a testa para mim, com o olhar cheio de preocupação, mas aceitou falar sobre outra coisa.

— Acho que esta calça de veludo ficaria legal com uma blusa preta lisa e justa.

— Veludo? Veludo coça — comentei.

— Veludo faz sucesso com as garotas — corrigiu ela. — E como você está promovendo uma comédia romântica, queremos fazer sucesso com as garotas. Você é um galã para elas, Landon. Precisa investir nessa imagem. E a calça vai destacar a sua bunda.

— Ai, meu Deus. Por favor, não fala da minha bunda, mãe.

— Por que não? — Ela sorriu de orelha a orelha. — Você puxou suas melhores partes de mim.

— Vou fingir que esta conversa não aconteceu.

Ela tirou da arara os cabides com as peças escolhidas e os entregou para mim.

— Só obedece à sua mãe. Calça de veludo.

Obedeci à minha mãe, porque ela estava sempre certa.

Aquela foi a minha quinta entrevista do dia, e, quando terminei, fui direto para casa. Minha atividade favorita depois de um longo dia de entrevistas era ir para casa, me jogar no sofá com meu cachorro e remoer todas as idiotices que eu poderia ter dito.

Qualquer coisa que você fala em uma entrevista pode ser interpretada de uma forma totalmente equivocada, o que me dá muita ansiedade. Você podia ser interpretado como um babaca quando só queria fazer uma piadinha boba. Você podia ficar parecendo um idiota quando não entendia uma pergunta do apresentador.

Eu tinha sido agraciado com uma mente hiperativa. Eu pensava pra caralho. Ninguém notava metade das coisas que minha cabeça achava terem dado errado. Mas eu? Eu analisava cada segundo de todos os dias, porque não sabia como desligar essa parte do meu cérebro.

Com certeza pensar demais era supersaudável e superútil.

Depois de um tempo, mudei o foco dos meus pensamentos para outra coisa, porque ficar procurando defeitos nas minhas apresentações era dolorosamente exaustivo. Greyson havia me ligado durante a semana para contar sobre a festa de lançamento do uísque, da qual eu seria o anfitrião, e tinha sido bom conversar com ele.

Nos últimos meses, Greyson havia enfrentado as próprias batalhas infernais, e fazia pouco tempo que ele voltara a me procurar. Normalmente era eu quem sempre ligava para ele — tudo por causa de uma babá chamada Eleanor.

Desde que ela voltara para a vida de Greyson, ele estava se tornando mais e mais a pessoa que eu sabia que, no fundo, meu amigo era. Ele estava despertando do pior pesadelo porque aquela mulher estava disposta a ser paciente com seus traumas.

Na última vez que eu falei com Greyson, ele fizera questão de comentar que Shay iria ao lançamento do uísque com Eleanor, já que as duas eram primas.

Eu gostaria de poder dizer que não havia pensado nela ao longo dos anos, mas isso seria uma mentira deslavada.

Quando eu pensava nos momentos que definiram minha vida, Shay estava no topo da lista. Ela havia sido a primeira e basicamente a única pessoa que conseguiu me despertar do meu sono profundo. Antes dela, costumava viver em conflito com quem eu era, com meus valores, com meu propósito no mundo. Bastaram alguns meses juntos para que ela me ajudasse a enxergar a vida com mais clareza. Ela havia aberto meus olhos para várias possibilidades e me fizera sonhar com um futuro, um futuro que antes parecia impossível para mim, um futuro que eu quase não tive. Eu fui embora pensando que me encontraria um dia e que isso me levaria de volta aos seus braços. Eu achava que, com a prática, encontraria uma forma de entender as piores partes de mim e me tornaria um homem bom o suficiente para ser digno do amor dela.

No fim das contas, acabei descobrindo que essas coisas eram mais complicadas do que eu havia imaginado. E eu não tinha muito talento para o autoconhecimento.

Eu tinha fracassado vezes após vezes e, conforme os anos foram se passando, entendi que ela estava melhor sem a bagunça que eu faria na sua vida. Segui em frente, sabendo que seria melhor para ela fazer o mesmo. Quis voltar para Shay muitas vezes, mas entendia que não poderia aparecer com meus cacos, na esperança de que ela me ajudasse a remendá-los. Eu sabia que ela estava melhor sem os meus problemas.

Era uma questão de não ser egoísta. Era uma questão de não tentar me aproveitar dela para me manter de pé. Era uma questão de eu desejar mais para Shay do que seria capaz de lhe dar. Ela me queria por completo, mas meu coração funcionava por fases, como a lua. Ele mudava em intervalos de semanas, às vezes se sentindo completamente cheio, outras vezes parecendo minguar.

Ainda assim, Shay surgia nos meus pensamentos de vez em quando. Agora que Greyson tinha me contado que Shay iria à festa de lançamento do uísque no próximo fim de semana, ela andava surgindo em minha mente com uma frequência bem maior.

Como ela estaria agora?

O que ela fazia da vida?

Seus olhos ainda eram tão castanhos e cheios de esperança quanto antes?

Quem ela amava?

Essa pergunta vinha com mais frequência do que as outras — quem ela amava hoje em dia e quem correspondia seu amor?

A maioria das mulheres com quem eu me envolvia não representava muita coisa para mim. Eu era conhecido por trocar de namorada como quem troca de roupa, porque nunca sossegava com ninguém, estava sempre passando para a próxima. Boa parte das pessoas devia achar que isso acontecia porque eu era um astro de Hollywood que não precisava se acomodar. Elas deviam achar que eu só queria sexo, mas isso era mentira.

Eu queria encontrar qualquer resquício mínimo de lembrança da primeira garota que havia me amado — minha versão verdadeira, complicada, o garoto cheio de cicatrizes que não sabia amar a si mesmo.

Eu buscava vestígios de Shay em todas as mulheres que cruzavam meu caminho, mas elas nunca chegavam perto de despertar dentro de mim algo tão intenso quanto o que Shay despertou.

Rookie subiu no meu colo e começou a roncar.

Depois que meu cachorro, Presunto, morreu, há alguns anos, demorei um tempo para cogitar ter outro companheiro. Talvez pessoas que não gostassem de cachorros jamais entendessem a dor da morte deles, mas, para mim, fora como perder meu melhor amigo. Presunto estivera ao meu lado durante os períodos mais difíceis da minha vida, tanto na minha adolescência como na minha carreira. Perdê-lo quase tinha me matado.

Fiquei adiando ter outro cachorro por uma eternidade. Por algum motivo, eu sentia que estaria traindo Presunto ao seguir em frente, mas, no instante em que eu vi Rookie no abrigo, soube que ele seria a companhia perfeita para mim. Ele fizera xixi nos meus pés e tudo. Desde então, vivíamos grudados. Ele era um poodle toy minúsculo — um cachorro muito másculo, obviamente — e era tratado como um rei entre reis. No dia seguinte, nós dois iríamos para Chicago, para a festa do lançamento do uísque no fim de semana. No dia seguinte, eu estaria praticamente na mesma cidade e respirando o mesmo ar que Shay. Alguns dias depois disso, ficaríamos cara a cara.

Fiquei sentado no silêncio da minha cobertura em Nova York, encarando a escuridão enquanto cada memória de Shay Gable retornava correndo à minha mente. Eu as revivi em looping, porque cada uma delas merecia ser apreciada.

13

Shay

Minha avó sempre brincava dizendo que homens bons existiam, mas, por um acaso, todos viviam dentro de uma tela de cinema.

No geral, eu adorava nossos jantares de domingo, mas ultimamente eles pareciam uma batalha do amor, e Mima jogava bombas em uma tentativa de dissecar meu relacionamento atual.

Minha mãe estava atrasada — *de novo* — e isso deixava o campo aberto para Mima ser enxerida como sempre, perguntando sobre minha vida amorosa — ou sobre a falta dela. Sam e eu estávamos juntos havia nove meses, e eu me sentia confortável com nossa situação, apesar de isso não parecer suficiente para Mima.

As costelas que ela havia assado fumegavam enquanto ela as colocava na mesa de jantar. Depois, ela trouxe o purê de batatas e a vagem. Só mesmo Mima para preparar um banquete para um simples jantar de domingo para três pessoas.

O vapor da comida subia, e o aroma dos três pratos perfeitamente preparados preencheu o espaço, fazendo minha barriga roncar de ansiedade.

— Não entendo por que a gente ainda não o conheceu se vocês dois estão juntos há tanto tempo — argumentou ela, colocando a salada na mesa. — Você não me falou nem o nome dele.

— Já falei, Mima, não quero trazer ninguém aqui se não for sério. Além do mais, faz só nove meses.

— É tempo suficiente para você saber se gosta de alguém. As pessoas têm filhos em nove meses. Se a gente consegue preparar um ser humano inteiro nesse tempo, você deveria conseguir entender se gosta de um homem ou não. Se não é sério a esta altura, não vai ser sério nunca. Além do mais... — Ela serviu uma generosa colherada de purê de batatas no meu prato. Era comida demais, mas eu com certeza comeria tudo. — Não acho que ele seja o cara certo para você.

Eu ri.

— Como você sabe disso? Eu mal falo dele.

— Exatamente. Quando alguém é a pessoa certa, a gente se anima. Quer falar sobre ela o tempo todo. As informações escapolem feito lava, esquentando desde a ponta dos nossos dedos até o último fio de cabelo. E isso me faz pensar que esse não é o cara certo para você. Não existe paixão.

— Nem sempre precisa existir paixão. Não estamos num filme. Isso é a vida real.

— A vida real devia ser melhor do que os filmes.

Era engraçado ver o quanto Mima acreditava no amor quando suas experiências amorosas não tinham sido das melhores. Mesmo depois de tudo que havia sofrido com meu avô, ela ainda acreditava em finais felizes.

Eu, por outro lado, lutava diariamente contra esse conceito. Esse tipo de amor devastador só havia aparecido uma vez na minha vida e tivera exatamente esse efeito — devastador. Eu não me incomodava nem um pouco em existir em um mundo onde apenas gostava de um cara sem me entregar por completo para ele.

Nem todo romance precisava ser *Diário de uma paixão*.

Alguns podiam ser histórias bobas. Tipo aqueles filmes água com açúcar nos quais duas pessoas se apaixonam em três dias e nenhuma alma é destruída no processo. Essas histórias eram legais. Eram fáceis. Bonitinhas e confortáveis. Além do mais, se o casal terminasse depois que os créditos rolassem, ninguém ficaria muito abalado. A garota provavelmente voltaria a trabalhar em Nova York, o mocinho venderia mais árvores de Natal na loja do pai até outra garota da cidade grande cruzar seu caminho no ano seguinte.

— Talvez esse tipo de coisa só aconteça em contos de fadas, Mima. Talvez corações que perdem o compasso e essa lenga-lenga romântica toda existam apenas em livros.

— Ah, querida, você não pode acreditar numa coisa dessas. Afinal de contas, é você que vai quebrar a maldição do amor desta família.

Lá vamos nós de novo.

A maldição da família Martinez.

Minha avó estava convicta de que contos de fadas ainda existiam na vida real, apesar de ela nunca ter visto um relacionamento saudável de verdade na nossa família. Mima acreditava em cavaleiros galantes, princesas, amigos engraçadinhos, vilões e maldições mágicas. Nossa, ela acreditava mesmo nessas maldições. Ela estava convencida de que nossa família tinha muitas maldições hereditárias que nos assombravam e nos impediam de viver nossa grande história de amor.

Não existia pressão maior do que a de uma avó que estava convencida de que você tinha vindo ao mundo para quebrar a maldição que assolava sua família fazia décadas. Mima tinha certeza de que eu daria um fim à seca amorosa da família.

Eu não queria acreditar nos discursos loucos dela, mas às vezes jurava que eles tinham um pouquinho de verdade. Fazia uma eternidade que as mulheres Martinez eram azaradas nesse quesito.

Eu conseguia escutar minha mãe reclamando no meu ouvido o tempo todo. Sempre que eu me decepcionava com o sexo oposto, ouvia seus sussurros. *"Nunca houve um homem bom na história da nossa família, mi amor. Nós, mulheres, somos amaldiçoadas a só amar filhos da puta. O meu avô era um filho da puta. O seu avô era um filho da puta, o seu pai era um filho da puta. É melhor ficarmos sozinhas."*

Então Mima e suas esperanças entravam em cena. *"Todos os dias, rezo para Deus pedindo que você dê um fim a esta maldição que lançaram sobre as mulheres Martinez. Você é a nossa salvação."*

De novo — sem pressão nenhuma.

Ao longo dos anos, nós três tínhamos ficado mais próximas do que nunca. Nós apoiávamos umas às outras sempre que a vida tentava nos dar uma rasteira — o que tinha acontecido várias vezes. Porém, com o amor da minha mãe e da minha avó, eu sabia que seria capaz de suportar até os dias mais sombrios.

Nós éramos como uma versão real de *Jane, a virgem* — cheias de amor, luz, risadas e apoio. As mulheres Martinez tinham talento para sobreviver, apesar do azar no amor. Eu era Jane, a garota que tentava construir uma carreira como escritora, mas não tinha um Michael ou um Rafael lutando por mim e pelo meu amor.

Em vez disso, eu tinha um Sam. Ele provavelmente não entraria em uma batalha por mim. Dava para entender — eu também não empunharia uma espada por ele. Nossa relação não era assim. A gente não precisava lutar com ninguém para manter nossa conexão.

Antes de eu conseguir responder sobre a maldição da família Martinez, minha mãe entrou correndo pela porta, cantarolando alto e rodopiando.

— Estou apaixonada, estou apaixonada, e quero contar para todo mundo! — exclamou ela.

Suas palavras me deixaram desnorteada. Minha mãe? Apaixonada? *Como assim...?*

— Viu, é esse tipo de empolgação que você devia sentir pelo rapaz misterioso! — exclamou Mima.

Meio difícil.

Minha mãe estava toda feliz e leve, sorrindo de orelha a orelha. A qualquer instante, ela daria uma de Tom Cruise e começaria a pular no sofá de Mima, tamanha a felicidade.

— Sabe quem te deixava empolgada? — perguntou Mima para mim.

Não diga Landon Harrison. Não diga Landon Harrison...

— O Landon Harrison.

Ela abriu um sorriso enorme e um brilho surgiu em seu olhar. Se havia alguém que Mima amava tanto quanto a mim, era Landon.

Desde o primeiro dia, ela sempre fora a maior fã dele. Mas, se havia algo que Mima levava a sério, era sua lealdade. Quando eu e Landon decidimos seguir rumos diferentes, ela também cortou relações com ele para demonstrar seu amor e apoio por mim. Se precisasse escolher um lado, minha avó sempre ficaria do meu.

Mesmo assim, isso não significava que ela não tocasse no nome de Landon de vez em quando, lembrando-me de como ele era um ótimo rapaz.

— A última vez que te vi empolgada com um namorado foi quando você estava com aquele rapaz maravilhoso. Liga para ele — sugeriu Mima.

— Isso já faz mais de uma década, Mima. Não tenho mais o número dele — falei.

— Que pena. — Ela fez beicinho. — Você era tão feliz com ele.

Eu era adolescente — o que sabia sobre felicidade real?

— Falando em felicidade... — Pigarreei. — Que história é essa sobre o novo amor da minha mãe?

Eu precisava transferir o foco da atenção para outra pessoa, e quem melhor do que aquela versão apaixonadinha da minha mãe? Talvez ela fosse a pessoa encarregada de quebrar a maldição das Martinez, e não eu.

— É verdade. Que amor é esse de que você está falando? — perguntou Mima, dando o assunto para minha mãe em uma bandeja.

Minha mãe desabou em sua cadeira, ainda sorrindo de orelha a orelha.

— Acabei de adotar uma cachorrinha — declarou ela.

Bom, isso fazia mais sentido. Aquele era o tipo de amor que um cachorrinho inspirava.

— Vou buscá-la no abrigo amanhã, e, ai, nossa, estou completamente apaixonada. Quer dizer, olhem isso!

Ela pegou o celular e mostrou para nós uma foto da cadela mais fofa do planeta.

Mima segurava o telefone balançando a cabeça.

— Você está me dizendo que entrou aos pulos no meu apartamento por causa de um cachorro?

— Não é um cachorro qualquer, mamãe — guinchou minha mãe. — Ela é a cadela da minha vida. O nome dela é Bella, e ela é a coisinha mais linda do mundo.

— Ah, que ótimo — gemeu Mima, revirando os olhos. — Mais uma vagina na família.

Eu ri baixinho.

— Qual é o problema de vocês duas? Quando vocês vão tomar jeito e trazer um homem para jantar? Estou ficando cansada de comer com duas pamonhas toda semana. Além do mais, estou ficando velha e quero ter uma bisneta logo!

— O que você achou que eu queria dizer quando falei que estava apaixonada? — perguntou minha mãe. — Que eu ia trazer um homem para cá?

— Isso seria tão louco assim? — perguntou Mima.

— Hum, um pouco. Nenhum cara vai ser tão empolgante quanto um cachorrinho. O que um homem poderia me dar que um cachorrinho não pode? Amor, conforto, dormir de conchinha...

— Orgasmos — rebateu Mima, me fazendo cuspir o vinho, tamanho o choque.

— Mima!

— O quê?! É verdade. Você arrumou um cachorro porque devia estar cansada de ficar sozinha em casa, né, Camila?

— Bom, sim.

— Sabe o que faria você se sentir menos sozinha? Um homem grande e forte. Além disso, ele pode enfiar o pênis em você, e todo mundo sairia ganhando.

Ai, nossa, minha avó estava falando sobre orgasmos e pênis. A conversa tinha tomado um rumo muito esquisito.

— O assunto do jantar de domingo é mesmo orgasmo? — perguntei, ainda atordoada.

O celular da minha mãe apitou, e ela começou a responder, toda animada. Suas bochechas coraram, e ela se virou de costas para nós por um instante, digitando.

— Desculpa, era do abrigo. Disseram que posso buscar a Bella hoje, assim que sair daqui! — exclamou ela.

— Viu? Você não sente falta disso, Shannon Sofia? — perguntou Mima, apontando para minha mãe. — Sua mãe está toda empolgada por causa de um vira-lata, mas ainda assim está empolgada. Isso faz seu coração bater mais forte.

— Não, valeu. Não curto ataques cardíacos.

Mima franziu a testa.

— Quando foi que você ficou tão cínica? Você adorava uma boa história de amor. Você ainda escreve romances, mas está me dizendo que não acredita mais em amor?

— Posso escrever histórias de amor sem acreditar no conceito, Mima. Duvido que a Melissa Mathison e o Steven Spielberg acreditassem que *E.T.* era baseado em uma história real. Mas eles fizeram um ótimo trabalho com o roteiro. Além do mais, o meu namoro está indo bem.

— *Bem* — bufou Mima, me dispensando com um aceno de mão. — Ninguém quer um namoro que vai *bem*. Você quer se sentir viva.

— Talvez seja melhor a gente mudar de assunto — sugeri.

Eu não queria mais falar sobre Sam, e, por sorte, minha mãe estava louca para tagarelar sobre Bella. Mesmo assim, fiquei pensando nos comentários de Mima sobre meu relacionamento medíocre. Eu e Sam podíamos não ter um amor que pegava fogo, mas nossas faisquinhas estavam de bom tamanho.

Quando estávamos indo embora, Mima separou um pouco de comida em um pote para eu levar e apertou minhas bochechas.

— Espero que você saiba que me preocupo com a sua vida amorosa porque te amo, Shannon Sofia. Fico com medo de você continuar com esse coração duro e ele acabar se transformando em pedra.

Abri um sorriso fraco para ela, me inclinei e lhe dei um beijo no queixo.

— Não se preocupa, Mima. Meu coração continua batendo. Ele só não estava aberto para receber atenção de homens.

— Talvez você devesse levar seu namorado para a festa do uísque do Greyson East. Pode ser bom apresentá-lo para o mundo.

Dei de ombros.

— Vou pensar no assunto.

Minha prima, Eleanor, tinha me convidado para ir com ela ao lançamento do uísque de outono de Greyson. Seria um megaevento, com tapetes vermelhos, celebridades e ex-namorados.

Eu me lembrei do momento em que Eleanor havia me contado que Landon estaria lá. Eu tinha me esforçado para bancar a indiferente e fingir que não estava sentindo um frio na barriga.

— Já faz tanto tempo isso. É passado — eu tinha dito.

Eleanor havia dado risada.

— Lembro que falei a mesma coisa sobre o Greyson quando aceitei o emprego.

— Então você finalmente está admitindo que sente alguma coisa pelo Grey?

— Não — havia respondido ela de imediato. — Só estou dizendo que, mesmo sendo passado, continua fazendo parte da sua vida. Eu queria ter certeza de que você não se incomodaria de ir comigo, mesmo sabendo que o Landon vai.

— É claro. — Eu havia concordado com a cabeça. — Não tem problema nenhum. Não sinto nada pelo Landon há séculos. E nós dois somos adultos. Acho que consigo ficar no mesmo ambiente que ele. Está tudo ótimo. Estou ótima. Maravilhosa. Muito bem. Ótima.

Eu tinha repetido "ótima" vezes demais, parecendo o Ross no episódio de *Friends* em que descobre que Joey e Rachel estão juntos.

Estou óóótima.

Mesmo assim, eu não parava de pensar na festa desde que recebi o convite, nem de pensar em Landon e no que eu diria para ele — se é que eu diria alguma coisa. Talvez Mima tivesse razão. Talvez eu devesse levar Sam comigo e usá-lo como escudo. Eu só precisava entender por que essa ideia me deixava tão desconfortável.

Depois do jantar, cheguei ao meu prédio sentindo uma vontade desesperadora de tomar uma garrafa de vinho e um banho de banheira com muita espuma. Eu sempre precisava relaxar depois que saía da batalha do amor na casa de Mima. Estava chovendo quando fui embora e é claro que eu não tinha nenhum guarda-chuva no carro.

Assim que saí do carro, peguei minha bolsa e as chaves, então cobri a cabeça com o casaco, sentindo a chuva me atingir com tudo. Fui pulando de poça em poça, ficando encharcada com o dilúvio que congelava meu corpo. Virei a esquina rumo ao meu prédio e parei por um instante quando vi um pobre coitado sentado na escada, ensopado da cabeça aos pés, com a cabeça baixa, tentando se proteger da chuva com as mãos. Era uma forma bem ridícula de tentar se cobrir, na minha opinião. Seu cabelo louro estava grudado na testa, e ele tremia de frio.

Ele parecia... patético.

Isto é, pateticamente rico.

Olhei para seus pés e vi que estavam calçados com Gucci. Prendendo sua calça no lugar, havia o brilho dourado de um cinto também da Gucci. Fazer o quê? Eu tinha talento para reconhecer coisas caras que jamais poderia bancar.

— Você ficou trancado do lado de fora? — perguntei, me sentindo mal pelo palhaço bem-vestido que devia estar prestes a desenvolver uma pneumonia. — Ou precisa que eu chame alguém para te deixar entrar? O interfone ficou quebrado a semana toda, e...

Minhas palavras desapareceram quando o homem ensopado ergueu a cabeça para me encarar. O mundo começou a girar no momento em que aqueles olhos encontraram os meus.

Aqueles olhos.

Aqueles olhos azuis terrivelmente deliciosos.

Meu coração parou enquanto eu encarava os olhos do primeiro e único homem que havia amado. Landon estava sentado na escada do meu prédio, ensopado da cabeça aos pés, fazendo minha cabeça entrar em parafuso com tantas emoções.

O que ele está fazendo aqui? Por que ele está aqui? Como ele sabe que aqui é aqui?

Cada centímetro do meu corpo começou a tremer — não por causa da chuva forte, e sim pela presença dele. Meus lábios se abriram, mas nenhuma palavra saiu da minha boca.

Por que eu sentia que ia vomitar? Por que eu queria correr? Por que eu não conseguia controlar meu coração desgovernado? Após tantos anos, após tanto esforço para me libertar dos pensamentos sobre aquele homem, ele ainda controlava meu coração.

O que está acontecendo?

Ele se levantou e enfiou as mãos nos bolsos da calça feita obviamente sob medida, que estavam grudadas nas suas coxas, parecendo meias.

Sua boca se abriu, e sua voz soou trêmula quando duas palavras escaparam de seus lábios.

— Oi, *chick*.

Oi, chick.

Essa era eu — pelo menos a versão que eu era sempre que ele estava por perto. Eu era sua *chick*, ele era meu Satanás, e nós costumávamos ser perdidamente apaixonados um pelo outro. Em um piscar de olhos, voltei no tempo. Eu tinha dezessete anos de novo e estava completamente confusa em relação a todos os aspectos da minha vida. Eu me lembrei do nosso primeiro beijo. Eu me lembrei da primeira vez que fizemos amor. Eu me lembrei de como nossos corpos se entrelaçavam. Eu me lembrei de tudo, e as lembranças me atingiram em cheio, me tirando o fôlego.

Falei a única palavra que eu era capaz de pronunciar enquanto tirava a água da chuva do rosto.

— Não.

Não

Não, não, não, não.

Essa tinha sido a única palavra que consegui dizer para Landon quando o vi parado nos degraus que levavam à porta do meu prédio.

Meu coração estava apertado no peito depois da nossa breve interação. Minha mente ainda girava só de pensar que ele estava sentado naquela escada, sob uma chuva torrencial. Quanto tempo ele tinha passado ali? E por que eu desconfiava de que minha tão, tão querida amiga Raine havia tido alguma coisa a ver com o fato de ele ter descoberto meu endereço?

Shay: Tô oficialmente puta com você.

Raine: Eu já estava esperando essa mensagem, mas você não pode ficar brava comigo. Tô cheia de hormônios e grávida de oito meses. Quando o Landon perguntou por você, não consegui controlar a língua.

Não era de surpreender. Raine nunca conseguiu controlar a língua. Desde que éramos mais novas, ela sempre se metia onde não era chamada. Uma das frases que ela mais falava era "Não quero me meter, mas...".

Eu sabia que ela e o marido, Hank, mantiveram contato com Landon ao longo dos anos. Não era segredo nenhum que ele tinha preservado praticamente todas as amizades antigas, menos a minha. Apesar disso, Raine quase nunca tocava no nome dele, porque sabia que era difícil para mim escutar sobre Landon.

Pelo visto, ela achou que não seria nada de mais, ah, sei lá, passar meu endereço para ele poder me stalkear um pouquinho num domingo chuvoso.

Raine: Me perdoa, por favor.

Raine: Se serve de consolo, você devia saber que me mijei toda na fila da Target hoje, quando me abaixei pra pegar um

> Snickers. Pois é. Eu me mijei na fila do caixa da Target, e aí comecei a chorar, o que chamou mais atenção ainda. Tenha piedade da sua péssima amiga.

Sorri quando li a mensagem. Por mais estranho que parecesse, aquilo fez com que eu me sentisse melhor

> **Raine:** Deixa eu me redimir — brunch no domingo, por minha conta. Todas as mimosas que você quiser beber, e vou ter que ficar só olhando enquanto você toma meu drinque favorito no mundo. Vou deixar você encher a cara enquanto eu tento não me mijar em outro espaço público.

> **Shay:** Combinado.

Segui para o quarto e comecei a encher a banheira, onde eu pretendia ficar até a água esfriar e meus dedos se transformarem em ameixas secas.

Meu telefone apitou de novo.

> **Raine:** Mas ele tá ótimo, né? Achei que ele parecia fantástico. Saudável. Feliz. Sexy pra cacete.

> **Shay:** Vou deletar o seu número até domingo, e tenho certeza absoluta de que você vai se sentir na obrigação de batizar essa criança em minha homenagem depois desse incidente.

> **Raine:** Mas eu vou ter um menino.

> **Shay:** Pois é. Então faz ele sofrer do mesmo jeito que você me faz sofrer.

Entrei na banheira fumegante cheia de água quente com uma garrafa de vinho tinto, porque, quando seu ex-namorado famoso aparece na porta da sua casa após uma década de silêncio, taças são desnecessárias. Seria direto do gargalo mesmo, como a mulher elegante que eu havia me tornado.

Depois de algumas boas goladas da garrafa, coloquei-a no chão ladrilhado do banheiro. Eu me recostei na banheira e me esforcei para não pensar em Landon, o que parecia impossível.

Porque Raine não estava errada — Landon estava ótimo. Até demais. Claro, ele não parecia o cara mais feliz do mundo naquele exato momento, sentado na chuva, mas parecia saudável. *Nossa*. E lindo. Ele estava escandalosamente lindo sentado lá, ensopado, pensando em mim.

O que eu mais odiava nele era o fato de ele ter envelhecido muito bem, como o melhor dos vinhos. Eu queria que o tempo o tivesse transformado de cisne em um patinho feio, mas, infelizmente, Landon era lindo. Eu não sabia que homens podiam ser lindos até observá-lo em sua evolução de um pré-adolescente com acne para o adulto deslumbrante que ele havia se tornado. Ele era tão bonito que chegava a dar nojo. Uma vez, quando eu e Eleanor enchemos a cara de vinho e fomos assistir a filmes românticos de Natal no meio de julho, procuramos as garrafas de vinho mais caras do mundo. Landon com certeza seria um maldito Barolo Monfortino Riserva Conterno de 2010.

Eu estava mesmo torcendo para ele ter se tornado uma garrafa de Sangue de Boi.

E não era apenas uma característica que o tornava lindo. Era tudo. Ele tinha muitos traços faciais bem definidos, desde os olhos azuis brilhantes até as covinhas destacadas em suas bochechas, o maxilar esculpido, os lábios.

Ah, aqueles lábios carnudos que davam vontade de beijar.

Comecei a me lembrar de todas as vezes que aqueles lábios percorreram meu corpo, em quantas ocasiões eles tinham me provado, me explorado, me dominado de todas as formas possíveis. Como aqueles lábios e aquele homem tinham tomado de mim as duas coisas que eu jamais poderia ter dado a outro homem — minha virgindade e meu coração.

Além do mais, o corpo dele também estava bem definido. Nossa, que corpo sarado — provavelmente por causa do filme de ação que ele tinha acabado de gravar. Eu não havia assistido ao filme. Eu não tinha assistido a nenhum de seus filmes desde que nos separamos, mas era impossível entrar em qualquer rede social sem se deparar com Landon e seu tanquinho de milhões naquele filme. Seu abdome tinha quebrado a internet mais do que a Kim Kardashian tentando equilibrar uma taça de champanhe com a bunda.

A pele de Landon também parecia radiante, mesmo pingando de chuva. Quando éramos novos, o sol costumava atacá-lo e deixá-lo vermelho como um pimentão, mas, agora, Landon parecia mais bronzeado do que queimado. Sua pele tinha um tom dourado que provavelmente levava milhares de mulheres à loucura.

E mesmo com milhares de mulheres pelo mundo sonhando com ele, era na minha porta que ele tinha aparecido.

Não crie muitas expectativas em cima disso, Shay.

Nossa. E como eu poderia não criar? Ele pensava tanto em mim a ponto de me procurar em busca de... o quê? Eu ainda não sabia por que ele tinha me procurado naquela noite. Queria um reencontro? Uma troca de emoções? Queria me ouvir dizendo que ainda o amava mesmo depois de tanto tempo?

Eu não havia lhe dado nada disso — nem meu tempo, nem minha atenção. Eu não lhe dera nada, porque nada era exatamente o que ele merecia. Eu não era mais a garota que esperava que homens arrumassem tempo para mim em suas agendas.

Eu estava velha demais para joguinhos que não fossem Sudoku e me recusava a deixar Landon Harrison me fazer de boba outra vez.

14

Shay

Esperei até a manhã da festa de lançamento do uísque para reunir a coragem de convidar Sam para ir comigo. Nas últimas noites, eu havia me isolado um pouco, trabalhando nos meus roteiros. Sam sempre entendia quando eu entrava no modo artista e me recolhia para escrever. A verdade era que a escrita não passava de uma desculpa para ignorar a realidade por um tempinho.

Landon ficava surgindo na minha cabeça feito um vício. Eu me sentia inebriada pela lembrança dele parado naquela escada, sob a chuva torrencial. Não conseguia afastá-la por mais que tentasse, e eu tentei bastante.

Ainda assim, eu tinha minhas dúvidas se seria uma boa ideia ou não convidar Sam para a festa, mas achei que era o certo a fazer, principalmente sabendo que ficaria cara a cara com Landon dentro de poucas horas.

Eu estaria mentindo se dissesse que ouvir a ladainha de Mima sobre Sam não ser o homem certo para mim não havia me incomodado. E o que mais me incomodara foi saber que eu tinha sentido mais naqueles poucos minutos perto de Landon do que nos últimos nove meses com Sam. Havia um pequeno nó na minha garganta por causa do nervosismo, mas estava fazendo de tudo para ignorá-lo.

Nós estávamos bem, eu e Sam, porque não havia muito espaço para dramas. Esse era outro problema dos romances tórridos — o drama que vinha junto. Ficar perto de Landon por poucos minutos tinha sido suficiente para que fogos de artifício disparassem em minha alma, queimando intensamente Ele viera fervendo, me deixando com bolhas.

Sam e eu não éramos assim. Nós éramos fáceis. Qual era o grande problema de algo fácil? Ele nunca ficaria me esperando na frente da minha casa no meio da chuva, e não havia nada de errado com isso.

Sam não era um cara complicado. Ele era um cavalheiro. Ele me levava para sair, abria portas para mim, puxava cadeiras para que eu me sentasse e, quando me mandava mensagens, escrevia frases completas.

Pela primeira vez em anos, a solidão havia começado a pesar, e eu resolvi dar uma chance a Sam.

Eu precisava de um cara legal e tinha a impressão de que ele se enquadrava nessa categoria.

Ele era simples na medida certa. Não havia grandes surpresas quando se tratava de Sam, e eu gostava disso. Ele nunca tinha usado drogas. Bebia socialmente. Amava a mãe e ligava para a avó toda semana. Nutria um amor saudável pelos animais e havia participado da marcha pelos direitos das mulheres no último outono.

Claro, ele tinha as suas nerdices, mas eu gostava disso. Gostava de vê-lo com um brilho no olhar quando falava de Star Trek. Gostava das noites nas quais íamos a bares com jogos de tabuleiro. Apesar de eu não gostar tanto assim de jogos, ver a empolgação dele bastava para que meu coração frio batesse um pouco.

Para ser sincera, ele parecia perfeito... até eu pegá-lo transando com a princesa Leia no começo daquela manhã.

Bom, não com a princesa Leia de verdade, já que ela é um personagem fictício. Além do mais, Sam não tinha as habilidades necessárias para traçar uma princesa de verdade. A garota que ele estava comendo no momento fazia um cosplay de princesa Leia, e juro que ela gritou "Sam, você é meu papai" com um berro meio nerd, agudo, orgásmico.

Sam. Você. É. Meu. Papai.

Ah, puta que pariu.

— Você está de sacanagem com a minha cara? — explodi, parada no quarto de Sam, vendo-o com a boca no clitóris de outra mulher.

Ele virou o rosto para me fitar de um jeito que me fez sentir a bile subir pela garganta, quase me fazendo vomitar. Sam estava com a fuça enterrada na vagina de outra garota, e ainda tinha a cara de pau de me fitar com um olhar culpado de cão sem dono.

Um olhar de cão sem dono e lábios brilhantes.

Meu estômago revirou com aquela visão. Por um milésimo de segundo, me imaginei em um uniforme de presidiária. A verdade era que eu não ficava bem de laranja. Será que alguém ficava? Eu não conseguia me lembrar da última vez que tinha dito *Nossa, Heather! Você está um luxo nessa blusa laranja, amiga!*

Quantos anos eu passaria presa por assassinar dois seres humanos?

Será que o juiz teria mais compaixão se eu contasse que ela estava vestida de princesa Leia?

O olhar da mulher encontrou com o meu e dei alguns passos para trás quando me dei conta de que era Tina — a mulher que ia à Cafeteria e Confeitaria Ava's todo santo dia.

Eu servia café para ela toda manhã, e nós ríamos e fazíamos piadas sobre a vida. Ela era uma querida. Se Sam fosse mulher, ele seria Tina. Ela era aquela fofa que falava nerdices que eu não entendia. Dava para perceber que ela adorava aquele tipo de coisa, e não havia nada que eu gostasse mais do que conhecer gente que era apaixonada por coisas, e não por pessoas.

Quando ela mencionou que organizava partidas de Dungeon & Dragons toda semana, eu disse que meu namorado — correção: *ex-namorado* — estava querendo participar de um grupo desses. Eu praticamente implorei para que ela deixasse Sam participar das partidas, só porque estava de saco cheio de ouvi-lo tentando me explicar que RPG não tinha nada a ver com chicotes e salas vermelhas.

De certa forma, eu tinha unido os dois.

Ai, meu Deus.

Aquilo era culpa minha.

Sam estava brincando com a floresta encantada dela por minha causa.

Eu o mandara para o porão dela toda semana após preparar um latte de caramelo para ela toda manhã.

Eu dava biscoitos de graça para aquela mulher, e ela teve a coragem de fazer aquilo comigo. Bom, é como dizem por aí: se você der um biscoito para uma piranha, ela vai querer chupar o pau do seu namorado.

Girando sobre os calcanhares, saí do quarto ouvindo Sam gritar meu nome.

Não chorei.

Chorar por causa de homem era algo que eu tinha prometido que nunca mais faria depois de já ter derramado baldes de lágrimas no passado, e a verdade era que eu não conhecia Sam bem o suficiente para ficar tão tocada com aquilo. Eu reservava minhas emoções para poucos: minha família, meus amigos e vídeos no YouTube de corgis nadando.

Sam veio correndo atrás de mim, então acelerei o passo, passando direto pela porta da frente, para o ar frio. O outono havia chegado mais cedo em Chicago, trazendo dias chuvosos e manhãs geladas.

— Shay, espera, por favor! — gritou Sam.

Virei para encará-lo e me deparei com ele seminu, parado no meio da rua, usando apenas seus óculos e uma calça de moletom que devia ter vestido no caminho até a porta.

Que óculos idiotas. Que rosto idiota — um rosto pelo qual eu quase tinha cogitado me apaixonar em algum momento. Talvez. Com o tempo, eu poderia ter me apaixonado por aquele rosto. Ele tinha um formato razoável, era um rosto que eu conseguiria ficar encarando... para sempre?

Argh, quem estou querendo enganar?

— O que foi, Sam? — berrei, sentindo um embrulho no estômago.

— Que desculpa você tem para o que eu acabei de ver?

— Eu, ahn... — Ele se retraiu, apertando a ponte do nariz. Seu olhar estava tomado pela culpa, mas eu não me importava. As pessoas sempre pareciam culpadas depois de serem babacas com as outras. O estrago já estava feito. Não tinha como voltar atrás. — Desculpa. Eu não queria que isso tivesse acontecido.

— Você não queria ter transado com a Tina? Ou não queria ter sido pego?

— Eu, bom, é...

— Se você disser que é complicado, te dou um chute no saco — falei.

O corpo dele se retraiu diante dessas palavras, e ele deu um passo para trás.

— Achei que você ia trabalhar hoje. Você devia ter me avisado que vinha aqui.

Ah, então tudo bem.

Eu entendia agora.

Esse tinha sido o meu erro — não avisar a Sam que eu iria à sua casa. Se eu tivesse feito isso, ele poderia ter expulsado a princesa Leia de lá mais cedo e bancado o príncipe encantado que fingia ser.

Continuaria abrindo portas, ligando para a avó, preparando tortas para os menos favorecidos — o bom e velho Sam, um santo entre os homens, que por acaso tinha um pênis descontrolado.

Eu estaria mentindo se dissesse que aquilo não me abalava. Eu era uma mulher forte, mas continuava sendo humana. Certas coisas me afetavam. Até a traição de Sam feria meu coração — porém menos do que deveria.

Sam fez uma careta.

— Escuta, Shay, você é ótima, mas...

— Não — eu o interrompi, balançando a cabeça. — Você não tem o direito de fazer isso. Você não vai terminar comigo aí parado no meio da rua sem camisa só porque eu peguei você me traindo. Não, quem vai terminar com você sou eu, tá? Então pode voltar lá para dentro e terminar o que estava fazendo com a sua princesa. Na verdade, vocês dois são perfeitos um para o outro. E nós dois? Somos assunto encerrado. Então, só para deixar claro, *eu* terminei com *você*. Não o contrário. Entendeu?

Ele deu de ombros.

— Entendi.

Entendi?

Nossa, por que ele estava tão tranquilo com o término?

É claro que ele não lutaria por mim, porque não havia fogos de artifício no nosso céu. Havia um brilhinho de nada, que sumiu rápido.

Não havia motivo para eu continuar brigando com ele, apontando o que ele tinha feito de errado. A verdade era que a gente mal se conhecia. Nós nunca seríamos mais do que os últimos nove meses. Nunca descobriríamos outras primeiras vezes.

Eu não conheceria sua mãe, e ele não conheceria a minha.

Ele não comemoraria meu aniversário, e eu não lhe daria presentes de Natal.

Nós não passávamos de um quase.

Anda, Shay. Levante a cabeça, olhe para a frente e vá embora. Você conhece o carteiro há mais tempo do que conhece esse cara. Tem enlatados na sua despensa mais antigos que esse relacionamento. Bola pra frente.

Fui para o meu carro, sem ligar muito para aquela situação toda nem para Sam. Eu queria dizer que estava surpresa, mas a vida tinha me ensinado tudo sobre homens. No fim das contas, eles eram todos iguais, não importavam as circunstâncias. Podia ser um nerd, um atleta, um cientista ou um monge. No fim das contas, todos eram a mesma coisa, porque todos tinham pau.

Todos só pensavam com a cabeça de baixo, e nós, mulheres, tínhamos que lidar com isso.

Mas, por outro lado, existia o vinho.

Enquanto eu seguia para o carro, meu celular apitou com uma mensagem de Eleanor.

Eleanor: Só pra avisar, acho que o Landon vai levar uma mulher hoje. Talvez seja bom convidar o homem misterioso?

Ah, que ótimo.

Eu ia pular o vinho e ir direto para a vodca.

∽

Todo mundo que acha que onze da manhã era cedo demais para vodca provavelmente nunca tentou beber a essa hora. Eu não deveria me importar se Landon levaria uma mulher. Ele poderia levar todas as mulheres do mundo, e eu deveria estar pouco me lixando. Mas a verdade era que eu me importava, sim. Depois de vê-lo aquela noite, feridas que pareciam cicatrizadas se abriram outra vez. E, depois da traição de Sam, eu me sentia ainda mais exposta.

Fiquei sentada em casa sem pensar em nada, arrastando a tela do celular para a direita e para a esquerda feito a mulher patética que eu havia me tornado. Fazia um ano e meio que eu tinha me banido dos aplicativos de relacionamento. Depois de criar um perfil em alguns deles numa tentativa de esquecer Satanás, acabei descobrindo que eles traziam certas complicações. O vício em abrir esses aplicativos era nauseante.

Bumble? Tinder? Adote um Cara?

Não importava — eu estava obcecada.

Não era só pelo ato relaxante de ficar arrastando a tela, como também a fase dramática de apagar todos os aplicativos do celular, porque você — abre e fecha aspas — já estava de saco cheio daquilo, mas acabava baixando tudo de novo uma semana depois, porque o vício era real, e talvez o PapaiCafetão69 realmente fosse sua alma gêmea. Só porque a bio dele estava em letras maiúsculas e ele soletrava princesa com um cifrão, não significava que ele não era o homem dos meus $onho$.

Talvez ele só precisasse da garota certa para transformá-lo em um cara legal.

Conhecer gente nova com trinta e poucos anos era como pescar em um aquário de água suja. A maioria dos peixes estava flutuando de cabeça para baixo, e os que sobravam ficavam batendo com a cabeça no vidro.

Foi por isso que escolhi sair dos aplicativos de relacionamento há muito tempo. Só conheci Sam porque ele tinha entrado na confeitaria onde eu trabalhava, e eu tinha prometido para mim mesma que só sairia com um cara se o encontrasse ao vivo, em uma situação da vida real.

Mas lá estava eu, bêbada de vodca às onze da manhã, arrastando a tela para o lado sem parar, porque precisava de um encontro instantâneo, só por algumas horas.

Eu precisava de um acompanhante naquela noite, porque meu ego tinha sido ferido, e eu não podia aparecer na festa sozinha, principalmente sabendo que meu primeiro amor estaria lá com outra mulher.

Para o restante do mundo, ele era Landon Pace, o queridinho de Hollywood, o próximo Brad Pitt. Mas para mim? Ele era apenas o bom e velho Landon Harrison, o garoto que tinha partido meu coração sem nunca olhar para trás.

Eu não estava empolgada para reencontrá-lo, ainda mais sem Sam ao meu lado, porque, apesar de Landon me deixar louca de raiva, ele ainda me afetava de alguma forma. Eu odiava a ideia de chegar perto dele, porque, de todos os homens que já tinham cruzado meu caminho, ele foi o único que fez meu coração disparar. Eu não sabia que um homem poderia ser capaz de provocar arrepios de irritação e formigamentos de desejo ao mesmo tempo.

Eu precisava manter certa distância entre nós — ou pelo menos usar uma barreira humana. Então continuei arrastando a tela do celular com o auxílio do álcool, procurando por alguém para ir a apenas um evento comigo, mesmo que fosse o PapaiCafetão69.

Sempre que eu recebia um "manda nudes", respondia com "quer deixar meu ex com ciúme e fingir que está com uma mulher mentalmente estável?".

Nem preciso dizer que não consegui muitos matches, e, conforme as horas foram passando, o desespero foi aumentando dentro de mim. Eu tinha acabado de ficar solteira, teria que confrontar meu ex mais importante dentro de alguns instantes, e ele estaria com uma mulher.

15

Landon

Eu odiava eventos sociais.

O lançamento do uísque de Greyson era o primeiro megaevento ao qual eu ia desde o Oscar, e, mesmo assim, eu não me sentia pronto. Parecia que eu precisava de uns dez meses para me recuperar da temporada de premiações. Estar rodeado por outros famosos era a coisa mais cansativa do mundo, mas eu sabia que a publicidade seria ótima para Greyson e sua empresa. Mesmo que estivéssemos em um espaço cheio de cobras.

Cerca de noventa e cinco por cento das pessoas no lançamento do uísque se odiavam, apesar de sorrirem umas para as outras. Um salão cheio de atores. Frequentar eventos sociais com pessoas extremamente ricas era assim, mas aqueles babacas eram atores natos. Todos se alimentavam de MFF: mentiras, falsidade e fofoca. Cerca de um terço dos convidados provavelmente estava quase falido, mas fazia questão de manter as aparências. Outro terço chifrava seus parceiros, e seus amantes provavelmente estavam ali também.

O último terço simplesmente era formado por seres humanos de merda.

A maioria das conversas era basicamente mulheres fofocando sobre futilidades e homens competindo para ver quem tinha o maior iate. Esse era um assunto que sempre causava discórdia, então eles começavam a debater sobre seus motores enormes e possantes.

Calma, galera. Todos vocês são criaturas perfeitas.

Beberiquei meu uísque e interagi o suficiente para que os tabloides não publicassem nada que sugerisse que eu tinha me tornado antissocial. Normalmente, eu não me daria ao trabalho de vir a um evento como esse, mas, como era para ajudar Greyson, não havia opção. Eu faria praticamente qualquer coisa pelo meu melhor amigo, principalmente depois do trauma pelo qual ele e as duas filhas passaram, o acidente de carro meses atrás.

Eu ajudaria em tudo que ele precisasse, sem questionar. E sabia que ele faria o mesmo por mim num piscar de olhos.

— O cara à sua esquerda se chama Ralph Weldon. Ele foi produtor do seu filme, *Um espaço de tempo*. A mulher à esquerda dele é a esposa Sandra, que acabou de dar à luz o segundo filho deles — sussurrou Willow, se inclinando na minha direção.

Alisei com as duas mãos meu terno Giorgio Armani feito sob medida. Meus olhos percorreram a festa, reparando nos rostos familiares de pessoas que tinham cruzado meu caminho ao longo dos anos. Eu nunca me esquecia de um rosto, mas quase sempre me esquecia dos nomes.

Por sorte, Willow estava sempre por perto para sussurrá-los para mim. Eu não sabia como conseguia fazer qualquer coisa sem ela, que dirá cumprimentar as pessoas. O cérebro dela era um arquivo de informações, que ela recitava como Sherlock Holmes investigando um caso.

Se eu lhe perguntasse o que tinha comido um ano atrás, ela entraria em detalhes sobre os temperos utilizados no prato. Tudo bem, talvez eu estivesse exagerando *um pouco*, mas ela era quase tão boa assim.

Fomos até Sandra e Ralph para cumprimentá-los, e os parabenizei pelo bebê. Se havia algo que eu sabia fazer muito bem era conversar com as pessoas de forma a deixá-las à vontade enquanto falavam comigo. Isso fazia parte das incumbências de ser uma celebridade — conquistar pessoas e causar uma boa impressão. O objetivo era deixar todo mundo confortável a ponto de os homens ficarem com vontade de tomar uma cerveja comigo, e as mulheres se perguntarem se nós poderíamos ter um caso secreto.

Era um comportamento ridículo, mas que dava certo. Ser admirado e querido no mundo do cinema era uma das melhores coisas que podia acontecer a alguém. Além de ser talentoso, você também precisava ter uma personalidade interessante para exibir esse talento.

Além do mais, se você tivesse uma presença marcante, os diretores de elenco lembrariam de você quando começassem a procurar atores para um filme.

Tudo em Hollywood era um jogo. Você só precisava conhecer as regras. Eu tinha demorado alguns anos para pegar o ritmo das coisas, mas, depois que aprendi, virei um mestre.

Eu nunca deixava as pessoas se aproximarem o suficiente para me conhecerem de verdade. Caso contrário, provavelmente não teria conquistado tantos papéis assim.

Por exemplo, se Ralph e Sandra soubessem que eu tinha sofrido um dos meus ataques de pânico a caminho da festa hoje, duvido que me achariam tão charmoso.

Fazia um tempo que eu não tinha ataques de pânico, graças às ótimas sessões de terapia e aos mecanismos de enfrentamento que eu tinha aprendido ao longo dos anos. Porém, depois da noite em que apareci do nada na vida de Shay sem ser convidado e levei um fora, minha mente dera pane. Eu tinha tentado todas as ferramentas ao meu dispor, só que, infelizmente, a saúde mental nem sempre era uma ciência exata. Às vezes, no silêncio da noite, eu me tornava vítima das ondas de pânico que assolavam meu corpo.

Tinha acontecido naquela noite, no trajeto para a festa. Willow estava no SUV comigo enquanto o motorista seguia para o local. E ela percebeu o que estava acontecendo, porque eu sempre me desligava completamente do restante do mundo. Minhas mãos agarraram as laterais do assento, e eu baixei a cabeça entre as pernas, tentando controlar a respiração.

Três coisas boas, eu tinha pensado.

Esse era um dos ensinamentos básicos que eu tinha aprendido com minha terapeuta.

No meio de um ataque de pânico muito intenso, eu precisava me obrigar a listar três coisas boas que tinham acontecido nas últimas quarenta e oito horas. Elas podiam ser grandes ou pequenas, e funcionavam como lembretes de que eu ficaria bem.

Acordei hoje de manhã.
Rookie comeu a ração toda, algo que estava se recusando a fazer desde que lhe dei um pouco de comida de gente outro dia.
Pelo menos consegui ver Shay.

Três coisas boas, três coisas que eu provavelmente não valorizaria no passado. Eu, com certeza, não tinha valorizado o último item.

Willow havia instruído o motorista a dar algumas voltas a mais ao redor do local do evento antes de me deixar lá, e, por sorte, eu tinha conseguido me recompor.

Enquanto Willow me guiava para cumprimentar as pessoas, fui charmoso, estava deslumbrante, interpretei o papel que havia aprendido a encenar com maestria. Conversas vazias sem nenhuma verdade — era o que eles queriam, então era exatamente o que eu lhes dava.

Meus olhos saíram de um produtor que tagarelava, contando que uma estagiária tinha chupado seu pau algumas noites atrás — porque esse era um assunto supernormal para uma festa — e seguiram para a entrada do evento, então senti as pequenas faíscas que habitavam meu coração começarem a ganhar vida e se transformarem em chamas.

— Dá licença, Paul — eu o interrompi, me afastando dele.

Willow veio atrás de mim. Seu olhar acompanhou o meu, e ela inclinou a cabeça.

— Bom, aquele é o Greyson, é claro, mas não sei quem são as outras duas. Hum... — Ela tamborilou os dedos contra os lábios. — Posso pesquisar rapidinho, e...

— A Shay — murmurei, interrompendo-a. — E a prima dela, Eleanor.

— A Shay — repetiu Willow. Ela arqueou uma sobrancelha. — Você quer dizer, tipo, a Shay *Shay*. Tipo... *a* Shay?

Assenti com a cabeça, e isso foi o suficiente para Willow saber que podia sair do meu lado. Eu havia contado a Willow sobre meu primeiro amor, conversávamos sobre o assunto com frequência, e ela sempre dizia que Shay era minha Julieta da vida real, o que fazia sentido. Só que eu nunca seria seu Romeu.

Notei a presença de Shay no instante em que ela entrou no salão. Ela gargalhava com Eleanor e Greyson, e, quando virou as doses de uísque, seu corpo inteiro estremeceu de prazer. Aquele corpo...

Nossa, aquele corpo.

Ela usava um vestido de seda preto que caía feito uma luva no seu corpo, destacando cada curva. Sua bunda estava fantástica, como sempre, e o vermelho em seus lábios estava me deixando maluco.

Sem pensar, me peguei seguindo em sua direção. Meus malditos pés se moveram sem a permissão do meu cérebro, e eu não fazia a menor ideia do que diria para ela. Será que eu deveria mencionar a situação desconfortável de eu ter aparecido na sua casa na outra noite? Ou deveria manter um tom leve? Será que eu devia puxá-la para um canto para conversarmos sobre o passado? Sobre eu ter ido embora e nunca mais ter voltado? Será que ela ainda se importava com isso? Meu Deus. Havia pensamentos demais na minha cabeça e tempo de menos para destrinchá-los.

Ela não estava com nenhum cara, e isso me deixou bem mais confortável em abordá-la.

— Meu Deus, Greyson! Que delícia!

Ela abriu um sorriso radiante para os novos uísques do meu amigo. Seus quadris iam para a frente e para trás conforme a bebida suave descia por sua garganta.

Caramba, que quadris deliciosos.

— Qual é o seu preferido? — perguntei de repente, como um idiota.

Mantive o olhar fixo em Shay, sem nem me dar ao trabalho de fitar os outros dois, e ela me encarou também.

Eleanor se inclinou para a prima e sussurrou alguma coisa. Shay na mesma hora fechou a boca que estava levemente aberta.

Alisei meu terno.

— Eleanor, que bom ver você de novo. E, Shay, quanto tempo — murmurei. *Se a gente ignorar minha visita alguns dias atrás.* — Você está linda, como sempre.

Essa foi a coisa mais verdadeira que eu já disse na vida. Shay era uma garota linda que se transformara em uma mulher estonteante.

Suas bochechas coraram.

— Tanto faz, Landon. Você está ok — disse ela, fazendo um gesto de desdém com a mão.

Tentei afastar a ânsia urgente de puxá-la para um abraço, porque que porra era aquela? Abraçá-la não faria sentido. Apesar de meu corpo não detestar nada a ideia de ser pressionado contra o dela. Eu sentia saudade dos seus abraços. Em vez disso, me empertiguei.

— Estou vendo que a sua personalidade forte continua a mesma.

— E eu estou vendo que as suas orelhas continuam grandes — rebateu ela, agora com um leve sorriso.

Aqueles sorrisos!

Eu sentia saudade dos seus abraços e dos seus sorrisos.

Fiquei parado ali, sem saber o que falar depois de tantos anos, porque tudo que eu realmente sentia era desconforto.

Um desconforto e um constrangimento do caralho.

Greyson e Eleanor devem ter percebido o clima esquisito, porque trataram de inventar uma desculpa para afastar-se dali. Quando um garçom passou com uma bandeja servindo algumas doses, eu e Shay pegamos um copo cada um e o viramos.

Desceu redondo.

Enfiei as mãos nos bolsos e sorri feito um idiota.

— Você acha mesmo que minhas orelhas continuam enormes? A revista *People* as considerou as Orelhas Mais Sexy do Mundo no ano passado.

Tentei amenizar a tensão, mas só consegui deixar tudo ainda mais esquisito.

Ela não riu, mas abriu um sorriso fofo. Droga, fazia tanto tempo que eu não ouvia sua risada. Era impossível não me perguntar qual seria o som dela agora.

Pigarreei.

— Eu queria conversar com você antes da festa ficar mais agitada.

— Conversar? Conversar sobre o quê?

Sobre tudo e mais um pouco.

— Bom, primeiro, queria pedir desculpas por aparecer na sua casa aquele dia. O Greyson falou que você vinha à festa, e comentei que seria legal conversar com você antes. Aí a Raine me passou seu endereço. Não parei para pensar no que estava fazendo, desculpa.

— Foi meio inesperado, mas não tem problema. Desculpa por eu ter te dispensado tão rápido. Aquela noite foi esquisita.

— Não, dá para entender. Para falar a verdade, naquela noite, eu só queria conversar sobre a gente.

— Sobre a gente?

Girei os ombros para trás e me empertiguei.

— Sei que é um pouco desconfortável, mas eu só queria saber se está tudo bem entre nós.

Ela arqueou uma sobrancelha, sem entender minhas palavras.

Eu queria tentar de novo.

— Quando o Grey me contou que você vinha hoje, achei melhor garantir que a gente estivesse bem. Eu... *hum*... sei que não terminamos da melhor maneira possível — ela bufou alto ao ouvir minhas palavras, mas segui em frente —, então eu só queria saber se não teria problema estarmos juntos no mesmo ambiente.

— Por que haveria algum problema em estarmos no mesmo ambiente? Nós dois somos adultos agora, Landon. Não somos mais as crianças dramáticas daquela época.

Ela abriu um sorriso que parecia verdadeiro.

Franzi o cenho.

— Certo. É claro. Eu só queria...

Falar com você. Eu queria ver você, falar com você, ficar perto de você depois de tantos anos longe, porque a última vez que me senti em casa foi quando estava do seu lado.

Merda.

Eu era maluco.

Pisquei.

— Tá, tudo bem. Que ótimo. Que bom que estamos bem.

— Claro. Vida que segue. — Ela falou de um jeito tão indiferente, como se a gente não tivesse um passado tão marcante juntos. — Dá para perceber que a Eleanor e o Grey estão ficando bem próximos, então provavelmente a gente vai se esbarrar de vez em quando. Talvez seja melhor mesmo a gente voltar a ser o que era antes.

As palavras dela acenderam uma chama no meu coração. Voltar a ser o que a gente era antes, quando nós dois estávamos apaixonados... O jeito que costumávamos nos amparar nos momentos de escuridão. Poderia demorar um tempo para reconstruir o que tínhamos, mas eu me esforçaria. Eu mostraria a ela que não era mais o mesmo garoto de antes. Eu provaria que tinha melhorado. Eu tinha batalhado para me acertar com minha mente, e, no fundo, sabia que poderia ser o homem que ela sempre quisera. O homem que ela merecia. Eu não seria mais aquele cara problemático do passado. Claro, as cicatrizes continuavam lá, embora os cortes não fossem mais tão profundos.

— Sim — falei, ganancioso. — Eu acharia ótimo.

— Você sabe... — Ela deu de ombros. — Como a gente era antes de fazer aquela aposta idiota na escola. Tínhamos uma relação sarcástica e superficial. Só isso.

Era como se uma faca perfurasse a porra do meu peito.

Olhei para minhas mãos, sem saber o que fazer com elas.

— Certo. Sim. É claro. Uma relação sarcástica e superficial. Gostei.

— Isso — concordou ela. — Eu também acho. Fácil.

— Então... — Franzi o cenho enquanto a analisava. — Estamos bem?

Ela abriu um sorriso tão radiante que juro que minha mente tentou tirar fotos de seu rosto para que eu pudesse me lembrar dela para sempre.

— Bem à beça.

— Superbem — acrescentei.

O quê? *Cale a porra da boca, Landon. Você está sendo esquisito.*

— É, tipo isso.

Antes de eu conseguir dizer mais alguma coisa, Willow apareceu, bateu no meu ombro e se inclinou na minha direção.

— Desculpa interromper, mas você precisa fazer o brinde de boas-vindas daqui a cinco minutos. Estão te chamando lá na frente.

Os olhos de Shay percorreram Willow, então se fixaram em mim. Ela ficou tensa e deu alguns passos para trás. Ela mirou Willow e franziu a testa, então senti meu estômago embrulhar quando me dei conta do que aquilo poderia parecer.

— Shay... — comecei.

— A gente se fala mais tarde. Pode ir. — Ela abriu um sorriso minúsculo. — Vai lá ser o Sr. Hollywood.

Ela saiu apressada antes que eu conseguisse responder. Eu sabia que precisaria encontrá-la depois para conversarmos mais. Era impossível estar no mesmo ambiente que Shay depois de tantos anos sem ter vontade de me aproximar. Eu queria ocupar o máximo possível de seu tempo e de sua energia, porque sentia falta dela. Eu sentia falta dela, do sorriso dela, da risada dela, do coração dela.

Merda. Aquilo era mais difícil do que eu tinha imaginado.

Eu sabia que ela queria manter as coisas leves e superficiais, mas eu queria uma chance de ter uma conversa mais profunda. De tirar um tempo para nos lembrarmos das pessoas que fomos um dia.

Mas, primeiro, eu precisava ser Landon Pace, porque as pessoas estavam esperando isso. Como sempre, por mais que eu detestasse isso em alguns momentos, o show tinha que continuar

Pelo menos podia ficar um pouco mais tranquilo, porque eu e Shay estávamos bem à beça.

16

Landon

Eu estava tentando encontrar uma oportunidade com Shay para termos uma conversa mais séria, só que sempre acabávamos em meio a grupos maiores. Além disso, parecia que ela fazia questão de não olhar na minha cara. Às vezes estávamos interagindo com as mesmas pessoas e ela nem olhava para mim. Ou talvez eu estivesse ficando maluco, porque podia jurar que, toda vez que eu dizia qualquer coisa, apesar de ela rir junto com todo mundo, se virava discretamente e revirava os olhos. Sem brincadeira, teve uma hora que parecia que ela estava gesticulando que queria vomitar.

Pouco depois, quando consegui encontrá-la na festa, a vi seguindo para uma sala fechada com um segurança na porta. Ela mostrou a ele o passe que Greyson lhe dera mais cedo e entrou.

Eu a segui. Mostre meu passe VIP que havia guardado no bolso para o segurança.

— Será que você pode barrar a entrada das pessoas por um tempo? — perguntei, tentando ficar sozinho com Shay e ter uma conversa de verdade com ela pela primeira vez.

O segurança sorriu de orelha a orelha.

— Pode deixar, ela é gostosa mesmo.

— Não, não é nada disso. Só quero conversar com ela em particular.

— Sei. — Ele piscou para mim e me cutucou com o cotovelo. — É claro, Sr. Pace. Tudo o que o senhor precisar.

Eu lhe agradeci, e ele fechou a porta depois que entrei.

— Oi — falei, pigarreando.

Shay estava de costas para mim e levou um susto ao ouvir minha voz. Ela se virou para me encarar, e, por um milésimo de segundo, juro que franziu o cenho antes de curvar os lábios em um sorriso tranquilo.

— Olá — respondeu ela. — Você está me seguindo?

— Meio que... — Enfiei as mãos nos bolsos, assentindo. — Então, mais cedo, você disse que estávamos bem, né?

— Aham, aham! Está tudo ótimo.

— Mas algo me diz que não é bem assim.

Ela soltou uma risada seca, foi até a mesa na qual estavam as garrafas de uísque e se serviu de um copo, jogando dois cubos de gelo na bebida antes de dar um gole nela.

— Por que não seria bem assim? Nós estamos bem, Landon. Nós estamos *fantásticos*.

A ênfase que ela deu quando falou "fantásticos" deixou bem claro que não havia nada de fantástico entre nós.

— Então por que você passou a noite toda revirando os olhos para mim?

— Você está vendo coisas. Não passei a noite toda revirando os olhos para você.

— Passou, sim. Até o Greyson percebeu.

Ela balançou a cabeça.

— Sinto muito te informar, mas você se enganou. Isso é tudo coisa da sua cabeça, e tenho certeza de que você colocou isso na cabeça do Greyson também. Já falei, nós estamos bem.

— Aham, sei. Bem à beça, né?

— Exatamente — respondeu ela, se virando ligeiramente para o outro lado e revirando os olhos ainda mais.

— Viu! Aí! Olha só o que você fez! Shay, que porra é essa?!

— Ai, nossa, Landon. — Ela gemeu. — Deixa isso pra lá.

— Não dá, Shay. Não dá, porque está na cara que você está irritada comigo.

Ela suspirou e colocou o copo na mesa. Então jogou as mãos para o alto.

— Tá bom, Landon, o que você quer? Já entendi que você não vai desistir, então o que você quer de mim? Quer que eu comece a chorar feito uma garotinha patética porque você partiu meu coração anos atrás? Quer que eu desmorone, me jogue nos seus sapatos caros e implore para você me amar de novo? — bradou ela, jogando a ideia de que estávamos bem à beça para o alto. — Bom, sinto muito, porque deixei você lá no passado, e estou feliz agora, tá? Eu estou feliz

Franzi o cenho.

— Eu fico feliz por você estar feliz, Shay.

— Não fica, não — rebateu ela. Seus olhos castanhos encontraram os meus azuis, e ela balançou a cabeça. — Aposto que você ficou torcendo para eu não estar feliz — murmurou ela com os olhos marejados.

Eu não sabia se o brilho em seu olhar era por causa do uísque ou de suas emoções. De toda forma, não havia nada sarcástico nem superficial ali.

— Eu jamais torceria para você ser infeliz, Shay.

— Então por que você foi embora? — questionou ela. Aquela pergunta foi tão honesta que quase achei que fosse obra da minha imaginação, mas o sofrimento no olhar dela mostrava que eu havia escutado bem. Abri a boca para responder, mas ela balançou a cabeça. — Não responde. Falei sem pensar. Não quero saber.

— Mas eu quero responder, Shay. Eu quero tentar explicar, pelo menos.

— Não. Me recuso a voltar a ser como nós éramos, intensos e dramáticos. Não quero nada intenso.

Dei alguns passos na direção dela

— Nós podemos ser intensos por um instante. A gente tem um passado e tanto.

— Pois é, exatamente. Um passado, que ficou para trás. Além do mais, já superei isso tudo. Já superei você. Está tudo bem.

Franzi a testa, finalmente vendo em Shay as reações que eu esperava. Enfiei as mãos nos bolsos e dei um passo para a frente. Quanto mais perto eu chegava, mais tensa ela ficava.

— Droga, Landon, quer parar de chegar perto de mim?

— Não consigo evitar, Shay. Só quero estar perto de você depois de ter ficado tanto tempo longe.

— E de quem é a culpa disso?

— Minha — admiti. — Tudo que deu errado com a gente foi culpa minha, e quero me redimir.

— Para de falar besteira — ordenou ela. — Você não pode simplesmente aparecer do nada e falar essas coisas, porque vou acabar falando coisas também.

— Tipo o quê? — perguntei. Eu precisava saber. Eu precisava saber o que se passava pela cabeça dela, o que ela pensava a meu respeito. — O que você diria?

Ela precisava estar sentindo aquilo. Ela precisava estar sentindo a forte conexão entre nós, a força magnética que nos atraía quando estávamos perto um do outro. Nunca na vida eu tinha sentido uma conexão tão forte quanto a que tinha com Shay.

As palavras que saíram da sua boca não eram as que eu esperava ouvir. Eu não sabia o que estava procurando, ou o que esperava de verdade, mas o que ela disse foi como se eu tivesse levado uma punhalada no coração.

— Eu te odeio, Landon.

17

Shay

Que. Babaca. Ridículo.

Mas que cara de pau do Landon vir atrás de mim, todo lindo, rico e famoso, como se não tivesse feito meu coração de gato e sapato e me largado na rua da amargura anos antes. Que cara de pau ficar me seguindo, tentando se reconectar comigo depois de tanto tempo.

No passado, eu costumava ficar imaginando como seria o nosso reencontro. Ficava especulando sobre a minha reação. E tinha cogitado todas as possibilidades. Havia três que me pareciam mais prováveis.

Amor instantâneo. Eu o veria, perdoaria tudo o que Landon tinha feito e ignoraria o fato de que ele havia desaparecido, partido meu coração e me trocado pela maldita da Sarah Sims.

Descontaria nele a raiva de um milhão de demônios. Daria um ataque feito uma psicopata imatura, me comportaria como se tivesse metade da minha idade, sem me preocupar em demonstrar um pingo de elegância.

Imitaria Michelle Obama. Quando ele descesse o nível, eu subiria. Eu seria superior. Iria sorrir, concordar com a cabeça, aceitar tudo o que ele dissesse e demonstrar que tínhamos uma relação educada e ótima. *Óóótima*. Eu comentaria a época em que namoramos, diria que éramos muito jovens, deixaria claro que seguimos em frente e lhe desejaria tudo de bom.

Mas vamos ser sinceros, eu não desejava nada de bom para ele.

Durante um bom tempo, eu desejei que ele tivesse uma diarreia explosiva em pleno tapete vermelho. Desejei que ele tropeçasse na escada antes de receber uma de suas várias estatuetas do Oscar. Desejei que ele ficasse careca aos trinta anos. Eu desejava muitas coisas para Landon, mas tudo de bom não era uma delas.

Entre as três opções, a terceira parecia mais madura. E eu também achava que essa versão não provocaria emoções boas nem ruins dentro de mim, me fazendo parecer completamente indiferente a ele. Era isso que eu queria. Queria que ele pensasse que eu não sentia nada de bom nem de ruim em relação a ele. Eu manteria a classe. Meghan Markle teria muito orgulho de mim.

Mas eu já tinha bebido, e o álcool fez minhas emoções ganharem uma força fenomenal, ressaltando mais a raiva do que a indiferença.

— Eu te odeio — repeti, com ele parado na minha frente.

Aquelas três palavras escapuliram da minha boca, me deixando ali, encarando um Landon muito chocado.

Sua expressão murchou, e senti meu estômago se revirar enquanto as repetia.

— Eu te odeio tanto que dá vontade até de gritar. Odeio o fato de você ter simplesmente aparecido do nada na minha casa depois desse tempo todo. Odeio que você se comporta como se a gente simplesmente pudesse voltar a ser as mesmas pessoas de antes e ter uma conversa normal. Eu te odeio muito porque esse foi o único jeito de acabar com a dor que você causou no meu peito.

— Shay...

— Não. — Balancei a cabeça, sentindo o uísque inundar meu corpo. — Não faz isso. Não fala o meu nome assim.

— Assim como?

— Como se a sua boca ainda tivesse direito a ele. Eu me esforcei tanto para te esquecer, Landon. Eu me esforcei tanto para superar o sofrimento que você me causou, a dor que você me fez sentir. Então me respeita se prefiro não ter nada além de uma conversa amigável com você. Me dá licença se tentei demais manter o clima leve e sarcástico, mas estou bêbada, e sensível, e não posso ficar perto de você desse jeito, porque a minha cabeça não sabe como ficar bêbada e estar perto de você ao mesmo tempo. Minha mente está me traindo e me fazendo acreditar que eu quero conversar com você, que eu quero ter respostas... chegar mais perto, te abraçar, perguntar como você está, e não posso fazer nada disso. Não posso abrir essa porta, porque eu te odeio. Preciso te odiar, Landon — confessei, minha voz baixa e trêmula.

— Por quê?

— Porque, se eu não te odiar, você vai poder me destruir de novo.

— Shay — implorou ele, chegando mais perto.

Continuei me afastando de Landon até que bati na parede, e ele me encurralou. O calor de seu corpo cercou o meu, e tentei ignorar as marteladas do meu coração contra o peito.

E lá estavam eles — os fogos de artifício, o drama, o sentimento indescritível que Landon sempre despertava dentro de mim. O yin e o yang de emoções que ele gerava me deixavam muito confusa. Eu queria empurrá-lo para longe e puxá-lo para perto. Queria dar um tapa nele e deixar meus dedos se demorarem em sua pele. Queria beijá-lo. Nossa, como eu queria beijar seus lábios carnudos que estavam a centímetros dos meus, soprando ar quente em mim, seu arco do cupido tão perfeitamente moldado, tão perfeitamente cheio, tão perfeitamente...

Não.

— Me escuta, Shay. Não sou mais o mesmo garoto que te deixou tanto anos antes. Eu me tratei. Finalmente entendi boa parte dos gatilhos que afetam minha mente e sei como contorná-los. Eu me achei, Shay. Eu me achei completamente, me achei por inteiro.

— Eu sei disso. Mas você nunca voltou. *"Quando você se encontrar, volta para mim."* Lembra? Ou a fama te fez esquecer isso?

Ele baixou a cabeça.

— Eu lembro, mas me deixa explicar.

— Eu não quero saber — menti, porque eu precisava mentir.

Essa era a única forma de me impedir de me derreter toda por ele. A verdade era que eu me importava. Uma parte imensa de mim havia ficado feliz em saber que ele tinha se achado, que tinha encontrado o próprio caminho, que estava bem. Uma parte maior ansiava pelas respostas que eu nunca tinha recebido dele e queria saber por que ele nunca tinha voltado.

Só que outra parte ainda estava machucada pela forma como ele me destruíra. Em seu caminho rumo ao autoconhecimento, Landon havia estraçalhado meu coração, e agora me encarava como se esperasse que eu me entregasse de bandeja.

Eu jamais faria isso de novo.

Eu não era a mesma garota ingênua e cheia de esperanças que fui um dia e não cometeria o mesmo erro duas vezes. No passado, eu me entreguei por inteiro, e ele me tratou feito lixo, como alguém que poderia ser dispensada quando uma oportunidade melhor surgisse.

— Eu também mudei, Landon. Não sou a mesma garota que você conheceu.

— Eu sei — concordou ele. — Dá para perceber. Você parece mais forte. Mais esperta.

— Seus elogios não me afetam.

— Tá, mas isso não significa que eles sejam mentira. — Ele esfregou o rosto e então apoiou as duas mãos na parede, uma de cada lado de mim. — Você me odeia mesmo? — perguntou ele, sua voz baixa e controlada.

— Odeio — respondi. Fechei os olhos. — Não. — Suspirei. — Mas isso não significa que eu queira ser sua amiga.

— Confia em mim, não estou te pedindo para ser minha amiga, *chick*.

— Então o que você quer?

— Não sei — confessou ele, passando as mãos pelo cabelo. — É estranho estar perto de você depois de tanto tempo, e não consigo ser sarcástico nem superficial. Não depois de tudo pelo que a gente passou.

— Você nem me conhece mais, Landon. Nós éramos muito novos naquela época, não sabíamos nada da vida. Você não sabe porcaria nenhuma sobre mim nem se eu sou uma mulher que te interessaria.

— Quero te conhecer de novo.

— Não quer, não.

— Quero, sim.

Bufei, irritada com aquelas palavras. Então era assim? Ele podia escolher quando voltar para a minha vida? Agora havia espaço para mim em sua agenda?

O uísque deu uma cambalhota dentro de mim, e meu coração fazia de tudo para escapar do meu peito, porque eu não queria sentir coisas demais. Eu vivia me esforçando para desligar minhas emoções quando se tratava de homens. Só mesmo Landon para aparecer e ligar esse interruptor como se fosse a coisa mais fácil do mundo.

Ele chegou mais perto, e minhas mãos aterrissaram em seu peito, empurrando-o de leve.

— Vai se ferrar, Landon.

— Isso. Agora estamos chegando nas emoções verdadeiras — disse ele, se aproximando outra vez. — Me diz o que você está sentindo, Shay.

Eu o empurrei de novo.

— Vai se ferrar pelo que você está fazendo agora. — Outro empurrão. — Vai se ferrar pelos anos de silêncio. — Mais um empurrão. — E vai se ferrar por fazer com que fosse impossível que eu confiasse em outra pessoa.

Continuei listando todas as emoções que me atravessavam, empurrando-o sem parar. Lágrimas ardiam no fundo dos meus olhos enquanto minhas mãos se apoiavam em seu peito.

Empurrão. Empurrão. Empurrão. Puxão.

Puxão?

Eu o puxei para perto. Puxei seu terno, trazendo-o na direção do meu peito. Eu o puxei até estarmos a um palmo de distância. Centímetros. Milímetros. O ar no espaço entre nós se tornou quase impossível de respirar enquanto ele me fitava com uma determinação tamanha. Eu devia ter-lhe dado outro empurrão. Eu devia tê-lo empurrado para longe. Mas, em vez disso, puxei sua gravata cara e lhe dei o beijo mais intenso da minha vida. Eu o beijei com todo o meu amor e depois com toda a minha raiva. Meus braços envolveram seu pescoço ao mesmo tempo que ele me abraçava, me beijando como se meus lábios fossem sua única fonte de oxigênio. Suas mãos desceram para minha bunda, e ele me ergueu no ar enquanto eu enroscava as pernas ao redor de sua cintura. Ele me jogou contra a parede, sua rigidez pressionando o tecido do vestido. Com a mão, puxei o pano para cima das minhas coxas, deixando o caminho livre para ele impulsionar os quadris para a frente, mostrando seu desejo, sua ânsia, tudo que eu tinha perdido naqueles anos todos.

— Shay — grunhiu ele contra minha boca.

— Não fala — ordenei, levando as mãos à fivela do cinto dele, arrumando um jeito de abri-lo antes que eu caísse em mim e me desse conta do erro imenso que estava cometendo.

Eu me arrependeria daquilo de manhã, quando o efeito do uísque passasse e a vida real entrasse em cena. Mas, no calor do momento, sentindo-o duro contra minha coxa, sentindo seu desejo latejante, querendo relembrar como era tê-lo dentro de mim, eu cedi.

O uísque e as memórias venceram naquela noite, ao passo que eu ordenava que meu herói do passado transformado em vilão me dominasse bem ali.

Uma onda de calor tomou conta do meu baixo-ventre quando suas mãos seguraram minha calcinha fio dental, rasgando-a. Suas pupilas estavam dilatadas, e seus toques eram controlados enquanto eu descia sua calça até os tornozelos. Seu olhar encontrou o meu, e ele esperou um segundo, esfregando sua rigidez em meu centro, quase como se pedisse permissão para entrar.

Assenti com a cabeça, e ele me penetrou, se enterrando tão fundo dentro de mim que quase gritei com o prazer inacreditável. Landon entrava e saía de mim, me levando ao êxtase toda vez.

— Ai, nossa — sussurrei, apoiando a cabeça no ombro dele, gemendo em sua pele para abafar o som. — Isso, isso, assim, Landon. Mais forte... por favor... me come com vontade — implorei.

— Droga, Shay — grunhiu ele, metendo com mais força. — Não fala assim se você não quiser que eu goze.

Olhei no fundo dos olhos dele, me inclinei para a frente e mordi seu lábio.

— Eu falei para você me comer com vontade.

Foi então que vi o brilho de loucura despertar em seu interior, e ele começou a me macetar de um jeito selvagem, descontrolado, livre.

E foi tão bom!

Tão absurdamente bom que não consegui segurar por muito tempo. Quando explodi de prazer, ele gemeu ao sentir que eu me apertava ao redor do seu pau.

— Shay, eu vou...

Suas palavras falharam enquanto suas investidas se intensificavam, martelando mais e mais, então ele se soltou, se entregando por inteiro da mesma forma que eu tinha feito.

Quando terminamos, ele deslizou para fora de mim e me colocou de volta no chão. Um frio tomou conta da sala, e todo o calor de antes desapareceu.

Puxei o vestido para baixo e voltei para a realidade.

Ele abriu a boca, mas não saiu nada, o que era absolutamente perfeito.

Não havia mais nada a ser dito. Pelo menos na minha opinião.

— É melhor eu ir — falei, pegando minhas coisas e tentando ajeitar o emaranhado que eram meu cabelo e meu coração.

Meu coração, que eu acreditava ter parado de bater para sempre.

Meu coração, que batia feito um idiota por ele.

Para, coração

Desliga de novo.

— Espera, a gente tem que conversar — disse ele.

— Acho que a gente já fez o suficiente.

Fui até a porta, e ele me seguiu com relutância.

Assim que saímos da sala, o segurança que tomava conta da porta olhou para mim e Landon da cabeça aos pés com um sorrisinho malicioso. Em seguida, levantou a mão para Landon com o peito estufado de orgulho.

— Isso aí! Eu sabia que você ia fechar negócio! Ela é gostosa, cara — exclamou ele para Landon, como se transar comigo fosse uma boa ação que Landon tinha prestado para o movimento dos Babacas da Nação.

Senti um aperto no peito com aquela interação. Tinha sido por isso que ele havia me seguido até a sala? Para transar? Para uma rapidinha com a ex? Para ver se o passado era tão bom quanto o presente? Ele tinha conversado com o segurança antes de entrar? Eu era apenas um joguinho para ele? Eu tinha lhe dado exatamente o que ele queria?

A fúria cresceu dentro de mim.

Landon não cumprimentou o cara, mas continuou andando atrás de mim.

— Shay, espera, a gente precisa conversar — gritou ele.

Tentei ignorar as emoções que cresciam em meu interior, porque eu queria chorar, mas não choraria por um motivo tão idiota quanto transar com Landon. Mesmo que o sexo tivesse sido tão bom quanto a melhor memória de nós dois — de quem tínhamos sido. Parecia que nós tínhamos nascido um para o outro, era como se nossos corpos se movessem em uníssono, como se ele entendesse exatamente do que eu precisava para chegar ao paraíso. Parecia que eu era dele, e ele era meu de novo.

Mesmo que por alguns instantes.

Mas nada disso era verdade. Eu não era dele, e ele não era meu. Eu não passava de mais uma conquista.

— Acho que a gente não precisa dizer mais nada — falei, meneando a cabeça. — Espero que tenha sido bom para você. Você é mesmo um pegador — zombei.

Ele se esticou para segurar meu braço e me girou para encará-lo. Ele chegou perto, ofegante. Por um segundo, vi a dor em sua expressão. Aqueles olhos azuis lindos que eu tinha amado me atravessaram.

— Você sabe que não é assim.

— Eu não sei nada sobre como é com você, Landon. Eu não te conheço. Me deixa.

— Não consigo.

— Por que não? — rebati, minha raiva e minha vergonha aumentando a cada segundo. — Foi tão fácil para você no passado.

Essas palavras o acertaram em cheio, e ele largou minha mão, dando alguns passos para trás. *Ótimo.* Já estava na hora de ele sentir pelo menos uma gota do que tinha me feito sentir anos antes.

— Eu nunca quis te machucar— sussurrou ele, sua voz falhando na palavra "machucar".

— Não querer magoar alguém não muda o fato de você ter feito isso. Só fica longe de mim, Landon. Você passou bastante tempo fazendo isso. Vamos manter a tradição.

— Shay...

Antes que ele conseguisse concluir, duas supermodelos se aproximaram de nós, sorrindo de orelha a orelha com seus dentes brancos, exibindo suas longas pernas bronzeadas em sapatos que provavelmente eram caros demais até para eu olhar.

— Landon, oi! Quanto tempo! Vamos pegar uma bebida no bar — disse uma das mulheres.

— É, e a gente estava pensando em ir para outra festa depois — continuou a segunda, enroscando o cabelo em um dedo, fitando Landon como se quisesse devorá-lo.

Ele já tinha suas duas próximas refeições servidas à sua frente. Jantar e sobremesa. Eu tinha sido apenas a entrada, incapaz de ser um prato principal.

Eu ia vomitar.

As duas se enfiaram na minha frente como se eu fosse invisível, e foi exatamente assim que comecei a me sentir.

Invisível.

Eu me sentia absurdamente invisível.

— Desculpem, meninas, agora não posso. Estou no meio de uma conversa com...

— Ninguém — eu o interrompi. Sorri para as duas mulheres, que me analisavam de cima a baixo com um olhar de nojo. — Ele é todo de vocês, meninas.

Fui embora com a sensação de que tinha sido arremessada em uma parede por um caminhão. Meu corpo estava dolorido não apenas pela forma como Landon o havia dominado, mas também pelo sofrimento que ele causava à minha alma.

Não era para ele ter mais o poder de fazer isso. Eu tinha passado os últimos anos tentando apagar cada parte dele em mim. Mas, no fim das contas, era impossível esquecer o primeiro amor. Uma parte de Landon sempre viveria no meu coração. Seu beijo já tinha sido suficiente para reabrir um buraquinho no meu coração, apenas para parti-lo de novo.

Não bebi mais nada pelo restante da noite, e, infelizmente, continuei pensando em Landon.

18

Shay

A pior parte de transar com um ex-namorado famoso? Não dava para ficar se lamentando e sentindo pena de si mesma por seu erro terrível. Você era obrigada a vê-lo em todo canto. Em outdoors, trailers de filmes, na fila do caixa no mercado. E a fila do caixa era o pior lugar para isso acontecer. Porque, na capa daquelas revistas, Landon nunca estava sozinho. Sempre havia uma modelo ou uma atriz deslumbrante pendurada em seu braço. Ele sempre parecia maravilhoso, com um sorriso de orelha a orelha.

— Espera, então você transou com ele? — perguntou Raine, completamente chocada com a história que eu tinha acabado de lhe contar sobre meu reencontro com Landon enquanto eu empurrava o carrinho de compras pelo mercado.

Raine esfregou a barriga cada vez maior com as duas mãos e ficou me encarando de olhos arregalados diante da revelação do que tinha acontecido na festa do uísque.

Fazia algumas semanas que eu a ajudava nas compras, já que ela estava grávida de oito meses e pronta para dar à luz a qualquer momento. Como ela não conseguia alcançar as prateleiras mais baixas e tinha dificuldades para pegar algumas coisas, eu sempre a acompanhava. Hank viajava muito a trabalho, então não estava tão presente nas últimas semanas. Ele insistia para que Raine pedisse que as compras fossem entregues em casa, mas ela não gostava da ideia. *"Eu me recuso a ficar gorda e presa numa cama. Preciso sair de casa. Mas, Shay, vem comigo para você pegar os potes de picles para mim."*

— Sim. Eu transei com ele sem querer.

Ela arqueou uma sobrancelha.

— Sem querer? Como isso acontece? Você tirou a sua calcinha sem querer e sentou no pênis dele sem querer?

— Na verdade, ele rasgou a minha calcinha. — Franzi a testa. — E era a minha favorita.

— Se eu fosse você, mandava a conta para ele. E cobrava mais caro. Ele tem dinheiro sobrando. Mas, sério, Shay. Como?

— Bom, ele veio me encher o saco e não parou de falar sobre as coisas do passado. E, sei lá, eu simplesmente surtei. Comecei a falar que odiava ele, empurrei-o várias vezes, cheia de raiva, e, quando dei por mim, estava beijando ele com vontade e arrancando suas roupas.

— Ahh — arfou ela. — Sexo selvagem. Que gostoso.

— Não teve nada de gostoso. Foi bem humilhante depois. O segurança queria cumprimentar o Landon, como se ele sempre fizesse esse tipo de coisa. Fiquei me sentindo ridícula.

— Bom, não devia. Além do mais, eu sei que aquelas mulheres se jogam em cima do Landon. Elas devem ter encurralado ele.

— Quando foi que você mudou para o lado dele? — perguntei, ainda meio magoada com o que acontecera na festa.

Ela ergueu as mãos.

— Nada disso. Eu sou a Suíça. Só estou dizendo que, nos últimos anos, vi como ele é atacado por essas modelos.

— Ah, tá. Coitadinho do Landon, um homem perseguido por supermodelos. Que vida cruel.

— Desculpa, Shay. Sei que não é fácil. Mesmo fazendo muito tempo que vocês dois terminaram, isso não muda o fato de que vocês tiveram algo genuíno. Eu realmente acreditava que vocês estavam destinados a ficar juntos para sempre.

Eu odiava o fato de ter acreditado nisso também, que Landon era a pessoa com quem eu ficaria. Meu final feliz. Meu para sempre.

Que garota idiota eu era.

— Está tudo bem — menti. — Eu estou bem.

Estou óóótima.

— Sem querer ser enxerida, mas já sendo... como foi?

— O sexo? — perguntei, pensando na loucura que tinha sido

Eu ainda sentia calafrios só de pensar na forma como Landon havia dominado meu corpo naquela sala algumas noites antes. Que seus beijos tinham gosto de pecado e que ardiam mais do que o uísque. Em como ele entrava e saía de mim, metendo sua rigidez no meu âmago, me comendo como se quisesse provar para mim que eu não tinha saído de sua cabeça durante todos os anos que perdemos. Ele me comeu como se pedisse desculpas pelas cicatrizes que havia causado em mim. Só de lembrar daquela noite já era o suficiente para que eu ficasse toda alvoroçada de novo. Tinha sido a melhor transa da minha vida, e eu odiava isso. Odiava nunca ter sentido tanto tesão quanto naquela noite. Odiava saber que ele tinha me levado a outro patamar que eu nem sabia que o sexo era capaz de alcançar. Odiava o quanto eu adorava as sensações que ele causava em mim.

Odiava desejar senti-lo dentro de mim de novo. Uma noite dessas, acordei cheia de tesão e sabia que era porque Landon havia aparecido nos meus sonhos. Tive que usar meu vibrador em plena madrugada, pensando nele feito uma idiota enquanto chegava ao orgasmo. Depois, fiquei me sentindo suja, com vergonha, mas me sentindo ótima também.

Qual era o meu problema?

Pigarreei.

— Foi aceitável.

Raine ficou boquiaberta.

— Maravilhoso, né?

Suspirei, esfregando o rosto com as mãos.

— O melhor da minha vida.

— Argh, que loucura. Sempre imaginei como seria fazer sexo selvagem. Passional, poderoso, intenso. Lembro que tentei deixar o Hank com raiva de mim uma vez, só para a gente ter a experiência de sexo selvagem, mas ele não entrou no clima. Ele só gosta de me comer dizendo como sou perfeita. Isso é muito irritante.

Sorri.

— É, deve ser péssimo ser idolatrada feito uma deusa — zombei.

— Muito irritante — brincou ela, então voltou a falar de Landon, é claro. — Mas ele não está bonito?

— Ele está horrendo.

— Mentirosa — disse ela, esfregando a lombar com uma das mãos enquanto esticava a outra para pegar uma caixa de cereal sabor Oreo. Sim, havia cereal sabor Oreo, e Raine devorava uma caixa a cada três dias. — Ele está com uma aparência ótima. Saudável. Sempre que o vejo, ele parece melhor. Tipo um vinho caro.

— Tipo uma garrafa idiota do Barolo Monfortino Riserva Conterno de 2010 — resmunguei. Raine arqueou uma sobrancelha para mim. Balancei a cabeça. — Deixa pra lá.

Mas era verdade. Landon tinha o físico de um deus grego.

— Bom, sua sorte é que você é linda e maravilhosa, então tenho certeza de que ele está se xingando por ter deixado você escapar. Você é o amor que ele nunca esqueceu — disse ela enquanto seguíamos para a fila do caixa. — Sei que é. Ter perdido você é o maior arrependimento dele.

— Ele já falou isso para você?

— Ele não precisa falar. Deu para ver nos olhos dele quando perguntou por você.

Tentei afastar o pensamento e não me apegar a ele. Foi então que vi as revistas. O rosto de Landon estava estampado em todas, ele posando com várias mulheres na festa do uísque algumas noites atrás. Estava sorrindo, dançando e bebendo. As manchetes o chamavam de o solteirão do século. As fotos de capa o exibiam com dezenas de mulheres diferentes. Era como se ele vivesse naquela porcaria de música, "Mambo Number 5". Ele tinha encontrado Angela, Pamela, Sandra e Rita, e, conforme a fila andava, as garotas iam se tornando mais bonitas.

Peguei uma das revistas e comecei a folheá-la, meio apavorada com a possibilidade de encontrar uma foto minha ao lado de Landon também. Quanto mais páginas eu passava, mais meu estômago se revirava.

Nada.

Nem uma foto minha com Landon havia sido registrada, era quase como se eu não existisse. Sabe aquele cantinho do meu coração que ainda pertencia a ele? Ficou se sentindo idiota e com vergonha por eu ter tido a audácia de deixar Landon entrar pelo pouco tempo que tivemos.

Essas malditas garotas.

Eu não estava nem um pouco amargurada com aquilo tudo.

Não. Nem um pouquinho.

Bom. Tudo bem. Eu poderia ser chamada de café forte, porque amargor agora era meu nome e meu sobrenome.

Raine percebeu que eu analisava o restante das revistas. Ela chegou mais perto e virou todas ao contrário.

— Isso é tudo lixo — murmurou ela, me fazendo sorrir.

Mas devia ser um sorriso triste.

— Puro lixo.

— Você está bem, Shay? — perguntou ela, franzindo a testa.

Devia estar nítido que as revistas haviam me abalado.

Assenti.

— Estou bem, sim. Só fiquei feliz por não existirem provas fotográficas da minha noite com o Landon. Agora, posso fingir que nunca aconteceu.

Infelizmente, eu era apenas uma das muitas mulheres na vida de Landon que tinha sido feita de boba — *de novo*.

Quando voltei para casa naquela tarde, tentei me manter ocupada, apesar de a minha cabeça procurar um milhão de motivos para pensar em Landon. Eu tinha passado as últimas quarenta e oito horas fugindo de redes sociais, para evitar ver o rosto dele estampado nas fotos da festa.

A tentação era infernal. A vontade era de digitar o nome dele no Google só para ler as notícias mais recentes.

Mas eu não faria isso, porque só estaria me expondo a mais sofrimento e mágoa.

Eu não tinha tempo para sofrer por aquele homem. Já tinha feito isso demais no passado.

Resolvi me ocupar escrevendo. Criar mundos fictícios era minha atividade favorita quando a realidade se tornava difícil demais. Eu adorava escrever romances, porque isso me distraía do fato de que eu não acreditava mais em amor verdadeiro. Pelo menos, nas minhas histórias, o amor verdadeiro existia. E, nelas, o amor verdadeiro sempre vencia.

19

Landon

— Preciso de uma folga, Joey. Umas férias ou qualquer coisa do tipo — expliquei para meu empresário enquanto andava de um lado para o outro na minha cobertura.

Já haviam se passado alguns dias, e eu devia ter voltado para Nova York, mas ainda não tinha conseguido sair de Chicago.

Eu estava remoendo tudo que havia acontecido com Shay e precisava encontrar uma forma de pedir desculpas pelo nosso último contato. Queria muito conversar com ela, para a gente tentar se acertar. Precisava dizer a Shay que não foi minha intenção que ela se sentisse como mais uma mulher que eu queria comer. Isso havia ficado estampado em seus olhos no instante em que aquelas duas mulheres se aproximaram de nós. Eu sabia que ela achava que não passava de uma conquista.

Quando, na realidade, ela era tudo e mais um pouco.

Eu não conseguia parar de remoer cada segundo que tinha passado com Shay naquele dia. Minha mente ficava repassando tudo que eu fizera de errado. Eu não devia ter transado com ela. Eu queria? Com certeza. Tinha sido um erro? Sem dúvida.

Não por não ter sido bom — porque foi. Foi muito mais do que bom. A última vez que eu tinha sentido algo tão intenso, sincero e real fora na época em que estávamos juntos.

O fato de o sexo ter sido inacreditável não era surpresa, mas a verdade era que aquilo tinha feito mais mal do que bem. Eu a magoara.

Porra, eu havia magoado Shay de novo e me sentia um completo babaca por isso.

A Dra. Smith me diria que parasse de pensar no que tinha acontecido e me concentrasse no que vinha em seguida. O problema era que eu não sabia o que vinha em seguida quando se tratava de Shay.

Após ver todos os tabloides que davam a entender que eu tinha me aproximado demais de certas mulheres na festa do uísque, eu tinha certeza de que Shay nunca mais iria querer nada comigo. Era enlouquecedor o fato de as revistas conseguirem pegar uma situação perfeitamente inocente e fazer com que aquilo parecesse um escândalo. Como aquela gente dormia à noite?

Provavelmente em lençóis de seda, com um sorriso no rosto.

— Como assim você quer férias? Não temos tempo para isso.

— Eu não disse que queria férias. Eu disse que precisava.

O segredo para lidar com minha saúde mental era reconhecer meus gatilhos. Eu havia aprendido a identificar quando meus pensamentos começavam a sair do controle. A Dra. Smith me explicou que, se eu detectasse esses pensamentos no início, era mais fácil diminuí-los. Quando eu fazia isso tarde demais, parecia que estava correndo em disparada e, quando me dava conta do estrago, já era muito tarde para contorná-lo.

Joey estreitou os olhos e se apoiou na bancada da minha cozinha.

— Sua cabeça está vacilando de novo?

— Eu estou meio esquisito. Faz um tempo que estou trabalhando sem parar, e não quero ter um burnout. Se eu continuar nesse ritmo, burnout é a única opção. E isso vai acabar causando um problema bem maior e bem assustador.

Ele contraiu a testa e esfregou o rosto com uma das mãos.

— Está tão ruim assim?

Assenti.

— A tendência é essa. Faz um tempo que não faço nada de bom para a minha alma.

— Você acabou de ganhar um Oscar! Se isso não fizer bem para a sua alma, não sei o que faria.

— Não, estou falando de contribuir. De ajudar comunidades. Quero ir a lugares menos privilegiados e botar a mão na massa para ajudar com questões de saúde mental.

Fazia anos que eu dizia isso para Joey, e ele sempre me ignorava, achando que eu estava sendo dramático. "Só faz um cheque generoso para alguma ONG e volta ao trabalho", ele sempre dizia. "Esse pessoal precisa do seu dinheiro, não da sua presença."

Mas isso não parecia suficiente para mim.

Eu tinha a sorte de ter dinheiro o bastante para pagar pelos melhores tratamentos do mundo. E muita gente não tinha o mesmo privilégio — especialmente os jovens. Eu queria olhar no fundo dos olhos deles e contar minha história. Queria lembrá-los de que passar por dificuldades não significava estar sozinho. Queria começar debates sobre saúde mental e ajudar com dinheiro e com meu tempo.

Joey não gostava muito dessa ideia, porque, para ele, tempo era dinheiro, e, se algo não nos rendia dinheiro, nós não tínhamos tempo para isso.

— A gente não tem tempo para essas coisas agora, Landon. Você está no auge!

— Estou no auge há dez anos.

— Exatamente, e é por isso que você não pode perder a cabeça. Pensa em tudo o que você tem. Você tem tudo com que as pessoas sonham. Você é rico pra caralho, é talentoso, e pode ter todas as mulheres que quiser.

Não todas — isso era um fato.

Ele continuou:

— Não sei que motivo você tem para ficar triste. Você é o Landon Pace, cara!

— Harrison — eu o corrigi. — Landon Pace é uma invenção. Eu não sou essa pessoa.

— Sim, mas foi ele que transformou você em alguém.

Fiz uma careta ao ouvir essas palavras. Era como se minha carreira de ator fosse o que me tornava importante, e não o fato de que eu era um ser humano. Não discuti, porque estava cansado e sabia que Joey não entenderia meu ponto de vista. Ele achava que dinheiro trazia felicidade e não via sentido nenhum na minha tristeza.

Ele deve ter percebido o clima na sala e abriu um meio sorriso.

— Escuta, que tal a gente fazer o seguinte. Tira um mês de férias. A gente pode fazer isso, depois a gente filma *Éter* aqui em Chicago, e aí dou um jeito de você tirar mais um tempo de folga.

— Vou precisar de seis meses para fazer o que quero — avisei, e juro que ele se encolheu como se tivesse acabado de receber a notícia de que amputariam seu dedão do pé.

— A gente pode combinar o período quando chegar a hora. Até lá, aproveita este mês para colocar a sua cabeça no lugar. Vou cuidar de tudo que aparecer. Só se preocupa em melhorar.

— Tá, beleza. Valeu, Joey.

— Tudo pelo meu astro. Parece que a festa do uísque foi um sucesso. Você posou com todas as garotas certas.

— Eu posei com todas as garotas.

Menos com a que eu queria.

— Eu sei. E esse é o certo. Sex appeal leva ao sucesso. Foi por isso que a sua carreira decolou. Lembra daqueles anúncios da Calvin Klein?

Como eu poderia me esquecer dos anúncios da Calvin Klein?

— Já fiz sucesso demais com sex appeal. Agora acho que a gente devia deixar tudo por conta dos filmes.

Ele deve ter entendido que eu não queria mais conversar sobre trabalho nem falar da imagem que deveria passar em eventos. O solteirão misterioso que nunca se comprometia com ninguém, blá, blá, blá.

Ele esfregou os olhos.

— Vou te deixar em paz, mas, se você precisar de qualquer coisa, é só me ligar. Boa noite, Landon.

— Boa noite.

Ele saiu e me deixou sozinho de novo com meu cachorro.

Era como se eu finalmente conseguisse respirar, agora que as pessoas não estavam esperando nada de mim. Antes, eu detestava ficar sozinho, porém quanto mais vivia no mundo das celebridades, mais ansiava pela minha solidão.

No passado, estar sozinho significava conviver com meus pensamentos pesados, e isso às vezes ainda acontecia. A depressão não ia embora com a fama, o sucesso e o dinheiro. Ela continuava dentro de mim, e eu continuava lutando diariamente para não me afastar das minhas verdades.

A Dra. Smith me pedia que fizesse exercícios de respiração regularmente, e foi por causa dela que eu tinha começado a praticar ioga havia alguns anos. Eram coisas pequenas como essas que ajudavam minha mente complicada a diminuir um pouco o ritmo. Nem sempre funcionava, e eu ainda tropeçava de vez em quando, passando noites em claro, incapaz de vencer a ansiedade no meu peito. Mas eu estava melhor do que antes, porque me recusava a desistir de mim de novo.

Naquela noite, fiz meus exercícios de respiração e pensei nas minhas três coisas boas.

Um mês de férias.
Shay
Shay

Eu sabia que não devia repetir coisas, mas não conseguia evitar. Pela primeira vez em muito tempo, parecia que alguém me enxergava de verdade — não como um deus famoso ou qualquer merda do tipo. Ela enxergava quem eu era realmente, e, apesar de isso não a deixar muito satisfeita, era bom ser visto. Se eu a encontrasse de novo, algo que pretendia dar um jeito de fazer no meu tempo de folga, mostraria mais de mim e torceria para que ela me aceitasse de volta um dia. Porque, mesmo depois de tantos anos, estar perto dela fazia com que eu me sentisse em casa. Em uma casa bagunçada, que precisava de muita arrumação, mas, mesmo assim, em casa.

∼

— Então quais são os seus planos? — perguntou a Dra. Smith durante nosso FaceTime. — E agora que você e a Shay se reconectaram?

Tínhamos passado a última hora conversando sobre meu pico de ansiedade e tentando solucioná-lo. Analisando as caixas do meu estresse, uma de cada vez.

— Não tenho o que fazer — falei. — Ela me odeia.

— Tem certeza?

— Estava estampado nos olhos dela. Ela ficou magoada demais quando aquelas mulheres vieram falar com a gente.

— Estar magoada e te odiar são coisas diferentes. Será que não existe nenhuma chance de você se acertar com ela?

— Não tenho a menor ideia de como fazer isso, e pelas notícias que saíram sobre mim depois daquela festa, duvido que a Shay queira olhar na minha cara de novo.

— Mas você não é assim, Landon. Não de verdade, pelo menos. Aquilo é um personagem, uma mentira. Então, talvez agora você tenha outra chance com a Shay. Você disse que vai tirar um mês de férias, né? Este pode ser um bom momento para mostrar a ela quem você é de verdade. Como você lida com as coisas.

— Ela não vai deixar eu me aproximar com tanta facilidade assim.

— Eu nunca disse que seria fácil — argumentou a Dra. Smith. — Nada importante é fácil, mas vai valer a pena. Sabe por quê?

— Por quê?

— Porque esta é a primeira vez em anos que vejo você falando de alguma coisa com um brilho no olhar. Com ânimo. A última vez que vi esse brilho foi por causa da mesma garota. Não desperdice uma segunda chance de ser feliz, Landon. A maioria das pessoas não tem a mesma sorte, e, mesmo que não dê certo, pelo menos você vai saber que tentou de tudo.

— Como vou provar para ela que não sou o mesmo cara confuso de antes?

— Fácil. — Ela sorriu para mim pela tela do celular, depois colocou as pernas em cima da mesa. — Mostra para ela o homem que você é hoje. Seu passado não te define para sempre. Você se esforçou para melhorar o seu mundo. Agora está na hora de colher os frutos do seu trabalho duro. Você só precisa ter coragem de ir atrás das coisas que mais te assustam. As pessoas mais corajosas do mundo convivem com o medo. Elas simplesmente usam sua motivação para passarem por cima dele.

— Não sei nem como me conectar com ela agora.

— Pensa no passado. Qual era sua forma favorita de se comunicar com a Shay quando vocês eram mais novos? — perguntou a Dra. Smith.

Eu sabia exatamente aonde ela queria chegar, e, apesar de haver uma grande chance de não dar certo, eu precisava tentar.

Depois que terminei com a Dra. Smith, peguei um caderno, sentei-me à mesa de jantar e comecei a falar com Shay do único jeito que eu sabia — com as minhas verdades.

20

Shay

— Como você ficou tão boa nisso? — perguntou Karla com um brilho no olhar ao ler alguns dos meus roteiros.

Eu queria que os agentes literários vissem a mesma graça nas minhas palavras que aquela garota de catorze anos.

Karla era a filha mais velha de Greyson. Ela havia passado por muitos traumas emocionais e físicos depois do grave acidente de carro que havia matado sua mãe e a deixado ferida. Por causa do acidente, ela agora mancava e tinha cicatrizes no rosto e nos braços. Ela só usava preto e cobria o rosto com o cabelo para esconder algumas marcas, mas eu fazia de tudo para convencê-la de que suas cicatrizes eram lindas.

Nós tínhamos nos conhecido algumas semanas antes, quando Greyson me convidou para ir com as meninas e Eleanor a um jogo de beisebol. Eu e Karla tínhamos nos dado bem, o que parecia impressionante, porque Greyson dizia que a filha era uma antissocial convicta. Desde o acidente, Karla havia perdido muitos amigos. Os colegas da escola zombavam de sua aparência e a chamavam de Quasímodo — por causa da sua postura.

Eu me lembrava de achar a escola um ambiente cruel na minha época, mas não conseguia imaginar como seria ter que passar por essa fase com todas as tecnologias disponíveis hoje. As coisas que Karla me contava que as pessoas diziam e mandavam para ela nas redes sociais me deixavam arrepiada.

Que mundo era esse onde as crianças não tinham nenhum código moral? Quando elas ficaram tão maldosas?

Quando descobriu que eu era escritora, Karla pediu que eu desse uma olhada em suas histórias.

— Não se sinta obrigada, porque sei que você é ocupada, e não quero fazer você desperdiçar seu tempo com meus textos idiotas — disse ela, se diminuindo, algo que devia ter aprendido a fazer com os outros. — Não quero jogar seu tempo fora.

Eu não gostava nada daquela baixa autoestima e queria ajudá-la a melhorar o máximo possível, mesmo que fosse apenas por meio da sua escrita.

Além do mais, eu gostava da sua companhia. Ela era uma boa menina, com um coração dilacerado, que só precisava escutar o quanto era boa.

Eu também havia conhecido um menino cheio de cicatrizes, que precisava se lembrar do próprio valor.

Fazer o quê? Eu tinha um tipo.

Sorri conforme os olhos de Karla iam de um lado para o outro, analisando meu roteiro.

— Nunca vou ser tão boa assim.

— Não — corrigi, tirando os papéis das mãos dela. — Você será melhor. Você já é melhor. Agora vamos voltar para o seu trabalho. Podemos planejar algumas das cenas importantes e partir disso.

Ela assentiu, com o cenho franzido, quase como se tivesse medo de mergulhar fundo na própria história. Toquei sua mão, reconfortando-a.

— Você sabe que é boa o bastante, né, Karla? Você é uma garota linda, com histórias lindas vivendo dentro de você. Pode contá-las para o mundo.

Ela baixou a cabeça.

— Você não precisa fazer isso.

— Fazer o quê?

— Dizer que sou linda. Sei que isso não é verdade e que você só está querendo ser legal, mas não precisa mentir.

Ergui o queixo dela com um dedo, levantando sua cabeça para que nossos olhares se encontrassem.

— Você é linda, Karla. Cada pedacinho seu, inclusive as partes que você acha feias, são, na verdade, as mais deslumbrantes.

Ela bufou.

— Vai falar isso para os meninos da escola.

— Para nossa sorte, os meninos da escola não definem o que é beleza. Somos nós que fazemos isso.

Ela estreitou os olhos e inclinou a cabeça, olhando para mim, como se tentasse me decifrar.

— Como você ficou tão confiante?

— Foi fácil. — Dei de ombros. — Parei de dizer coisas maldosas para mim mesma.

— Eu nem consigo imaginar o que você poderia dizer de maldoso para si. Quer dizer, olha só para você. Você é perfeita. Se eu fosse bonita assim, todos os garotos da escola ficariam babando por mim.

Ah, Karla.

As vantagens de ser jovem e obcecada por meninos.

— Seu valor não é medido pela quantidade de meninos babando por você.

— É fácil dizer isso quando todos os homens babam por você.

— Só porque eles babam por você não quer dizer que te respeitam. Confia em mim. Já me meti em furadas suficientes com homens para saber que nem todo mundo vai te valorizar só porque acha você bonita.

Karla riu, balançando a cabeça.

— Você não vai vencer esta briga, Shay. Você é a rainha do baile, e eu sou a esquisitona da escola. As coisas não funcionam do mesmo jeito para todo mundo.

Antes que eu conseguisse responder, o celular de Karla tocou. Vi as palavras "tio Landon" surgirem na tela antes de ela correr para atender.

Meu estômago embrulhou ao ver o nome dele. Eu sabia que Landon era próximo das filhas de Greyson, principalmente depois do acidente, mas ver a palavra "tio" junto de seu nome deixava claro que ele era bem mais próximo delas do que eu havia imaginado.

— Oi, tio Landon. Tudo bem? — perguntou Karla, pressionando o aparelho contra a orelha. Ela meio que se virou de costas para mim, mas vi o sorrisinho que se formou em seus lábios ao falar com ele. — Aham, sei. — O sorriso aumentou. — Aham, sei.

Então ela riu.

Ela riu! A menina triste, com baixa autoestima, riu das palavras que Landon proferia do outro lado da linha. Isso aqueceu meu coração. Apesar de ter minhas opiniões sobre Landon, eu ficava feliz por ele conseguir fazer Karla sorrir e gargalhar, porque sabia que ela não fazia isso com frequência.

— Tá bom, tá bom! — Karla riu, balançando a cabeça. — Tá. Vou falar, mas só porque você está enchendo o meu saco. Também te amo. Pronto. Está feliz?

Ela continuou sorrindo, e o sorriso devia ser contagiante, porque meus lábios se curvaram também.

Karla arqueou uma sobrancelha.

— Espera, o quê? — Ela se levantou. — Sério?!

Eu me levantei também, confusa com seu gesto repentino.

— Tá, tudo bem. Tá, tchau. — Karla desligou o celular, e o sorriso permaneceu estampado em seus lábios. Ela olhou para mim e jogou o cabelo sobre o rosto. — Hum, desculpa, Shay. A gente pode acabar a aula mais cedo? Meu tio Landon vai ficar na cidade por muito mais tempo do que imaginava e quer me levar para sair.

Aquelas palavras ficaram girando em minha mente e, de repente, a campainha tocou. Ela saiu correndo do quarto, mancando, com os ombros curvados para a frente e os olhos encarando o piso de taco. Karla sempre andava encarando o chão, como se tivesse pavor de olhar para a frente.

Eu a segui, tentando controlar as batidas do meu coração, que pulsava enlouquecidamente dentro do peito.

Assim que Karla abriu a porta, jogou-se nos braços de Landon, que a puxou para o abraço mais apertado do mundo. Ele se inclinou para envolver a menina e sussurrou algo em seu ouvido, arrancando novas risadas dela.

Aquela risada.

Que som maravilhoso.

Quando Karla se afastou, ele prendeu o cabelo dela atrás das orelhas, exibindo seu rosto. Ele a encarava como se só enxergasse perfeição, não as cicatrizes, e isso fez com que todo o meu ressentimento por ele desaparecesse por um instante.

Então ele disse as palavras que fizeram minha alma entrar em parafuso.

— Como está o seu coração, Karla? — perguntou ele, sua voz baixa, controlada, e repleta de carinho e afeto.

Ela ergueu o ombro esquerdo e depois o baixou com vontade.

— Continua batendo.

Lágrimas se acumularam em meus olhos quando aquela pergunta familiar escapou dos lábios dele. Pisquei para afastar a emoção, engoli em seco e pigarreei.

Os dois olharam na minha direção, e eu vi o choque no olhar de Landon ao me ver, fazendo com que eu sentisse como se estivesse invadindo um momento muito íntimo. Seus olhos se suavizaram, como se ele estivesse feliz em me ver ali.

Enfiei as mãos nos bolsos da calça jeans e comecei a balançar para a frente e para trás, sem graça.

— Ah, tio Landon, essa é a Shay! Ela é prima da Eleanor e está me ensinando a ser escritora.

— Você já é uma escritora. — Sorri para a garota que não parava de sorrir desde que Landon havia chegado.

— Mas quero ser ótima que nem você — comentou ela, então se virou para Landon: — Ela escreve roteiros incríveis, tio Landon! Você devia estrelar um dos filmes dela. Ela é a melhor.

— Eu acredito — disse ele, sem tirar os olhos de mim. Ele piscou algumas vezes e abriu a boca como se quisesse falar alguma coisa, mas então se virou para Karla: — Vai pegar seu casaco e seus sapatos para a gente ir.

— Tá bom — concordou a menina, seguindo de volta para o quarto.

— Shay, será que a gente pode se encontrar duas vezes na semana que vem para compensar o tempo que perdemos hoje? Se você puder, claro. Não quero te ocupar demais.

— Meu tempo é todo seu. — Sorri. — Adoro passar um tempo com você, Karla. Me avisa quando você estiver livre para eu me organizar.

Ela me agradeceu de novo e foi se arrumar para sair com Landon.

Fiquei paralisada no hall de entrada enquanto olhava para Landon ali, enfiando as mãos nos bolsos.

— Oi — sussurrou ele.

— Olá — respondi, tentando manter a calma e a serenidade. Calmíssima.

Por sorte, eu não estava com a cara cheia de uísque durante esta conversa.

Ele deu um passo na minha direção e passou uma das mãos pelo cabelo bagunçado. Seu cabelo, assim como sua aparência, não estava tão perfeito quanto no dia da festa do uísque. Ele parecia uma pessoa normal — uma pessoa normal muito linda —, mas mesmo assim... Ele estava mais para Landon Harrison do que para sua personalidade de ator.

— Eu queria ter falado com você de novo durante a festa do uísque, mas as coisas ficaram meio loucas mais para o final.

— Eu sei. — Concordei com a cabeça. — As revistas contaram tudo o que aconteceu depois que a gente teve o nosso... momento.

Ele fez uma careta.

— Aquilo foi tudo propaganda enganosa.

— E ainda teve fotos com modelos — acrescentei. — Não podemos nos esquecer das fotos com modelos.

— Escuta, vou ficar na cidade por mais tempo do que tinha planejado. Talvez a gente pudesse tomar um café.

— Não gosto de café.
— Você costumava gostar de café.
— As pessoas mudam.
— Tá bom. Então um chá?
— Chá me deixa com gases.
Ele balançou a cabeça.
— Chá não deixa ninguém com gases.
— Como é que você sabe? Virou especialista em chá agora? O que eu estou dizendo é que não quero passar tempo com você, Landon. O que aconteceu aquela noite não vai se repetir. Foi um erro homérico. Nós estávamos bêbados, fizemos besteira e, agora, temos a oportunidade de deixar tudo no passado.
— Não quero deixar nada no passado.
— Bom, pois é, não é como se a gente fosse ter um futuro juntos. Então, de novo. Vamos ficar numa boa, tá? Caso a gente se esbarre de novo, podemos ter uma conversa casual. Nós somos adultos agora, Landon. Não precisamos mais nos comportar feito adolescentes dramáticos que nem antes. Sei que falei umas coisas pesadas na festa, mas eu estava bêbada. Nada daquilo era verdade.
— Sério? — perguntou ele, franzindo o cenho. — Nada era verdade?
— Nem uma palavra.
— Nem a parte que você disse que me odiava?
Dei uma risadinha e esfreguei a nuca.
— É claro que eu não te odeio, Landon. Eu reservo meu ódio para pessoas que conheço de verdade.
Um lampejo de desespero passou por seus olhos enquanto ele assentia devagar com a cabeça.
— Faz sentido. Beleza, tudo bem. Se a gente se esbarrar de novo, a gente tenta manter uma conversa casual.
— Isso aí. Se por acaso a gente se esbarrar, a gente faz isso.
Ele piscou algumas vezes, como se tentasse afastar a tristeza em seu olhar.

— Combinado. E Shay? Obrigado pelo que você está fazendo pela Karla. Ela precisa de alguém que acredite nela. Obrigado por ajudá-la. Você faz bem para ela.

— Ela é uma boa menina. Só está um pouquinho perdida, mas vai encontrar um rumo.

Ele deu uma risada fraca e esfregou a nuca.

— Acho que todos nós estamos um pouquinho perdidos e tentando encontrar um rumo.

Eu queria sorrir para Landon, mas ele ainda parecia triste. Completamente diferente de como aparecia nas revistas.

— Ela adora você — comentei, tentando ser simpática. — Ela te admira muito. Quando você ligou, os olhos dela ficaram iluminados, e foi a primeira vez que escutei a risada dela.

— É exatamente o que você disse, ela é uma boa menina. Ela é uma ótima menina que acabou dando azar. Só estou tentando mostrar que o mundo tem espaço para ela, e que aqui é o lugar dela. Mas conheço a Karla. Sei que os pensamentos dela ficam pesados e sombrios de vez em quando. Eu me preocupo com ela todo santo dia.

— Bom, se existe alguém capaz de ajudar a Karla a escapar da escuridão é exatamente o homem que conseguiu fazer isso.

— Você acha que eu escapei da escuridão? — perguntou ele, baixinho, com a voz meio rouca.

Suas palavras me atingiram em cheio no peito.

É claro que ele tinha escapado da escuridão. Eu tinha passado anos assistindo à sua luz e sua felicidade inundando a tela do meu computador.

— Vamos, tio Landon? — perguntou Karla, saindo do quarto.

Ela chegou antes que eu conseguisse responder à pergunta de Landon, o que foi ótimo.

Eu não fazia a menor ideia do que dizer.

Os dois se despediram de mim, e nós seguimos para nossos respectivos carros. Vendo os dois se distanciarem, fiquei imóvel por alguns instantes, com o motor ligado. Aproveitei esse momento para me lembrar de respirar.

21

Landon

— Então você acha que ela é maravilhosa, é isso? — perguntei para Karla enquanto comíamos um filé em um dos restaurantes mais caros de Chicago.

Eu tinha ligado no dia anterior para reservar o espaço inteiro para nós. Quando eu saía com Karla, sempre me certificava de que o restaurante estivesse vazio, porque ela havia mencionado uma vez que ficava envergonhada por ser alvo dos olhares das pessoas, como se ela fosse um monstro.

Eu odiava as pessoas e seus malditos olhares críticos. De vez em quando, elas até arfavam. Já aconteceu de crianças reagirem às cicatrizes de Karla. "O que aconteceu com o rosto dela, mamãe? Estou com medo."

Eu odiava esses comentários mais do que qualquer coisa, principalmente porque sabia que palavras eram capazes de se infiltrar na alma de uma pessoa e se enraizar em sua vida toda.

A minha vida já tinha sido assim um dia.

A minha vida ainda era assim de vez em quando. Eu não queria isso para Karla. Era difícil lutar contra os próprios demônios quando se tem essa idade — eu não desejaria esse sofrimento a ninguém, que dirá a Karla.

Ela costumava ser uma garota tão feliz antes do acidente. Karla vivia dançando e cantando, assim como sua irmã caçula, Lorelai. Havia uma luz dentro dela que parecia inextinguível, mas, após sofrer o acidente de carro e perder a mãe, a luz de Karla tinha praticamente desaparecido

Mas não havia ido embora por completo, o que me deixava feliz.

Eu ainda conseguia enxergar aquele brilhinho em seu olhar quando ela falava sobre seus textos e sobre Shay. O que não me surpreendia. Shay também era um brilho de luz no meu mundo sombrio.

— Ela é mais do que maravilhosa, tio Landon. Ela é tão... *maneira*! — Karla suspirou ao falar de Shay. — Nunca vi ninguém escrever tão bem. E, sem querer ofender, mas os roteiros dela são melhores do que qualquer filme que você já fez. Tipo, *muito* melhores.

Eu ri.

— Assim você acaba com o meu ego.

— A culpa não é sua por ter feito filmes medíocres, tio Landon. Você atua bem sempre, mas as coisas que você diz às vezes são um bando de porcarias — disse ela em um tom prático enquanto cortava seu filé.

Era impossível não sorrir diante desse comentário.

— Não tenho nem como discordar.

— Se eu conseguir ser metade da escritora que a Shay é, já fico feliz. Você não está entendendo. Ela é a melhor mesmo.

Eu podia passar a eternidade inteira ouvindo Karla tagarelando sobre o fato de Shay Gable ser fantástica, sem nunca me cansar. E eu tinha certeza de que cada vírgula que ela falava sobre Shay era verdade. Tudo aquilo combinava com a garota que eu tinha conhecido.

Mas meus jantares com Karla deviam girar apenas em torno de nós dois. Essa era minha chance de ver como ela estava física, mental e espiritualmente.

— Chega de falar da Shay — disse, enfiando uma garfada de couve-de-bruxelas na boca. — Vamos falar de você.

Karla ficou mais séria, e seu sorriso sumiu.

— Precisamos mesmo?

— Você sabe quais são as regras, Karla. Eu pago pelos filés caros, e você conversa comigo sobre o que está acontecendo dentro dessa sua cabecinha linda.

Ela se remexeu na cadeira.

— Eu estou bem. Mas a minha terapeuta é muito enxerida.

— Ou ela só quer te ajudar.

— Ela não vai conseguir me dar um rosto novo, então duvido que possa me ajudar tanto assim.

Franzi a testa, sabendo que as cicatrizes afetavam muito a autoestima de Karla. E eu entendia seu desconforto, porque também tinha as minhas cicatrizes, que passei a juventude toda escondendo. Então acabei cobrindo todas com tatuagens pelos braços.

— O seu rosto é perfeito.

— Diz isso para o pessoal da escola — bufou ela. — As pessoas são escrotas pra caralho.

Eu poderia brigar com Karla por falar palavrão, mas não era o pai dela, eu era o tio maneiro. Além do mais, ela estava certa. As pessoas eram escrotas pra caralho.

— Você pensou em mudar de escola, como seu pai sugeriu?

Ela estava sofrendo muito bullying na escola. Tinha até passado um tempão matando aulas, mas então Greyson descobriu e pediu a Eleanor que passasse a levar Karla até a porta da sala de aula, na entrada.

— De jeito nenhum. — Ela balançou a cabeça. — Eu teria que conhecer mais gente babaca. Pelo menos conheço os idiotas da minha escola. Sei quais são os comentários ridículos que vão fazer sobre mim, e isso facilita as coisas. Eles não são muito espertos, então não me afetam tanto assim.

Franzi a testa ao perceber que ela era afetada mesmo assim.

— Além do mais, o Brian voltou a falar comigo — disse ela, seus lábios se curvando de leve. — Quer dizer, ele não fala muito na frente dos outros, mas pergunta como eu estou quando estamos sozinhos.

— Por que ele não fala com você na frente dos outros?

— Porque ele não pode colocar sua popularidade em risco na frente dos nossos amigos. — Ela fez uma pausa e franziu a testa. — Quer dizer, dos amigos dele.

Que eram amigos dela também, antes de lhe virarem as costas logo após o acidente.

Além disso, Brian merecia era se foder. Ele era um babaquinha que só falava com Karla escondido. Ela merecia mais do que isso. Ela merecia a porra do mundo todo, mas, em vez disso, precisava aturar o ensino médio e seus adolescentes que faziam bullying, o que me deixava furioso, porque *as pessoas eram escrotas pra caralho.*

— Não deixa as pessoas te transformarem num segredo, Karla. Se ele não quer ser seu amigo na frente dos outros, então não te merece.

Ela deu de ombros.

— Ele é o único amigo que eu tenho. Não me resta muita opção tendo uma cara assim.

— Você com certeza tem muitas opções. Sem contar que ele não é seu único amigo. Eu sou seu amigo.

Ela revirou os olhos.

— Sem querer ofender, tio Landon, mas ter um amigo de quarenta anos não é muita vantagem.

— Quarenta anos? Eu não tenho quarenta anos.

Ela arqueou uma sobrancelha.

— Então por que você parece tão velho?

Só mesmo uma garota de catorze anos para exercitar minha humildade.

— Quer me dizer as três coisas boas? — perguntei, me referindo ao exercício que eu tinha aprendido com minha própria terapeuta.

Eu havia passado o ensinamento adiante, para Karla, porque queria que ela se lembrasse de que, mesmo nos piores dias, pelo menos três coisas boas aconteciam.

Ela arqueou novamente a sobrancelha.

— Preciso fazer isso para ganhar sobremesa?

Abri um sorriso. Claro que ela precisava fazer isso para ganhar sobremesa.

Ela suspirou e passou os dedos pelo cabelo caído na frente de seu rosto.

— Tá bom. A primeira é que tive minha aula com a Shay. A segunda é passar um tempo com você. A terceira foi que o Brian sorriu para mim no corredor.

Foda-se o Brian e fodam-se os sorrisos dele.

Mas não falei isso. Dava para perceber que o coraçãozinho ingênuo de Karla estava mais interessado naquele garoto do que deveria, e ela poderia acabar escondendo essa parte da sua vida de mim se eu falasse alguma coisa. Eu precisava que ela continuasse se abrindo, porque conhecia o efeito de se fechar para o restante do mundo.

Além do mais, xingar um garoto de catorze anos talvez não fosse a atitude mais madura da minha parte. Mas fazer o quê? Eu amava muito Karla, e qualquer um que desrespeitasse seu coração teria que se ver comigo.

— E as três lembranças? — perguntei.

Ela gemeu, mas assentiu.

— O sorriso da minha mãe, ela dançando desengonçada quando meu pai colocava o álbum de Natal da Mariah Carey para tocar e ela chorando de tanto rir quando a gente assistia a vídeos de hamsters comendo burritos no YouTube.

Três ótimas escolhas.

Eu sempre pedia para Karla me contar três memórias de sua mãe, Nicole, para que ela não se esquecesse dos bons momentos. Fazia pouco tempo que eu tinha começado a fazer a mesma coisa com ela, só que sobre meu tio Lance. Era algo que eu nunca havia tentado antes, e era estranhamente reconfortante falar sobre as boas lembranças em vez ficar preso ao fato de que nossos entes queridos não estavam mais entre nós.

— Ah! — Ela sorriu, erguendo o olhar para mim. — Posso te contar a ideia que a Shay deu para minha história?

O jeito como ela se iluminou fez com que eu me iluminasse também.

— Claro. Me conta tudo.

Ela começou a tagarelar sobre o roteiro, e vi a felicidade que trabalhar com Shay gerava. Shay estava dando motivos para Karla sorrir, e, da próxima vez que nos encontrássemos, eu estaria mais do que disposto a lhe agradecer. Shay tinha um talento nato para melhorar a vida das pessoas. Eu era grato por ela estar ao lado de Karla no meio daquela tempestade.

∼

— Como ela está? — perguntou Greyson depois que deixei Karla em casa.

Ele estava correndo com Lorelai pelo quintal quando chegamos, agindo como o velho Greyson divertido que sempre conheci.

Agora estávamos sentados em seu escritório, bebericando um bom uísque enquanto ele me interrogava sobre o estado de espírito atual de Karla.

— Bem. Ela ainda está lidando com muita coisa, mas vai chegar lá, Grey. Sei que você se preocupa, mas ela está bem.

Ele fez uma careta.

— Ela continua distante de mim. Sei que mereço, depois de tudo que a fiz passar, mas ela não se abre comigo sobre certas coisas. Que bom que você consegue conversar com ela. Ela precisa de um porto seguro.

— Ela só está digerindo um monte de coisas, Grey. Não seja tão duro com você mesmo. — Eu sabia que ele seria duro, independentemente do que eu dissesse. — Além disso, estou sempre aqui para você e para as meninas. Nós somos família, e eu faria de tudo por vocês. Sempre. Mas o porto seguro dela é você. Sou só um abrigo temporário até ela encontrar o caminho de volta para casa, e ela vai encontrar, Grey. Prometo. Só não desiste de continuar tentando. Ela vai deixar você entrar em algum momento.

Ele se recostou na cadeira e girou o uísque dentro do copo.

— No outro dia, eu e as meninas estávamos assistindo a um filme Fiz uma piadinha idiota de tiozão, e a Karla sorriu por um milésimo de segundo.

— Viu só?! Já é um progresso. Se você continuar sendo o cara bobo e sem graça nenhuma que eu conheço, vai reconquistar sua filha num piscar de olhos!

— Obrigado por tudo, Landon. Você sempre esteve do meu lado em todos os momentos, e isso é importante demais para mim.

— Melhores amigos servem para isso. Como vão as coisas com a Eleanor? — perguntei.

O rosto dele ficou muito vermelho, e ele virou a bebida de uma vez só.

— Estão indo bem.

— Tipo, bem-bem ou bem-bem?

— Bem-bem, acho, mas estou indo devagar. Preciso fazer isso, ou vou acabar estragando qualquer chance que a gente possa ter. Um dia de cada vez.

— Estou feliz por você, Grey. Você merece ser feliz.

— Eu podia dizer o mesmo sobre você. Como vão as coisas com a Shay?

Soltei uma risada.

— Que coisas com a Shay? Depois da festa do uísque, a gente só foi se falar hoje, quando vim buscar a Karla. Foi tão esquisito e desconfortável quanto você pode imaginar.

— Bom, você stalkeou ela e apareceu na casa da garota no meio de um dilúvio, feito um psicopata.

Gemi.

— Você precisa ficar me lembrando dos meus erros idiotas?

— Aham. Isso vem no pacote de ser seu melhor amigo. Tenho o direito de te lembrar das suas idiotices.

Eu o xingaria se não estivesse tão feliz por ele estar voltando ao normal e fazendo piada.

— Que seja. Só sei que estraguei tudo com a Shay e preciso esquecer essa história.

— Você quer esquecer essa história?

Não respondi.

Ele se inclinou para a frente, entrelaçou as mãos e as apoiou sobre a escrivaninha enquanto me fitava.

— A Eleanor diz que acha que a Shay quer muito se reaproximar de você, mas tem medo de baixar a guarda.

— Pois é. Nem eu acho que mereço que ela baixe a guarda por mim, para ser sincero.

— Ela ainda está digerindo um monte de coisas, Landon. Não seja tão duro com você mesmo — zombou ele, devolvendo minhas palavras de antes. — Só não desiste de continuar batendo à porta. Ela vai deixar você entrar em algum momento.

Talvez isso fosse verdade para a relação que ele tinha com Karla, mas não valia para mim e Shay. Eu não me surpreenderia se ela nunca mais me deixasse entrar. A verdade era que eu não merecia voltar à sua vida. Não quando tinha sido eu quem fora embora.

Aquilo não era um conto de fadas. Eu não era o príncipe encantado de Shay, e nossa história provavelmente não terminaria com um final feliz.

Mas isso não significava que eu desistiria de reconquistá-la, mesmo que isso significasse ser apenas seu amigo.

— Ela está trabalhando numa cafeteria e confeitaria chamada Ava's — mencionou Grey. — Mas não fui eu quem te contou isso. Coloca a culpa na Raine.

Combinado.

22

Shay

Havia três coisas na vida que eu sabia serem verdades absolutas:

    Era impossível comer croissants demais.
    Dias chuvosos tinham sido feitos para moletons largos e livros grandes.
    Landon gostava de seu café com um cubo de açúcar e duas doses de leite.

Eu só sabia este último fato porque ele estava parado na minha frente no balcão da Ava's, pedindo um café com um croissant. "Duas doses de leite e um cubo de açúcar."

— Que engraçado você trabalhar numa cafeteria, já que você mesma disse, um dia desses, que odeia café — comentou ele. — Se bem que faz sentido, já que você passa o dia inteiro fazendo isso.

— O que você está fazendo aqui? — perguntei, incomodada por vê-lo ali na minha frente, usando um casaco que lhe caía como uma luva e calça jeans preta.

— Esbarrando em você.

Ele havia respondido com o sorriso mais bobo do mundo, e que eu queria fazer desaparecer com um tapa, mas, por outro lado, Landon ficava bonito com um sorriso no rosto.

Não, que se dane esse sorriso.

— Quem te contou que eu trabalho aqui?

— Talvez o Greyson tenha deixado escapar sem querer. — Ele enfiou a mão no bolso e pegou dinheiro para pagar pelo café. — Achei que a gente poderia ter uma conversa casual durante o seu intervalo.

— Meu próximo intervalo é daqui a uma hora.

— Beleza. Eu espero.

— Não precisa. Não quero falar com você.

— Mas você disse que a gente podia ter uma conversa casual se nos víssemos de novo.

— Se a gente se esbarrasse de um jeito natural. Descobrir onde eu trabalho e aparecer aqui não é nada natural, não é orgânico.

— Você não falou que tinha que ser orgânico — argumentou ele.

— Além do mais, não vejo graça em coisas orgânicas. Prefiro o que faz mal. — Ele ergueu seu copo de café e assentiu com a cabeça para mim. — Vou ficar sentado ali naquele canto até você mudar de ideia.

— Você vai passar um bom tempo lá, então é melhor comprar mais alguma coisa depois. Não há nada pior do que uma pessoa que passa horas e mais horas sentada numa cafeteria e só compra um café barato.

— Não se preocupa. — Ele pegou um jornal da pilha ao seu lado e o enfiou debaixo do braço. — Tenho um vício incurável em café.

Enquanto ele falava, pessoas tiravam fotos dele, me lembrando mais uma vez de que ele era apenas Landon para mim, apesar de ser um astro para o restante do mundo.

— Você nunca se cansa disso? — perguntei, indicando com a cabeça as pessoas tirando fotos dele.

— É um presente e uma maldição. Sei que eu não teria a vida que tenho hoje sem elas, mas queria que houvesse uma forma de fazer o que eu amo e continuar no anonimato.

— Viva a dublagem.

— Eu teria sido um Shrek foda. — Ele assentiu com a cabeça. — Você nunca se cansa disso?

— Do quê?

— De fingir que não quer pelo menos ter a conversa que a gente deveria ter sobre nós?

Ah, sim. É um presente e uma maldição.

— Não existe "nós".

— Anda, *chick* — disse ele, sua voz baixa e contida. — Só uma conversa casual.

Frio na barriga. Um frio na barriga idiota que não devia aparecer. Por que ouvi-lo me chamando de *chick* me causava um frio na barriga?

— Vai embora, Landon.

— Você é que sabe.

Mas Landon não foi *embora* embora. Ele fez exatamente o que disse que faria. Ele se sentou a uma mesa e começou a ler seu jornal enquanto as câmeras "discretamente" tiravam fotos dele. Era tão estranho ver o lado famoso dele. Era estranho ver pessoas com quem você cresceu sob uma perspectiva diferente.

Voltei ao trabalho me esforçando para ignorar a presença de Landon no cantinho da cafeteria. Ele não era um ator famoso? Será que não tinha nada melhor para fazer?

No instante em que finalmente consegui pensar em outra coisa que não fosse Landon, alguém que eu detestava ainda mais naquele momento entrou pela porta.

— Shay, oi. Tudo bem? — perguntou Tina, que era a próxima da fila, parecendo uma psicopata.

Seus olhos estavam cheios de emoção, e ela parecia meio patética. A única coisa que nos separava era a bandeja de croissants e bagels.

Ela prendeu o cabelo atrás das orelhas e olhou para o chão, então me encarou de novo.

— Eu só queria vir pedir desculpas pelo lance com o Sam. A gente achava que você não ia descobrir.

Então ela parou de falar.

Foi só isso.

Era assim que as pessoas se desculpavam hoje em dia? Um pedido de desculpas falso era considerado aceitável? Ela só falou que achava que eu não ia descobrir, não que estava arrependida de suas decisões ruins. Que não estava triste por ter feito escolhas infelizes, apenas que estava decepcionada por eu ter descoberto suas aventuras sexuais.

Tina alternou o peso entre os pés.

— Quer dizer, sejamos sinceras, você sabe que sou a escolha certa para ele. Eu e o Sam fazemos tanto sentido juntos, e você nunca se conectou de verdade com ele.

Que diabo estava acontecendo agora? A mulher que tinha me colocado um par de chifres estava me explicando por que ela era melhor para o meu ex do que eu?

Eu não conseguia conceber que Tina estivesse parada na minha frente, me falando essas coisas.

Eu era fã de mulheres.

Eu gostava muito mais de mulheres do que de homens. Eu fazia questão de exaltar mulheres, de incentivá-las, de ajudá-las a compreender a força de sua existência e a se enxergarem como as rainhas que eram. Eu lutava pelos nossos direitos, apoiava o autoconhecimento feminino e era uma defensora, uma torcedora, de qualquer mulher que já tivesse sido ferida pelo sexo oposto. Eu. Era. Fã. De. Mulheres.

Era até parecer estranho, mas, de certa forma, eu estava mais decepcionada com o comportamento de Tina do que com o de Sam. Talvez eu já estivesse tão calejada que sempre partia do princípio de que Sam pisaria na bola, mas Tina? Tina deveria ter sororidade. Ela deveria ficar do meu lado assim como eu estava do lado dela. Ainda assim, aqui estava ela agora, me dizendo que eu não era a mulher certa para o meu ex e, por isso, não se arrependia em nada de ter transado com o Jar Jar Binks.

— Se você parar para pensar, talvez o universo tenha me guiado até esta cafeteria meses atrás, só para você me apresentar ao Sam. Se não fosse por você, a gente nunca teria se conhecido — disse ela com um sorriso.

Com um maldito de um sorriso, feito uma psicopata maluca! O que ela faria agora? Começaria a esfolar um gato enquanto bebericava seu café?

Foi então que aconteceu. Foi então que a parte racional do meu cérebro entrou em pane.

Estávamos paradas ali, nos encarando, quando perdi a cabeça. Era como se eu me observasse de fora do meu corpo. Eu estava com uma bebida na mão, e Tina falava sem parar. Ela continuou mexendo a boca e explicando por que estava predestinada a ficar com Sam, agitando as mãos em movimentos rápidos, e, quando dei por mim, sua camiseta estava encharcada com o café com leite que eu segurava.

Em algum momento, minha mão lançou a bebida na cara dela, sujando-a da cabeça aos pés. Era um café com leite gelado — obviamente. Eu não era cem por cento psicopata feito ela, só meio doida.

Tina ficou paralisada ali enquanto todo mundo na cafeteria se virava para nos encarar, inclusive Landon. *Ah, droga.* Ele ainda estava ali, me vendo ser o centro das atenções de meros mortais.

Tina estava boquiaberta, chocada, e eu poderia apostar que meu olhar era idêntico ao dela.

— Shay, o que aconteceu? — perguntou Brady, meu gerente, vindo correndo lá dos fundos, com sacos de café nas mãos.

Ele era meu gerente, então estava na cara que aquela situação não passaria despercebida.

Tina finalmente respirou fundo, mas seu corpo tremia, então ela saiu correndo da cafeteria, pingando café com leite por todo o caminho até a porta.

Brady pegou um esfregão, limpou a bagunça, me chamou na sala dos fundos e anunciou que eu estava demitida.

— O quê? — arfei.

Quer dizer, sim, jogar cafés gelados na cara dos clientes se enquadra na categoria de comportamento inadequado, mas ela tinha transado com o meu namorado. Devia existir alguma política da empresa que permitisse ignorar esse tipo de coisa na primeira vez que uma funcionária cometesse esse tipo de erro.

— Você jogou café na cara dela, Shay! Não tem como perdoar uma coisa dessas — explicou ele, apertando a ponte do nariz.

— Era um café com leite gelado — expliquei, como se isso fizesse diferença. — Por favor, Brady, preciso deste emprego. Não posso ser demitida.

— É, eu entendo, Shay, de verdade, mas você é responsável pelas suas atitudes, e não posso ignorar esse tipo de comportamento sem tomar uma medida drástica.

— Então suspende meus horários de almoço. Desconta o café do meu salário. Mas não me demite.

Brady franziu a testa, e eu sabia que aquela não era uma decisão fácil. Ele detestava conflitos e, se pudesse, preferiria enterrar a cabeça num buraco no chão a me demitir.

— Sinto muito, Shay. Não posso fazer nada por você. Por favor, não piora a situação.

Abri a boca para falar, mas as palavras não saíram. Ele tinha razão — eu havia jogado uma bebida na cara de uma cliente, e seria impossível deixar isso para lá. A verdade era que eu merecia ser demitida; eu só preferia que Brady pudesse fazer vista grossa.

Tirei meu avental, peguei minha bolsa e já estava indo embora quando Landon juntou seus pertences e veio correndo atrás de mim.

— Shay, espera. Que merda foi aquela? — perguntou ele.

— Não quero conversar sobre isso — murmurei, seguindo para o ponto de ônibus.

— Tá, mas você está bem? Demitiram você por causa daquilo? E por que você jogou uma bebida na cara daquela mu...

— Landon — bradei, girando sobre os tênis para encará-lo.

— Sim?

Meus olhos se encheram de lágrimas, e meu peito começou a arder enquanto ele me fitava. Não falei nada, nem precisei, porque ele já sabia. Ele sabia que eu estava desmoronando, sabia que eu estava me deixando levar pela tristeza, porque ele me conhecia, mesmo depois de tanto tempo.

Como aquilo era possível?

Ele chegou mais perto, me envolveu em seus braços, e comecei a chorar. Lágrimas caindo em sua camisa.

— Está tudo bem, *chick*. Está tudo bem, estou aqui — consolou ele, acariciando meu cabelo.

Na última semana, eu tinha flagrado meu namorado me chifrando, transado com meu ex, jogado café gelado na cara de uma mulher e perdido o emprego. Se esta não era uma semana terrível, eu não sabia o que seria.

Ele pigarreou, levando a boca até a altura da minha orelha, e sussurrou:

— Talvez seja melhor a gente sair daqui. — Tentei levantar a cabeça de seu peito, mas ele me segurou ali. *Mas que porcaria era aquela?* — Fica assim.

— Por quê?

— Tem uns paparazzi por aqui agora, e duvido que você queira ver seu rosto estampado nas capas das revistas de amanhã. Vamos.

— Vamos? Vamos para onde?

— Para qualquer lugar longe daqui. Confia em mim. Eu cuido disso. Só não sai de perto de mim. E fica com a cabeça baixa. Precisamos chegar no meu carro, que está ali na esquina, então estaremos livres.

Enquanto me guiava pelo caminho, Landon envolveu sua jaqueta ao redor do meu corpo, mantendo meu rosto coberto. Assim que entrei no seu carro, ele me instruiu a ficar abaixada até sairmos dali.

Ser famoso era assim? Você não podia chorar em público sem que alguém tirasse uma foto sua para estampar na capa de algum tabloide ridículo?

Quando começamos a nos distanciar, me dei conta de que eu estava sentada no carro do homem de quem me esforçava ao máximo para me manter longe, indo sabe-se lá para onde.

— Pode me levar de volta. As coisas já devem estar mais tranquilas agora — falei.

— Eles gostam de enrolar nos lugares por um tempo depois que veem algum famoso. É melhor esperar cerca de uma hora.

— A gente? — questionei. — Sem querer ofender, mas não tenho forças para passar uma hora com você. Me deixa na minha casa.

— Tem certeza de que você quer ficar sozinha?

Não, claro que não.

Ninguém quer ficar sozinho. Isso é uma coisa que simplesmente acaba acontecendo com algumas pessoas.

— Vou ficar bem — respondi, revirando a bolsa em busca das minhas chaves, mas parei ao me dar conta de que elas tinham ficado no bolso do avental, na cafeteria. Apertei a ponte do nariz. — Preciso das chaves de casa. Esqueci na cafeteria. Vou ter que voltar lá mais cedo ou mais tarde.

— Mais tarde é melhor do que mais cedo — opinou ele. — Confia em mim, posso te levar para o meu hotel. Podemos ficar lá até as coisas se acalmarem. Prometo que não vou nem tentar falar com você.

— Tá, mas nada de conversa quando a gente chegar.

— Nem um pio.

Eu me remexi no banco e entrelacei as mãos.

— Tinha uma coisa que eu queria te perguntar desde a festa do uísque...

— Qualquer coisa. Fala.

— Você não está com nada, né? — disparei, virando-me para ele. — Quer dizer, tipo... você fez algum exame recentemente? Eu tomo anticoncepcional, então não precisa se preocupar com o escândalo de uma gravidez indesejada nos tabloides, mas sei da sua reputação de pegador. Se você não estiver se cuidando e achar que preciso fazer exames, é só me avisar. Foi um erro idiota. Eu jamais teria transado com você sem camisinha se não tivesse bebido. Quer dizer, eu provavelmente nem teria transado com você se não tivesse bebido.

Ele franziu a testa por um milésimo de segundo e depois aliviou a expressão carrancuda.

— Não estou com nada. Fiz todos os exames alguns meses atrás e não transei com mais ninguém depois disso. Ao contrário do que as pessoas pensam, não sou pegador.

— Não é isso que o TMZ diz.

Ele trincou a mandíbula, e suas mãos apertaram o volante com tanta força que eu não me surpreenderia se ele o partisse ao meio.

— Você não devia acreditar em tudo o que lê na internet.

— Então em quem eu devo acreditar? Em você?

— Houve uma época em que você teria acreditado.

— Também houve uma época em que eu era jovem e ingênua.

Seus olhos encontraram os meus antes de voltarem a fitar a rua.

— Você tem rancor de mim.

Eu tinha. Fazia anos que eu tinha rancor dele pela forma como as coisas haviam acabado. Eu tinha rancor do sofrimento que ele havia me causado. Eu tinha rancor do fato de que meu coração havia se fechado para o mundo por causa dele. E tinha rancor por Landon ressurgir do nada e fazer meu coraçãozinho voltar a bater de novo.

— Talvez seja melhor a gente não conversar no carro também — murmurei, me virando um pouco de costas para ele e encarando a janela.

Paramos em um hotel cinco estrelas e usamos uma entrada particular para subir até a cobertura. Nunca na vida eu tinha pisado em uma cobertura, e a de Landon não decepcionou. Ela era muito linda e luxuosa. No instante em que entramos, fiquei maravilhada com a vista. Todos os móveis eram em tons de creme, com detalhes em azul e verde-mar preenchendo o espaço. A decoração era impecável, parecia que tínhamos acabado de entrar em uma loja de móveis.

Só faltava um cachorro sentado no tapete para o lugar parecer digno de um comercial.

No mesmo segundo, um cachorro veio correndo dos fundos, balançando o rabinho de um lado para o outro, com a língua para fora.

— Oi, Rookie — disse Landon para seu fiel companheiro.

Ele se agachou para fazer carinho em Rookie, mas o cachorrinho preferiu continuar correndo até mim, balançando o rabo e batendo com a cabeça na minha perna.

Era impossível segurar um sorriso enquanto eu me agachava para acariciar sua barriga.

— Oi, seu lindinho. Tudo bem com você? — perguntei, enchendo-o de carinho.

— Meu cachorro acabou de me trocar por uma mulher.

— Fazer o que se ele tem bom gosto?

Landon abriu um sorriso torto para mim enquanto tirava o casaco e ia até a cozinha.

— Quer beber alguma coisa?

Fiz uma careta.

— Acho que vou ficar longe das bebidas pelos próximos dias. Tenho vontade de vomitar só de pensar em álcool.

Ele riu.

— Eu estava falando de café ou chá.

Ah. Claro, porque ainda eram dez da manhã.

— Se você tiver café, não vou recusar.

— Achei que você detestasse café.

— Sou uma mulher complicada.

Ele preparou uma xícara para mim do jeito que agora prefiro — com mais leite do que café — e até colocou dois biscoitos em um pires para acompanhar.

— Obrigada — falei, pegando o café e o lanchinho e indo para o sofá.

Rookie veio correndo atrás de mim e se aconchegou ao meu lado.

— Se ele estiver incomodando, pode empurrá-lo daí.

Eu jamais enxotaria um cachorro.

Sorri para Rookie, então ele baixou a cabeça e começou a cair no sono.

Landon preparou uma xícara de café para ele e foi para a mesa de jantar. Ele pegou um caderno e começou a escrever freneticamente.

Era impossível não ficar curiosa sobre o que ele tanto escrevia, mas eu sabia que era melhor não perguntar. Eu tinha dito que não queria que ele conversasse comigo, e seria fraqueza da minha parte quebrar minha própria regra.

Ele escrevia tão rápido, virando as páginas enquanto as palavras pareciam jorrar. De vez em quando, seus lábios se curvavam para cima, e, quando ele terminava uma folha, a dobrava como uma carta e a colocava ao seu lado.

Quanto mais cartas ele escrevia, mais minha ansiedade aumentava. Era assim que ele ficava quando costumava escrever para mim nos cadernos antigamente? Abria um sorrisinho e refletia sobre as palavras?

— Aquilo me deixou de coração partido, sabia? — falei.

Ele ergueu o olhar com uma expressão confusa.

— Aquilo o quê?

— Quando você parou de escrever cartas para mim e nunca mais apareceu.

Ele apoiou o braço na mesa e baixou a caneta.

Eu sabia que não devia falar sobre o passado, porque isso só serviria para abrir as velhas cicatrizes que eu tanto havia me esforçado para fechar, mas era impossível não falar nada enquanto eu o observava escrevendo cartas, exatamente como costumava fazer para mim.

— Era tão doloroso te ver feliz e saudável na televisão. Sei que é besteira, mas doía.

— Não é besteira — discordou ele.

Tentei sorrir, mas não consegui fazer minha boca se curvar para cima.

— Para quem você está escrevendo?

Para quem vão suas cartas de amor hoje em dia?

Sua boca se abriu para me responder, mas ergui uma das mãos para silenciá-lo.

O que estou fazendo?

Eu não queria saber a resposta, em parte porque não era da minha conta, mas principalmente porque seria doloroso demais saber para quem eram todas aquelas cartas. Olhei para meu celular para ver a hora.

— Acho que já posso ir agora.

— Eu te levo de volta para a cafeteria.

— Não, não precisa. Vou pegar um Uber. É melhor que você não volte lá. — Eu me levantei e fiz um último carinho em Rookie antes de seguir para a porta. — Valeu pelo café.

Landon se levantou e veio na minha direção. Ele abriu a porta, quando passei por ele, seu braço aterrissou sobre o meu, me segurando

— Shay, espera.

— O que foi?

Ele se aproximou, se agigantando sobre meu corpo, e seu leve toque me causou calafrios.

— Quando fizemos amor alguns dias atrás...

— Transamos — corrigi, tentando acalmar a agitação que tomava conta de mim.

— Tá. Quando transamos alguns dias atrás... você também sentiu?

Meus olhos encontraram os dele.

— Senti o quê?

Ele baixou a voz, e seu hálito quente roçou minha pele.

— Tudo. Shay... não teve um dia em que eu não pensasse em você. Você é a primeira mulher, a única mulher, que conseguiu despertar todas as partes entorpecidas dentro de mim. Você foi um momento da minha vida que mudou tudo.

— Então por que você sumiu? — sussurrei, sentindo a dor no meu peito aumentar cada vez mais. Senti minhas emoções crescendo, e era exatamente por isso que precisava ir embora. Eu não podia mais desmoronar por causa dele. Era para eu já ter superado aquilo tudo. Eu já devia estar livre dele. Já devia estar bem. — Esquece isso, sério. Esta não é uma conversa casual. Isto é intenso, e não consigo mais ter momentos intensos com você. Desculpa, Landon. Não consigo.

Não olhei de novo para ele ao ir embora. Disparei pelo corredor e me controlei para segurar as lágrimas que ardiam em meus olhos, mas, no fundo, eu sabia a resposta para a pergunta que ele me fez, relacionada à festa do uísque. Eu sabia a verdade que tanto queria ignorar.

Eu tinha sentido tudo.

Eu tinha sentido cada instante da noite que passamos juntos, e, por um instante, havia sido muito bom.

23

Shay

— Preciso admitir que é um bom trocadilho — disse Raine. Nós duas estávamos sentadas em frente ao computador dela, lendo matéria por matéria. — Estão te chamando de garota do café, e as manchetes são geniais. "Garota do café chora o leite derramado" — disse ela, rindo enquanto falava.

— Não tem graça, Raine. — Eu gemi, me encolhendo na cadeira. Como aquilo podia estar acontecendo? Ontem, eu tinha perdido meu emprego e, para minha sorte, o Sr. Hollywood estava lá, o que significava que havia um monte de gente tirando fotos e fazendo vídeos dele dentro da cafeteria. Exatamente no instante em que eu tinha jogado o café com leite — correção: o café com leite *gelado* — na cara de Tina, e, agora, eu estava em todas as redes sociais jogando uma bebida em uma cliente aparentemente inocente.

A vida é tão boa, né?

— Ah, olha! Tem vários memes seus no Twitter! Ai, nossa, Shay. Você virou meme! — exclamou Raine, encarando a situação com muito mais bom humor do que eu.

Por outro lado, não era ela quem estava parecendo uma doida de pedra na internet.

— Que humilhação — resmunguei, cobrindo o rosto com a blusa para esconder minha vergonha.

Eu não acreditava que aquilo estava acontecendo. Todos os ângulos que capturaram de mim também eram péssimos. Parecia que eu vivia de cara emburrada, e isso era o oposto de mim. Eu era uma garota feliz! Só que, por um acaso, tinham me pegado em um momento não tão feliz assim.

Era tudo culpa de Landon.

Se ele não tivesse aparecido, querendo ter uma conversa casual, eu teria tido um dia completamente normal, jogando um café com leite na cara de outra pessoa, sem ninguém tirando fotos.

E a pior parte daquela situação? As manchetes diziam que eu tinha jogado a bebida porque estava brigando com ela por causa do Landon.

Dava para acreditar nisso? Ele saía como o cara por quem as garotas brigavam, quando, na realidade, estávamos brigando pelo maldito do Jar Jar Binks!

A raiva que fervilhava dentro de mim era grande demais. Lá estava eu de novo, passando vergonha por causa de Landon e sua fama. Só que, desta vez, eu não tinha ficado invisível na frente de duas modelos. Desta vez, o mundo inteiro me enxergava.

— Seria melhor se tivessem tirado umas fotos minhas na festa do uísque em vez disso. Pelo menos eu estava bonita na festa.

— Você está bonita nessas fotos também — garantiu Raine. — Fala sério, Shay. Não esquenta a cabeça por causa disso. A internet vai esquecer isso tudo daqui a dois segundos. Daqui a pouco ninguém se lembra mais disso.

— Tomara que você tenha razão.

— Eu tenho. Então, anda, levanta a cabeça. Quais são seus planos para hoje? Além de não entrar na internet?

Baixei a cabeça e suspirei.

— Bom, vou procurar emprego. Vi algumas vagas de barista e vou me candidatar. E vou mandar currículo para umas vagas de garçonete também.

Eu ficava meio envergonhada só de dizer aquelas palavras. Eu era uma mulher de trinta e poucos anos, com um mestrado em artes, que estava procurando emprego de garçonete.

Raine deve ter percebido meu desconforto, porque fez um carinho no meu joelho.

— Você vai conseguir, Shay. Sei que as coisas não estão muito boas agora, mas nem sempre dá para a gente ganhar. Vai tudo melhorar daqui a pouco. Não baixa a cabeça.

Sorri e agradeci à minha amiga suas palavras de incentivo. Para ser sincera, eu estava mesmo precisando delas. Aquele era o pior momento da vida para eu ter perdido o emprego, porque o dinheiro já estava apertado. Não dava para perder meu salário agora, e eu estava me martirizando por ter deixado minhas emoções me controlarem.

— Eu estou bem.

Sorri para minha amiga, pois não queria que ela se preocupasse demais.

— Não está, não, mas sei que vai ficar. Agora, vamos para a cozinha. Vou passar um café para a gente. — Ela fez uma pausa, e abriu um sorriso malicioso. — Pensando melhor, vamos tomar um chá.

Ela se levantou da cadeira e seguiu lentamente até a cozinha. Fui atrás de Raine e me estiquei para pegar as canecas enquanto ela aninhava a barriga. Raine parecia cansada depois da rápida caminhada e se retraiu como se o bebê estivesse se mexendo.

— Ele está chutando? — perguntei, sorrindo para minha amiga.

— Parece que está tocando bateria. Eu te falo, não engravida. Todo mundo no Instagram fala como se essa porra fosse uma maravilha, mas ninguém posta fotos se mijando na fila da Target nem das suas vaginas cabeludas porque não conseguem se inclinar para se depilar. No outro dia, o Hank teve que me raspar, porque ele é o Hank e é perfeito, mas acho que ele fez um formato de raio lá embaixo, porque cismou que quer dizer "Você é um bruxo, Harry" para o bebê quando ele nascer, porque é completamente doido. Tentei explicar a ele que não foram os pelos pubianos em formato de raio da Lílian Potter que a fizeram dar à luz um maldito bruxo, mas ele se virou para mim e disse "Amor, você tem que acreditar em mim. A sua vagina é mágica". Às vezes eu detesto aquele homem.

Eu ri.

— Isso é a cara do Hank.

— Não suporto aquele homem — resmungou ela enquanto ia até o armário de chá e o abria.

Juro que ela tinha mais chás do que qualquer outra pessoa no mundo. Para ser sincera, eu nem sabia se Raine gostava tanto assim de chá. Ela havia maratonado *The Crown* alguns meses atrás e, desde então, passou a comprar umas duas caixas por semana. Até daria para pensar que ela era inglesa — até você escutar seu sotaque britânico horroroso.

Ela colocou a água para ferver e se apoiou na bancada, respirando fundo e acariciando a barriga.

— Será que a gente pode falar sobre o elefante na sala? — perguntou ela, levantando uma sobrancelha para mim.

Suspirei.

— Você quer falar sobre o lance do Landon ter aparecido no meu trabalho e ter ficado insistindo para conversar comigo, além do fato de que, quanto mais ele aparece, mais vontade eu tenho de conversar com ele para finalmente ter as respostas para as perguntas que agora não fazem mais diferença, porque já superei isso e não sou mais uma adolescente emocionada que precisa saber por que não é boa o suficiente para ele, e também que eu não devia olhar para trás, só para a frente, apesar de eu não conseguir parar de pensar na noite em que transamos e estar tendo sonhos eróticos com ele desde então e, no fundo, o que eu quero mesmo é transar com ele de novo quando estiver sóbria, só para saber se o sexo foi bom porque eu estava bêbada de uísque ou se ele continua mandando bem mesmo, mas sei que isso é uma péssima ideia, porque, se eu transar com ele de novo, vou na verdade estar abrindo uma porta que devia continuar fechada, mas, tipo, ela já não abriu quando a gente transou? Quer dizer, as pessoas podem só transar, né? Sexo não precisa significar nada além de sexo. Não precisa ter sentimentos envolvidos, até porque eu prefiro não sentir mais nada tão profundo hoje em dia, então sei lá. É isso. É só isso que tenho para dizer.

Raine estava boquiaberta, com os olhos arregalados de espanto.

— Cacete, essa foi a frase mais longa que já escutei. Sério, acho que você não piscou nem parou para respirar nesse tempo todo.

— Eu sei, mas só queria tirar logo o elefante da sala, porque tenho certeza de que você sabe o que eu estou pensando desde que tudo aconteceu. Então, pronto. Está tudo às claras agora.

Raine piscou várias vezes, meio surpresa ainda.

— O que foi?

Seus olhos percorreram o espaço, e ela apontou.

— Eu estava falando daquele elefante de pelúcia grande pra caralho que o Hank comprou na Amazon outro dia. Ele fica comprando bichinhos de pelúcia como se a gente fosse abrir uma porcaria de zoológico.

Ah.

Ela estava falando *daquele* elefante.

Certo, é óbvio.

— Acho que a conversa seguiu um rumo meio inesperado. — Eu ri, sem graça.

— Um rumo meio inesperado? Shay, você foi do oito ao oitenta. Você quer transar de novo com o Landon?

Esfreguei o rosto com as duas mãos.

— Na verdade, não consigo parar de pensar em transar com ele, e isso está me deixando maluca. Eu não devia estar sentindo nada disso, porque minha cabeça sabe que é errado.

— Nem sempre dá para a gente escutar o que a nossa cabeça diz. Às vezes, temos que deixar o coração falar — disse Raine, dando de ombros. — O Landon não é o mesmo cara de antes, nem a pessoa que ele era naquela época era tão terrível assim. Ele só estava perdido.

— Você sabe por que ele nunca voltou? — perguntei, me sentindo meio idiota por nem sequer questionar isso.

Eu e Raine nunca falávamos sobre o fato de Landon ter seguido em frente sem mim. Eu pedi a ela que nunca mais tocasse no nome de Landon depois que ele apareceu com Sarah Sims em público anos antes. Ver os dois juntos havia acabado comigo, e eu não tinha forças para falar sobre ele. Mas, ultimamente, a pergunta não saía da minha cabeça.

Raine ficou séria, algo que não acontecia com frequência.

— Sei, mas não cabe a mim contar.

Eu ri.

— Fala sério, Raine. Você é incapaz de guardar segredo.

— É, eu sei. Eu falo pelos cotovelos, mas isso é diferente, Shay. Se você for escutar os motivos para isso ter acontecido, eles precisam sair da boca do Landon.

Baixei a cabeça, meio confusa com suas palavras.

— Foram bons motivos?

Ela concordou com a cabeça.

— Foram. Sei que você deve guardar muito rancor dele, mas estou te falando, Shay, o Landon enfrentou muitas batalhas ao longo dos anos, mas ele se esforçou para melhorar. Se você deixar ele voltar para a sua vida, mesmo que seja só para transar, não fica jogando os erros do passado na cara dele. Ou as merdas que lê nos tabloides. Se você quiser saber quem ele é hoje em dia, seja direta e pergunte. A verdade está nele.

Pensei no que ela falou e não sabia o que dizer.

— Além do mais — disse ela, dando de ombros —, eu sou time Lanshay desde a época da escola.

— Time Lanshay?

— Você sabe, time Lanshay. Fica assim se você juntar os nomes Landon e Shay. — Ela pressionou a língua contra a bochecha. — Na verdade, faz sentido você querer transar com ele. Seus nomes juntos formam Lanshay. Vocês foram feitos para comer um ao outro.

— Ai, nossa, cala a boca.

— Só estou dizendo, Shay. É o seu destino. — Ela se retraiu de novo e levou as mãos à barriga, depois fechou os olhos com força. — Talvez seja melhor a gente deixar o chá para outra hora.

— Por quê?

— Hum, porque tenho certeza de que a minha bolsa acabou de estourar.

~

— Ainda não está na hora, ainda não está na hora — choramingou Raine enquanto íamos de carro para o hospital.

Eu seguia em disparada pela rua, me controlando para não passar direto por placas de pare e avançar sinais de trânsito. Eu estava com uma das mãos no volante e a outra apertava com força a de Raine, porque ela havia entrado em pânico.

— Não se preocupa, Raine. Está tudo bem. Vai ficar tudo bem. Nós estamos bem, nós estamos bem. Você está bem. O bebê está bem — eu repetia, torcendo por tudo que era mais sagrado para não estar mentindo para minha amiga.

A verdade era que eu estava nervosa pela minha amiga. Ela estava de trinta e quatro semanas, e sua bolsa não devia ter estourado agora.

— O Hank não atende. Liguei várias vezes, e ele não atende — chorou ela, apertando a barriga com as duas mãos. — Ele está trabalhando num lugar que fica a horas daqui. Como vou fazer isso, Shay? Ele está tão longe, e se algo der errado antes de ele chegar? E se...

Lágrimas de preocupação escorriam pelo seu rosto. Eu queria envolvê-la nos meus braços e acabar com sua ansiedade, mas sabia que isso seria impossível. A verdade era que as únicas pessoas capazes de fazer isso seriam os médicos e Hank. Minha principal missão era levá-la para o hospital antes que a situação ficasse ainda mais complicada.

No instante em que chegamos, Raine foi rapidamente levada para um quarto e me pediu que continuasse tentando falar com Hank. Fiquei sentada na recepção, ligando para o número dele sem parar, torcendo para que ele atendesse ou que pelo menos escutasse um dos milhares áudios que eu tinha mandado.

Quando ele finalmente atendeu, disse que estava a caminho e que chegaria o mais rápido possível.

Os médicos vieram me avisar que teriam que induzir o parto.

— Não é muito cedo? — perguntei, o nervosismo tomando conta de mim.

— É mais cedo do que gostaríamos, mas, com trinta e quatro semanas, é provável que a gente encontre menos complicações do que se o parto fosse antes. Nossa maior preocupação é o risco de infecções para o bebê, mas ela insiste que você fique no quarto com ela, se for possível.

— Claro.

Fui correndo para o quarto onde minha amiga estava, para ficar ao seu lado, segurando sua mão.

— Você conseguiu falar com o Hank? — perguntou ela com os olhos ainda marejados.

— Consegui. Ele já está vindo. Vai demorar algumas horas, mas ele vai chegar o mais rápido possível.

— Vão induzir o parto — disse ela, esfregando os olhos com as mãos. — Estou com tanto medo, Shay.

— Eu sei, querida, mas os médicos sabem o que estão fazendo, pode confiar. Vai dar tudo certo, e, daqui a pouco, você vai estar segurando um bebezinho lindo. Está tudo bem — falei para acalmá-la, me sentindo mais confiante depois de o médico me garantir que Raine estava em boas mãos.

Eu havia mandado uma mensagem para minha mãe, para Eleanor e Mima, pedindo a elas que rezassem por Raine Imaginei que qualquer oração poderia ajudar.

Depois que os médicos começaram o processo da indução, as coisas ficaram bem mais lentas do que eu havia imaginado. Horas se passaram, e eu ali, segurando a mão de Raine. Por sorte, o tempo ajudou a acalmá-la.

Enquanto o médico verificava a cérvix de Raine, a porta do quarto abriu, e uma pessoa com um buquê de flores entrou.

— Puta merda! — berrou ele, vendo as pernas de Raine arreganhadas. Raine olhou para porta e teve um ataque.

— Meu Deus, Landon! O que você está fazendo aqui?! Para de olhar para a porra da minha vagina-relâmpago! — gritou ela.

— Mas o que é uma vagina-relâmpago? — berrou ele, virando-se para o outro lado e cobrindo os olhos com as flores.

— Algo que você não devia ter visto! — exclamou ela.

— Tá bom, tá bom. Já estou saindo, estou saindo! — falou ele, saindo do quarto correndo.

Eu tive que rir daquela situação toda. Landon fugira feito uma barata tonta.

— Meu Deus! A última coisa que uma mulher quer é que um homem que ela considera seu irmão veja sua pepeca — suspirou Raine, dando um tapa na própria testa.

Pelo menos o senso de humor dela havia voltado.

— Para ser sincera, não sei quem ficou na pior, você ou ele.

— Ele trouxe flores?

— Acho que sim.

— Aposto que o Hank pediu para ele vir ver como eu estou, aquele idiota. — Ela se virou para mim: — Você pode ir lá ver se ele está bem e se não vai ficar traumatizado para sempre? Quer dizer, sei que meu marido ama minhas partes íntimas, mas as pessoas não têm o mesmo gosto.

Ergui uma sobrancelha.

— Tem certeza de que você não está tentando juntar o time Lanshay?

Ela suspirou e revirou os olhos.

— Confia em mim, Shay. A única coisa que estou tentando fazer nesse momento é empurrar este estrupício para fora da minha vagina. Só quero saber se o Landon está bem.

— Beleza, posso ir falar com ele. Mas não deixa o bebê sair daí enquanto eu não voltar.

O médico ergueu o olhar para mim e sorriu.

— Não precisa se preocupar. O bebê não vai sair tão cedo.

Raine bufou.

— Filho da puta. Quando o Hank chegar aqui, vou matá-lo por ter colocado esta coisa dentro de mim.

Eu me inclinei para a frente e dei um beijo na testa de Raine.

— Meu amor, talvez fosse melhor você não falar sobre matar seu marido na frente do médico.

— Já ouvi coisas piores. A sua amiga até que está bem tranquila — disse ele.

Eu tive a impressão de que ele estava falando a verdade, mas, antes de fazer qualquer outra pergunta, fui ver se Landon não ia ficar traumatizado pelo resto da vida.

24

Landon

Eu tinha visto o raio da Raine.

Eu nem sabia o que isso significava, mas estava ficando nervoso, porque Raine era como se fosse minha irmã, e a última coisa que eu queria na vida era ver a porcaria do raio da minha irmã.

Hank sabia que eu ainda estava na cidade, então me ligou e me pediu que viesse ver se estava tudo bem com Raine até ele chegar. Obviamente, eu vim na mesma hora, porque, quando sua família precisa, você aparece o mais rápido possível.

Ele me passou o número do quarto e tudo mais, só que eu não esperava encontrar minha amiga com as pernas arreganhadas enquanto o médico fazia uma parada esquisita lá embaixo.

— Você está bem? — perguntou uma voz, me fazendo erguer o olhar das rosas em minhas mãos.

Shay estava na minha frente com um sorrisinho nos lábios.

— Defina bem — brinquei, colocando as flores na cadeira à esquerda, e Shay se sentou à minha direita.

Ela cruzou as pernas ao meu lado e brincou com a gola da blusa como se quisesse mordê-la. Um gesto de nervosismo seu do qual eu sentia falta.

— Está tudo bem com ela? — perguntei, me referindo a Raine. — Sei que ela deve estar surtando por não ter o Hank aqui... mas fora isso está tudo bem?

Ela baixou as mãos para o colo e se virou para me encarar.

— Sim, acho que agora ela está mais calma do que antes. O bebê vai nascer antes do esperado, mas os médicos estão cuidando muito bem da Raine, o que torna tudo menos assustador. Além disso, está demorando tanto que o pico de ansiedade da Raine já até passou. Então, no geral, está tudo bem. Ela e o Hank só vão ser pais um pouco mais cedo do que imaginavam.

— Ainda acho muito louco saber que eles vão ter um filho.

— Eles são o casal perfeito — disse ela. — Eu costumava sonhar que teria uma história de amor como a deles.

— Costumava?

— Aham. Não acho que encontrar um amor verdadeiro faça parte do meu destino, mas fico feliz em conhecer duas pessoas que o acharam.

— Como assim encontrar um amor verdadeiro não faz parte do seu destino?

Ela deu de ombros e abraçou os joelhos contra o peito.

— Não acredito de verdade no amor. Pelo menos não para mim. Acho que o que aconteceu com a Raine e o Hank é muito raro. Esse tipo de coisa não acontece com a maioria das pessoas.

— Mas pode acontecer — insisti.

— É bem improvável, mas tudo bem. Pelo menos posso testemunhar de perto um amor tão intenso quanto o deles.

Franzi a testa.

— Você não acredita que possa existir alguém que te ame de verdade?

— Ah, não é isso. — Ela balançou a cabeça. — Eu acredito no amor. Ele é que não parece acreditar em mim.

— Você amava o seu último namorado?

Ela riu.

— O Sam? Não. Sei que joguei um copo de café com leite gelado na cara de uma mulher e tal, mas não acho que havia amor envolvido naquela situação. Eu mal o conhecia.

— Então quem foi a última pessoa que você amou?

Ela ficou séria, apoiou o queixo nos joelhos dobrados e apontou para mim com a cabeça.

— Ah, fala sério, Landon — sussurrou ela, sua voz baixa e contida.

— Acho que sabemos a resposta para essa pergunta.

Antes que eu conseguisse responder, uma pessoa passou em disparada pelas portas do hospital. Ele voou até a recepção.

— Oi, estou aqui para ver a minha esposa, Raine Jacobs, e...

— Hank — chamei.

Ele se virou para mim e suspirou de alívio. Em seguida, viu Shay e veio correndo.

— O que houve? Ela está bem? Não deixaram vocês ficarem no quarto? Ela está sozinha? Caramba, ela está sozinha. Alguma coisa deu errado? O que deu errado? O que está acontecendo?

Ele não parava de passar a mão pelo cabelo, totalmente em pânico. Shay se levantou e tocou o ombro dele em um gesto reconfortante.

— Está tudo bem, Hank. Ela está bem. Está correndo tudo conforme o esperado. Ela está lá no quarto, o médico estava terminando de examiná-la. Ela só me pediu que viesse ver se o Landon estava bem.

— Como assim? Por que você não estaria bem?

— Porque eu vi o raio da sua esposa.

— Não sei o que isso significa, mas parece esquisito.

— Confia em mim, foi mesmo, mas vai logo lá falar com a sua esposa. Ela vai ficar feliz em te ver.

— Ou ela pode te matar. Para falar a verdade, as duas coisas são possíveis — brincou Shay.

Hank saiu correndo, provavelmente com os nervos à flor da pele por estar prestes a se tornar pai. Mas eu sabia que ele seria ótimo. Algumas pessoas nascem para ter filhos, e Hank Jacobs era uma delas.

Um tempo depois, Hank voltou para avisar para mim e para Shay que o bebê demoraria um pouco mais para chegar ao mundo, então nós podíamos ir para casa descansar.

Estava escuro quando eu e Shay saímos do hospital. Fomos andando até nossos carros, Shay chegou ao dela primeiro, e fui dar boa-noite, mas ela me interrompeu.

— Então, eu estava pensando — começou ela. Ela esfregou as mãos e mordeu o lábio inferior. — Sobre nós.

Nós.

Isso.

Eu estava gostando do rumo que aquela conversa tomava.

— É mesmo?

— É. Quer dizer, outro dia você me perguntou se eu tinha sentido alguma coisa quando ficamos juntos, e a verdade é que senti. Foi... — Um suspiro pesado escapou de seus lábios, e ela assentiu com a cabeça. — Muito, muito bom.

— Tipo o melhor sexo da minha vida.

— Exatamente. — Ela acenou com a cabeça mais uma vez, e suas bochechas coraram um pouco, mas Shay continuou: — E era por isso que eu estava pensando que, talvez, a gente pudesse repetir a dose.

— Repetir que dose?

— Você sabe... — Ela passou as mãos pelo cabelo. — Transar. Faz muito tempo que não sinto nada assim. Não quero nada sério entre a gente, obviamente, mas eu não me incomodaria de sentir aquilo de novo.

Arqueei uma sobrancelha.

— Você quer que eu seja seu pau-amigo?

— O quê? Não. Isso parece esquisito e errado. Seria mais tipo um pau-colega — disse ela, arrancando uma risada de mim.

— Ah, agora ficou bem melhor.

— Se você não quiser...

— Calma, o quê? É sério isso? É claro que eu quero. Você só me pegou desprevenido. Para falar a verdade, essa era a última coisa que eu esperava que você me dissesse depois que saiu correndo do meu quarto aquele dia parecendo que não queria nenhum tipo de contato comigo.

— Pois é. Sou uma garota complicada, mas esse negócio entre nós não precisa ser complicado. Nós só precisamos estabelecer umas regras antes de começar.
— Regras? Tipo o quê?
— Para começar... é só um lance físico. Nada mais, nada menos.
Abri um sorrisinho.
— Talvez a gente possa repensar essa regra no futuro.
— A gente não vai repensar nada.
Lutei contra o muxoxo que meus lábios queriam fazer.
— Tá, beleza. Quais são as outras regras?
— É casual. Se você estiver na cidade, podemos marcar alguma coisa. Se não estiver, não esquentamos a cabeça com isso.
— Tudo bem, combinado. O que mais?
— Não vamos contar para ninguém. Isso é muito íntimo. É para ficar só entre a gente. E não vamos falar sobre o nosso passado. Vamos nos concentrar apenas no presente. Não vamos muito fundo.
Sorri.
— Confia em mim, eu vou fundo.
Ela riu, e gostei daquele som bem mais do que deveria.
— Por último, sou a única pessoa com quem você vai transar enquanto estivermos fazendo isso, e vice-versa. Se você transar com alguém enquanto estiver fora, precisa me contar.
— Eu não vou transar com mais ninguém. Não quero transar com mais ninguém.
Ela abriu um sorrisinho breve e esticou a mão para mim.
— Então temos um acordo? Você quer ser meu pau-colega?
Eu ri do termo, mas selei nosso acordo.
— Suas regras são aceitáveis.
Trocamos um aperto de mão.
— Ótimo, porque agora provavelmente vou parar de ter aqueles sonhos eróticos — disse ela, me fazendo arquear a sobrancelha de novo.
— Você anda sonhando comigo?
Ela mordeu o lábio inferior e escondeu o sorriso que tentava escapar.

— A gente não precisa entrar nesse assunto.

— Ah, mas eu quero muito entrar nesse assunto.

Ela abriu a porta do carro e entrou.

— Que pena. Não vai rolar.

— Então, quando vamos colocar nosso acordo em prática?

— Pode ser agora. Eu te daria o meu endereço, mas parece que você já sabe onde eu moro. Então, se por acaso você aparecer por lá daqui a meia hora, não vou bater a porta na sua cara. A Eleanor não vai dormir em casa hoje. Ela vai ficar no Greyson. Ah! — Ela ergueu a mão para mim. — Esta é outra regra. Nada de dormirmos juntos.

— Vamos ver quem chega primeiro — brinquei, enfiando as mãos nos bolsos do casaco.

— Tá bom, e Landon?

— O quê?

— Espero que você esteja inspirado. Não quero que o melhor sexo da minha vida tenha sido na festa do uísque. Quero que fique cada vez melhor.

— Não se preocupa, *chick*. Estou mais inspirado do que você imagina. Quero te mostrar um monte de coisas.

Eu adorava quando, do nada, ela ficava tímida. Shay prendeu o cabelo atrás das orelhas e fechou a porta.

— Tá bom. Até logo.

Sim, a gente se veria logo, e eu provaria cada centímetro do seu corpo.

A Dra. Smith certamente me aconselharia a não ter um relacionamento estritamente sexual com Shay. Ela teria listado todos os motivos pelos quais isso acabaria se tornando um erro, mas, por sorte, a Dra. Smith não precisava saber de nada daquilo. Não havia a menor possibilidade de eu recusar a oportunidade de me conectar com Shay — mesmo que fosse apenas no sentido físico.

Talvez, um dia, isso mudasse.

Talvez, um dia, ela cogitasse me deixar voltar ao seu coração e ficar lá por um tempo.

25

Shay

— Jameson Landon Jacobs — revelou Raine doze horas depois que eu e Landon tínhamos saído do hospital.

Nós dois havíamos passado a noite juntos, fazendo tudo menos dormir, e ele não estava brincando quando falou que estava mais inspirado do que eu imaginava.

Landon tinha me virado pelo avesso, me deixando com pernas doloridas e bochechas coradas.

Só saímos do meu apartamento quando recebemos uma mensagem de Hank avisando que Raine tinha dado à luz. Fomos imediatamente para o hospital para conhecer o novo integrante da família.

Jameson estava na UTI neonatal, já que tinha chegado ao mundo mais cedo do que o esperado, porém estava ótimo. Nós quatro fomos até a área reservada e o fitamos como se ele fosse a salvação da humanidade. Ele era perfeito de todas as formas possíveis.

Os dois tinham escolhido o nome Jameson porque os pais de Raine a batizaram em homenagem à cidade onde ela havia nascido. Para manter a tradição, os novos pais resolveram nomear o filho em homenagem à bebida que ajudara a concebê-lo. Uma ideia muito elegante.

— Landon? — questionou Landon, erguendo uma sobrancelha para nossos amigos.

— Sim. A gente queria homenagear o padrinho dele. Se você estiver interessado no papel — disse Raine. — Se não estiver, me avisa logo, porque acho que ainda dá tempo de mudar o nome dele — brincou ela.

Landon sorriu e olhou para Jameson.

— Vai ser uma honra.

Hank se virou para mim e cutucou meu braço.

— Se ele fosse uma menina, com certeza seu nome do meio seria Shay.

Eu sorri.

— O próximo pestinha fica reservado para mim então.

— Você vai ficar esperando por um bom tempo — suspirou Raine. Ela parecia exausta, mas eu imaginava que era assim mesmo que uma mulher ficava depois de dar à luz. Eu tinha quase certeza de que ela permaneceria exausta pelos próximos dezoito anos. — Mas é claro que você é a madrinha. Não vou te dar a opção de recusar. O papel é seu e ponto final.

— Eu não recusaria por nada neste mundo.

— Quer segurá-lo? — perguntou Hank a Landon.

— Posso?

Um sorriso enorme se abriu nos lábios de Landon, e acidentalmente deixei um sorriso escapar dos meus ao ver o dele.

Não dava para evitar. Ele parecia absurdamente feliz.

— Claro, aqui.

Hank ergueu o bebê e o colocou nos braços de Landon. Havia algo tão genuíno na forma como Landon olhava para Jameson. Era o mesmo jeito que ele olhava para Karla — como se fitasse a estrela mais brilhante do mundo.

— Você nunca vai se sentir sozinho — sussurrou Landon, levando os lábios à testa de Jameson.

No mesmo instante, Jameson abriu os olhos azuis cristalinos pela primeira vez desde que tínhamos chegado, e aquele se tornou oficialmente o momento mais lindo da história.

Havia algo muito maravilhoso em ver um homem grande segurando um bebezinho.

O momento lindo foi arruinado segundos depois, quando Raine torceu o nariz e fez uma careta.

— É impressão minha ou está fedendo a sexo aqui? — perguntou ela. Então minha amiga olhou para mim e para Landon. Um sorrisinho surgiu em seus lábios, e ela pareceu satisfeita enquanto minhas bochechas esquentavam cada vez mais. — Ah. Deixa pra lá.

Eu não sabia quem estava com a cara mais vermelha — Landon ou eu.

∽

Os dias seguintes foram difíceis para mim.

No fim das contas, o episódio da garota maluca do café não arrefeceu ao longo da semana, e eu tive a sorte de virar o mês com pessoas ainda me marcando nas suas postagens de humor duvidoso na internet.

Aham, pois é. A internet era tão boa em stalkear pessoas que haviam descoberto exatamente quem eu era e onde morava. Isso era mais assustador do que eu imaginava. Encontrei grãos de café espalhados na frente do prédio, junto com uma coleção de copos de café gelado. Aquilo devia ser obra de crianças inocentes que só queriam fazer uma brincadeira boba, mas eu não via graça.

Acabei passando algumas noites na casa de Mima.

O fato de as pessoas saberem quem eu era e acharem que tinham o direito de mexer comigo quando lhes desse na telha me preocupava.

Era por isso que eu preferia a ideia de escrever roteiros a ser atriz. O trabalho de escritora parecia ter uma aura de mistério. Você ficava nas sombras, e não sob os holofotes, e eu gostava bastante dessa ideia. Afinal, eu não tinha nascido para os holofotes, e os míseros quinze minutos de fama que estava recebendo eram mais do que suficientes para mim.

Eu já tinha feito três entrevistas de emprego e não estava com muitas esperanças em relação à minha quarta naquela semana. Todos os entrevistadores mencionaram o fato de eu ter virado meme na internet e concluíram que meu perfil não estava adequado à vaga. Eles não podiam contratar funcionários instáveis. Um deles chegou ao ponto de dizer que eu devia ter tido mais bom senso antes de brigar com alguém por causa de Landon Pace.

— Ele vai para a cama com todo mundo, meu bem. Não vale a pena perder seu emprego por um cara desses.

Até onde sabia, eu estava procurando um emprego, não a opinião dos outros sobre fake news.

Na quarta entrevista em uma cafeteria fofa chamada Café & Tal, fiquei aliviada quando percebi que o gerente não tinha comentado meu momento de fama vergonhoso.

— Pelo visto, você tem muitos anos de experiência como barista — exclamou Matt, analisando meu currículo. — É uma carreira que você ama?

Servir café para as pessoas? Não. Não era algo que eu amava. Mas eu amava conseguir pagar meu aluguel, então fiz o que a maioria das pessoas faz em entrevistas — menti.

— Ah, sim. Adoro interagir com pessoas todos os dias. E sei que todo mundo fica bem mais feliz depois de uma boa xícara de café quentinho, e gosto de poder oferecer essa alegria. Não há nada melhor do que ver um sorriso no rosto dos clientes enquanto eles vão embora com seu pedido perfeito. E sou rápida. Consigo preparar bebidas com um pé nas costas e sou capaz de decorar as especialidades da casa num piscar de olhos. Seria uma oportunidade incrível trabalhar aqui.

Matt sorriu, satisfeito com a minha resposta.

— Ótimo, ótimo. Que bom ouvir isso. Agora só tem mais uma coisinha. Um teste, por assim dizer.

Concordei com a cabeça.

— Tá bom, claro.

Ele olhou para o funcionário atrás do balcão e o chamou.

O funcionário veio até nós com um sorrisinho no rosto, trazendo um café gelado.

Ah, não.

Ele colocou o copo em cima da mesa, e Matt se virou para me encarar.

— Então, digamos que um cliente entre na loja, e você esteja num dia ruim. Digamos que tenha um café gelado na sua frente. O que você faria com esse café gelado?

Senti meu estômago embrulhar e meu rosto esquentar quando Matt e o funcionário começaram a gargalhar. Lágrimas arderam no fundo dos meus olhos vendo os dois rindo da minha cara, como se eu não fosse mais um ser humano, e sim um meme idiota para animar sua tarde.

Peguei minhas coisas e me levantei sem dizer mais nada. Quando cheguei ao meu carro, entrei e fui embora.

Enquanto eu dirigia, as lágrimas começaram a rolar.

Pelo menos não havia paparazzi por perto para registrar minha tristeza desta vez.

Landon continuaria na cidade por mais alguns dias, e, quando lhe mandei uma mensagem perguntando se eu podia aparecer por lá para me distrair das complicações da vida por um tempinho, ele disse que sim. No passado, quando eu sentia qualquer sinal de ansiedade, saía para correr e tentar relaxar. Só que nada era mais relaxante do que deixar Landon tirar minha roupa e sentir suas mãos percorrendo todo meu corpo. Sempre que ele entrava em mim, minha cabeça ia para longe, se distanciando de todos os problemas. Eu me perdia nele, do mesmo jeito que ele costumava se perder em mim quando éramos mais novos.

Olho por olho.

Já fazia semanas que seguíamos nosso acordo. Eu acabava encontrando Landon pela região onde eu morava com uma frequência bem maior do que deveria, mas eu não ia reclamar. Se ele queria pegar um voo só por causa de um casinho bobo, eu achava ótimo.

Cada beijo seu era reconfortante, cada orgasmo me virava pelo avesso. Todo dia eu precisava me lembrar de que tínhamos apenas um lance físico. Eu não me apegaria a ele da mesma forma como antes.

Era só sexo.

Era só sexo maravilhoso, avassalador, arrepiante. Mas, mesmo assim, só sexo.

Nada mais, nada menos.

Mesmo que aquele cantinho do meu coração ingênuo quisesse que fosse algo mais.

26

Shay

— Será que a gente pode parar de falar um pouco sobre arcos de personagem e conversar sobre outra coisa, Shay? — perguntou Karla, interrompendo meu plano de aula atual.

Nós estávamos falando sobre o que faz um personagem se destacar no texto e sobre as formas de deixar cada um deles mais realista. Alguns personagens de Karla eram perfeitos demais, então estávamos analisando-os.

Até mocinhos têm defeitos.

— Claro. Sobre o que você quer falar?

— Bem. — Suas bochechas ruborizaram, e ela deu de ombros. — É meio que sobre garotos.

— *Ahh.* — Eu me empolguei. — Conta mais.

— Tem um garoto na escola chamado Brian. Ele é muito gato. Tipo, muito gato mesmo. Ele era meu melhor amigo, mas a gente ficou sem se falar por um tempo depois do acidente. Mas agora ele está falando comigo de novo, e quero contar a ele que gosto dele, só que não sei como fazer isso. Mas duvido que ele goste de mim do mesmo jeito. Ele continua sendo muito popular, e eu... bom... não sou.

Sorri para ela, com suas bochechas coradas de nervosismo.

— Numa escala de um a dez, o quanto você gosta dele?

— Tipo, cem.

Ela riu. Era tão bom ver esse lado de Karla. Um lado que não era muito sério e intenso. Uma paixonite adolescente normal.

— E ele trata você bem?

— Ah, trata. Ele é basicamente a única pessoa na escola que não me faz sentir invisível.

— Isso é importante. Você quer estar com uma pessoa que enxergue quem você é e que goste do que vê.

— Outro dia, um pessoal ficou implicando comigo, e o Brian ficou sabendo. Um tempo depois, achei um chocolate no meu armário com um bilhete dizendo "Sinto muito pelas pessoas serem babacas. Queria deixar um Snickers de presente". — Ela sorriu de orelha a orelha. — E eu sabia que tinha sido o Brian. Ele é legal desse jeito.

Sorri, me lembrando da minha época da escola, quando costumava encontrar presentes no meu armário. Balas de banana.

Senti um frio na barriga com a lembrança, mas me esforcei para afastar a sensação e me concentrar apenas no assunto de Karla.

— Bom, o negócio é o seguinte, Karla. Na vida, às vezes a gente precisa se arriscar. Se você quer contar para esse menino que gosta dele, não precisa ter medo. Seja corajosa e fala o que tiver vontade. Se ele não estiver interessado, azar o dele. Você é um diamante e ele teria sorte de chegar perto o suficiente para te ver brilhar.

Ela baixou a cabeça e prendeu o cabelo atrás da orelha. Quando voltou a olhar para mim, sorria, exibindo suas cicatrizes lindas.

— Valeu, Shay.

— De nada.

— Acho que amo ele — confessou ela, brincando com os dedos. — Não tenho certeza, mas acho que amo, sim.

— Bom, então você tem mais motivo ainda para contar para ele sobre seus sentimentos.

— Como você contou para o seu namorado que gostava dele?

Eu ri.

— Não tenho namorado.

— O quê?! — Os olhos dela se arregalaram. — Mas você é gata!

— Agradeço o elogio, mas continuo solteiríssima.

— Você deve estar esperando a pessoa certa aparecer. É por isso que o tio Landon não tem namorada. Ele disse que está esperando a pessoa certa voltar para a vida dele. Ele disse que foi apaixonado por uma garota há muito tempo, mas não deu certo.

Meu coração pulou, chutou, berrou dentro do peito.

Eu me esforcei para ignorá-lo.

— Ah? É mesmo? — perguntei.

— É. Depois disso, ele nunca mais teve uma namorada séria. Minha mãe chamava ele de galinha e dizia que tinha medo de o pênis dele dar pane um dia.

Eu ri.

Por sorte, o tal pênis continua em plena forma.

— E você? Já se apaixonou? — perguntou Karla, me encarando com aqueles olhos iguais aos do seu pai.

Eu me recostei na cadeira e respirei fundo.

— Uma vez. Há muito tempo.

— Como foi?

Seus olhos brilhavam, cheios de fascínio, como se ela procurasse pistas para entender se seu sentimento por Brian era amor verdadeiro.

Massageei o ombro esquerdo com uma das mãos me lembrando de como tinha sido estar apaixonada tantos anos antes.

— Era como estar em êxtase. Como se eu flutuasse pela vida, sem medo de cair, porque eu tinha certeza de que haveria alguém para me segurar. Era restaurador. Eu me sentia feliz. Tão, tão feliz sempre que pensava nele. Às vezes, eu estava na aula e me desligava completamente do que o professor estava falando, porque não conseguia parar de pensar nele e na próxima vez que a gente iria se encontrar.

Ela suspirou.

— É assim que eu me sinto perto do Brian. Também penso nele o tempo todo. Às vezes, escrevo meu nome com o sobrenome dele nos meus cadernos. Estou apaixonada por ele.

— Então você tem sorte.

— Isso não é sorte. Não sei se ele também gosta de mim.

— Mas não tem problema. Amar alguém na vida sempre é uma sorte.

Ela começou a cutucar as unhas.

— Umas antigas amigas minhas andaram me mandando mensagens para me convidar para uma festa. Elas disseram que o Brian vai, então estou pensando em ir e talvez contar para ele lá.

— Acho que é uma ótima ideia, Karla. E lembra que, não importa o que aconteça, pelo menos você teve coragem de se expor. Se algum dia você precisar escolher entre sentir medo ou ter coragem, por favor, Karla, tenha coragem.

Ela concordou com a cabeça e murmurou as palavras para si mesma.

— Tenha coragem...

Karla sorriu para mim, e me senti agradecida por ela ter parado de esconder suas cicatrizes de mim. Ver aquela menina progredir tornava minha alma melhor. Não havia nada mais lindo do que testemunhar alguém encontrando seu rumo na vida.

Karla merecia o mundo inteiro, e eu torcia para ela não desistir de conquistá-lo antes que todos os seus sonhos e desejos se realizassem.

— Beleza — suspirou ela, esfregando a bochecha com uma das mãos. — Agora vamos voltar para os meus personagens.

∽

Semanas se passaram, e minha busca por emprego continuava. Eu tentava não ficar decepcionada, mas, para ser sincera, estava começando a desanimar. Havia um limite para a quantidade de nãos que uma pessoa conseguia receber até perder o ânimo.

Por sorte, após mais uma rejeição, Landon estava na cidade, então pude usá-lo para desanuviar os pensamentos. Ele ficaria em Chicago por quarenta e oito horas. Vinte e quatro delas seriam dedicadas a ver como a família de Greyson estava, e ele tinha deixado as outras vinte e quatro disponíveis para mim.

Depois de mais uma rodada maravilhosa de sexo com Landon, fui tomar um banho rápido antes de recomeçarmos outra etapa da nossa maratona sexual.

Quando saí do banheiro enrolada na minha toalha, encontrei Landon segurando um dos meus roteiros.

— O que você está fazendo? — exclamei, arrancando o papel da mão dele. — Isso é particular.

— Isso é bom pra caralho — arfou ele. — A Karla tinha razão. Você é talentosa demais. Eu sabia que você era boa quando nós éramos mais novos, mas, Shay, isto é uma obra-prima.

Senti minhas bochechas esquentarem com o elogio, mas me esforcei para deixar as emoções de lado.

— Elas dão pro gasto.

Ele riu.

— Acho que você está sendo modesta. Você precisa transformar isto num filme.

— É mais fácil na teoria do que na prática. Nem todo mundo dá sorte de uma carreira cair no seu colo.

— Você me pegou nessa. Mas, se me der uma chance, posso mostrar seu roteiro para alguém. Posso colocá-lo nas mãos certas.

Balancei a cabeça.

— Você diz isso desde que nós éramos novos, mas ainda prefiro me virar sozinha.

A última coisa que eu queria era que as pessoas dissessem que a garota louca do café só tinha conseguido ficar famosa por causa de um cara. Eu preferia conquistar as coisas por mérito próprio.

Fui até a cama ainda enrolada na toalha.

— Tá bom, mas, se você algum dia mudar de ideia, a oferta continua de pé. — Ele continuou analisando os roteiros em cima da mesa. — Só acho irônico — disse ele, deixando meus roteiros de lado antes de voltar engatinhando para a cama e sustentar seu corpo sobre o meu. Ele fincou as mãos acima dos meus ombros, cercou minhas pernas com as suas e analisou meu rosto. Eu detestava quando ele fazia isso. Eu detestava quando ele me encarava com tanto carinho assim no olhar. Eu detestava a forma como ele me analisava, notando as curvas do meu rosto. Eu detestava quando seus olhos percorriam meu corpo inteiro, me fitando com fascínio. Ele catalogava as imperfeições da minha pele. Os quilos extras que eu tinha ganhado ao longo dos anos. Então se inclinava e beijava todas as partes que eu não considerava boas. Todas as partes que me faziam duvidar de mim mesma.

Ele beijava cada centímetro de mim e fazia com que eu me sentisse linda.

Eu detestava que suas palavras e seus toques fizessem meu coração gelado dar cambalhotas.

— O que é irônico? — sussurrei, enquanto ele desenrolava a toalha em volta do meu corpo e a jogava para o outro lado do quarto.

Seus lábios roçaram meu quadril, fazendo calafrios subirem pelas minhas costas.

— Que você escreve histórias de amor sem acreditar no amor.

Arqueei uma sobrancelha.

— Eu acredito no amor.

— Não acredita, não.

— Acredito, sim. — Eu me apoiei nos cotovelos para me levantar um pouco e encontrei o olhar dele. — Já expliquei, eu acredito no amor. Ele que não acredita em mim.

Os olhos azuis de Landon se amenizaram, e ele se sentou sobre as coxas, me olhando de cima a baixo.

— Então por que você escreve sobre isso?

Engoli em seco, me sentindo mais vulnerável do que me permitira sentir perto de um homem em muito tempo. Se eles passassem a encarar você como uma pessoa meiga, se aproveitavam da sua ternura como se ela fosse uma fraqueza. Se ouvissem sua voz falhar, achavam que você era frágil.

E com seu coração? O que eles faziam?

Eles o estraçalhavam.

Eu me sentei melhor e passei os braços ao redor do pescoço dele.

— A gente não faz essas coisas, Land — sussurrei, roçando a boca na dele.

Sua língua percorreu lentamente meu lábio inferior antes de ele mordê-lo com delicadeza.

— A gente não faz o quê?

— Conversa.

Ele fechou os olhos e pressionou a testa na minha.

— Mas a gente poderia, Shay. Você poderia se abrir comigo.

— Já tentei fazer isso uma vez. — Dei de ombros. — Não deu muito certo para mim.

Ele fez uma careta.

— Eu parti seu coração naquela época.

— Não faz diferença. Nós éramos adolescentes idiotas. Aquilo não era amor de verdade. Era ficção.

— Não diminui o que a gente teve, Shay. Não faz isso. Aquilo foi a coisa mais verdadeira que senti na minha vida toda.

Então por que eu não fui suficiente?

Meu peito se apertou, e senti minhas emoções começarem a formar um redemoinho conforme Landon abria caminho até meu coração. Um coração que eu havia me esforçado demais para manter fechado para homens — especialmente para ele.

Para com isso, coração, ordenei. *Não ouse bater por um homem que deixou você em pedacinhos.*

Estiquei a mão até a rigidez dele e comecei a acariciá-lo, Landon fechou os olhos. Então o mudei de posição, deixando-o de costas na cama, me inclinei para a frente e comecei a chupá-lo, me deliciando com os gemidos que escapavam de seus lábios. Minha língua subia e descia por seu membro enquanto ele ficava cada vez mais duro sob meu comando. Eu amava isso. Amava saber que meu toque lhe dava prazer. Amava ver o corpo dele reagindo ao meu. Amava...

Não, Shay.

Nada de sentimentos.

É só sexo.

Ergui o olhar para aqueles olhos azuis dilatados que pareciam arrebatados. Ele também amava aquilo. Ele amava quando eu o fitava enquanto sua rigidez estava na minha boca, dando-lhe prazer. Ele amava essa conexão, e, no fundo, eu também ansiava por ela. Nesses momentos, era quase como se fôssemos um só Como se a energia que corria pelas veias dele abastecesse a minha alma. Nós criávamos faíscas de vida apenas com nosso toque.

Ele olhava para mim como se tivesse toda a intenção de me devorar por inteiro. Devagar, esfreguei o polegar no meu clitóris enquanto ele me observava. Ele me puxou e me virou no colchão, retomando o controle. Quando me desejava, ele ficava mais selvagem, e eu precisava daquilo. Precisava da selvageria de Landon, não da calma. A calma me fazia pensar, a selvageria me fazia sentir.

Tudo que eu queria era senti-lo, prová-lo, dar para ele.

Não era nada pessoal.

Não podia ser.

Eu não deixaria que fosse.

— Você quer que eu me abra para você? — sussurrei enquanto seus lábios chupavam meu pescoço.

— Quero — sibilou ele contra minha pele.

— Então tudo bem. — Enrosquei as pernas ao redor dele, puxando-o para mim, e ele pressionava seu pau latejante contra minha abertura. — Pode entrar.

Ele me penetrou com força, determinado a me foder com mais intensidade do que nunca, e me permiti permanecer aberta para ele por um tempo.

27

Landon

Eu achava que minhas interações com Shay estavam indo bem até conversar com Raine e descobrir que Shay tinha perdido o emprego havia algumas semanas por minha causa. E que ela não estava conseguindo encontrar outro trabalho, o que me deixou péssimo.

Eu era um babaca.

Era só entrar na internet que você via o rosto de Shay, e isso estava acontecendo porque eu tinha aparecido na cafeteria onde ela trabalhava. Os paparazzi não estariam lá se não fosse por mim, e, por causa disso, ela não conseguia arrumar emprego.

Eu sabia que não devia sair por aí sem nenhum tipo de disfarce, mas era errado desejar ter um momento da minha vida sem me sentir enjaulado pelos encargos da fama?

Eu queria uma chance de encontrar Shay como costumávamos fazer no passado. De tentar construir uma amizade com ela depois de ter estragado tudo anos antes. Tinha sido uma idiotice ir à cafeteria onde ela trabalhava, e, agora, ela estava desempregada e tinha virado a porra de um meme na internet.

Ela não tinha nem me falado de seus problemas, porque nós não conversávamos sobre essas coisas. Ela não se abria para mim.

Eu nunca desejei nada disso para ela. Sabia o que era ser zombado e atormentado na internet. Ela não merecia isso. Shay estava em uma situação de vulnerabilidade, e eu tinha certeza de que qualquer pessoa teria tido a mesma reação se tivesse ouvido as coisas que aquela mulher na cafeteria havia falado para ela. Mas, infelizmente, os momentos de crise das outras pessoas não eram registrados por câmeras.

Fiquei quebrando a cabeça por um bom tempo, tentando encontrar uma forma de consertar a situação. Eu precisava dar um jeito naquela confusão que assolava a vida de Shay, e a única coisa em que consegui pensar foi voltar à estaca zero

Recorrer à mulher que tinha ensinado tantas coisas sobre a vida para mim e para Shay.

— Sinto muito, acabamos de fechar — anunciou uma voz doce quando abri a porta do Harmony, um estúdio de ioga no centro de Chicago.

O lugar era lindo, e a paz que senti ao entrar foi avassaladora. Um jazz tranquilo tocava nas caixas de som, e o aroma de óleo essencial preenchia o espaço. Lavanda, pelo visto.

— Será que você tem cinco minutos para conversar com um amigo das antigas? — perguntei, fazendo a mulher mais velha se virar para mim.

A avó de Shay, Maria, sorriu de orelha a orelha quando se deu conta de que era eu.

— Ora, mas se não é... quem é vivo sempre aparece, né?

Ela não hesitou em me puxar para um abraço apertado, e, apesar de eu ser uns trinta centímetros mais alto, derreti nos braços dela, apertando-a nos meus.

— Que bom te ver, Maria.

— Também acho muito bom te ver, Landon. — Ela se afastou e me deu um tapa no peito. — Mas também estou irritada com você. Como é que você simplesmente some desse jeito?

Ela foi direto ao ponto, sem dar tempo para aproveitarmos o reencontro

— Eu sei. Desculpa. Foi uma época bem difícil para mim.

— Mesmo assim, isso não é motivo para você simplesmente desaparecer. Apesar de eu ter ficado muito chateada com você pelo que fez com a minha neta, fiquei preocupada. Você sabe que sempre fez parte da família para mim.

— E você também sempre foi como minha família. Eu queria ter uma explicação melhor para o meu comportamento, mas não tenho. Passei por uma fase complicada, Maria. Eu me perdi

— Mas você superou essa fase complicada, né?

— Superei. Depois de muito tempo, esforço e terapia, superei. Ainda tenho dias difíceis, pensamentos sombrios, mas luto contra eles.

— Eu sempre soube que você conseguiria passar por cima da escuridão.

— Você acreditou em mim quando eu não conseguia enxergar o caminho, é verdade.

Ela me observou de cima a baixo, então um sorrisinho carinhoso se abriu em seus lábios, e senti sua mão tocando minha bochecha em um gesto reconfortante.

— Como está o seu coração?

Cinco palavras. Cinco palavras simples que me fizeram voltar no mesmo instante a ser aquele adolescente completamente perdido, parado na frente da mulher que nunca se negou a me ajudar a encontrar meu rumo. Coloquei as mãos nos bolsos e pigarreei.

— Continua batendo.

— Vou fazer um chá para a gente — disse ela, seguindo para os fundos do estúdio. — Me espera no estúdio. Vamos sentar, respirar e conversar sobre a vida.

Fiz o que ela mandou.

O estúdio de ioga de Maria era fenomenal. Espaçoso e exatamente o que seu nome dava a entender — harmonioso. Peguei dois tapetes de ioga que estavam pendurados na parede e os estiquei no piso de madeira. Maria voltou com duas xícaras de chá, e com um sorriso estampado no rosto. Ela me entregou uma xícara e se sentou em um dos tapetes. Fiz a mesma coisa.

Era incrível como Maria ainda parecia jovem depois de tantos anos. Ela parecia ter a mesma idade de quando fui embora, tantos anos antes. Pelo visto, a ioga lhe fazia bem. Além disso, ela levava uma vida tranquila — sem jamais se deixar abalar pela negatividade.

— Está sendo muito bom te ver, Landon, mas por que estou com a impressão de que você veio aqui por causa da minha neta?

— Você sempre conseguiu me interpretar muito bem

— Pois é. Sou uma mulher muito perceptiva.

Abri um sorrisinho e tomei um gole do chá. O calor da xícara era maravilhoso contra a palma das minhas mãos.

— Preciso resolver uma situação. Quer dizer, é claro que tenho que resolver muitas coisas quando se trata da Shay. Só que a mais recente é essa história do café. Se não fosse por mim, ela não teria perdido o emprego, e, agora, as pessoas estão passando dos limites com ela. Estão zombando dela na internet. Os paparazzi estavam lá por minha causa. Eu não devia ter entrado naquela cafeteria sabendo que eles poderiam me seguir.

— Você disse para ela jogar o café na cara daquela mulher?

— Não, mas...

— Então a culpa não é sua.

— Não. A culpa é minha, sim. Aquelas pessoas gravaram os vídeos porque eu estava lá.

Maria arqueou uma sobrancelha.

— Você disse para as pessoas te seguirem e gravarem vídeos?

— Bom, não.

— Então a culpa não é sua. Entendo você se culpar pelo que aconteceu na cafeteria, Landon, mas você não foi o responsável pelo ocorrido. Esse fardo não é seu.

Esfreguei a nuca e franzi o cenho.

— Por um instante, pensei que a Shay voltaria a se abrir comigo. Quer dizer, obviamente não como costumava fazer, mas tivemos uma conversa amigável. Quase brincalhona, e eu estraguei tudo.

— Se não der certo na primeira tentativa... — murmurou ela, sorrindo para mim.

Persista.

E era exatamente isso que eu pretendia fazer.

Coloquei minha xícara de chá sobre o tapete de ioga, enfiei a mão no bolso de trás e puxei a carteira.

— Vou gravar um filme aqui na cidade pelos próximos meses, e uma das minhas colegas de elenco precisa de uma assistente nova porque a dela está de licença-maternidade. Indiquei a Shay porque pensei que seria uma forma de ajudá-la a arrumar um emprego. Minha colega quer ajudar, mas precisa conversar com ela nesta semana, já que as gravações estão prestes a começar. Preciso que você me ajude a convencer a Shay. Ela não vai aceitar se achar que veio de mim. Não depois do que aconteceu.

Maria bebericou seu chá, então baixou a xícara e pegou o papel que eu dei para ela com um endereço de e-mail.

— Você ainda gosta dela, né?

— Acho que nunca deixei de gostar. E acho que nunca vou deixar.

— Bom, vou fazer de tudo para convencê-la a ir à entrevista. Mas preciso ser sincera, minha neta às vezes é meio teimosa. — Ela abriu um largo sorriso. — Ela puxou a mim.

— Vai ser ótimo se você puder me ajudar. Não posso não tentar resolver esse problema. Mesmo você insistindo que a culpa não é minha, ainda me sinto responsável pelo que aconteceu com ela.

Ela se esticou até mim, segurou minha mão e deu um tapinha nela.

— Vou dar um jeito de fazer a Shay ir, contanto que você me prometa duas coisas.

— O quê?

— Já que você vai passar um tempo na cidade, vem fazer umas aulas de ioga comigo. Uma vez por semana. Sei que você agora é um ator famoso, mas, se não conseguir diminuir o ritmo e respirar por uma hora na semana, então não vai ter tempo para mais nada. Combinado?

— Combinado. E qual é a segunda promessa?

— Você precisa ir ao jantar de domingo, como nos velhos tempos. Vou fazer seu prato favorito.

— Lasanha?

— Lasanha — repetiu ela. — Vou até assar um pão.

— Bom, você já tinha me convencido quando falou da lasanha, mas o pão fresco me ganha de vez.

Continuamos conversando sobre a vida, batemos um bom papo, então nos abraçamos e nos despedimos.

Esperei Maria trancar a porta do estúdio para acompanhá-la até seu carro e abri a porta para ela entrar.

— Obrigada, Landon.

— De nada. — Continuei segurando a porta, hesitante. — Maria?

— Sim?

— Por que você está sendo tão legal comigo? Depois de tudo o que eu fiz? Eu sumi e parti o coração da Shay. Por que você me recebeu tão bem?

Ela colocou a chave na ignição, e o carro rugiu.

— Porque sei que você já deve se martirizar o suficiente por tudo o que aconteceu, mas, para sorte de todos nós, você continua aqui, e tenho a impressão de que vai passar o restante da vida tentando compensar esses erros.

— Obrigado. Por tudo.

— De nada. Só não some de novo. Desta vez, vou atrás de você para te dar uma coça.

28

Shay

— Como assim alguém deixou isto no estúdio? — perguntei a Mima, fitando-a com um olhar confuso.

Ela havia me chamado para ajudá-la a mudar uma cômoda de lugar, mas, quando cheguei, ela já tinha mudado de ideia sobre o móvel, então passou um café para nós duas e me serviu um pedaço de bolo que havia feito no dia anterior.

— É exatamente isso. Alguém deixou o anúncio no estúdio. É normal as pessoas pendurarem avisos lá. Acontece sempre. Mas guardei esse porque parecia perfeito para você.

— E só tinha essa informação? Um endereço de e-mail?

— Bom, não. Era um flyer grande, mas achei que não tinha necessidade de trazer tudo. É um cargo de assistente pessoal no set de um filme.

— Que filme? — perguntei. — E eu seria assistente de quem?

Mima fez um aceno me dispensando.

— Shannon Sofia, você precisa aprender a simplesmente confiar no universo de vez em quando.

Eu ri.

— Nem sei o que isso significa, Mima. Você me dá um e-mail aleatório, sem nenhum nome, e eu deveria simplesmente entrar em contato, é isso?

— Isso, exatamente.

Que raios estava acontecendo?

— Algo aqui não me cheira bem — falei, estreitando os olhos.

— Deve ser o atum que comi no almoço. Agora anda logo, manda um e-mail para a pessoa e vê o que acontece. Imagina só, trabalhar num set, cercada de famosos. Você sempre quis entrar na indústria cinematográfica. Nem consigo imaginar como isso poderia dar errado.

— Bom, talvez seja um filme pornô, com informações tão vagas assim.

— É, pois é. — Mima cortou outro pedaço de bolo e o colocou no meu prato. — Estrelas pornô também precisam de assistentes.

— Mima! — arfei.

— O quê? É verdade. Agora, faz um favor para sua avó e manda um e-mail para essa pessoa. Quem sabe esse pode ser o começo de algo especial, Shay. Você precisa abrir as portas para novas possibilidades. Quando Deus oferece uma chance, a gente aceita.

— Não sei...

Ela apontou um dedo para mim, decidida.

— É por isso que você devia voltar a ir à igreja comigo. Você está perdendo a sua fé. Só acredita nisso pelas próximas quarenta e oito horas, por favor. E, se não der em nada, paciência. Mas não desrespeite os presentes de Deus.

— Tá bom, vou mandar um e-mail. Isso vai te deixar feliz?

— Felicíssima.

~

Fiquei aliviada ao descobrir que a entrevista não era para uma produtora de filmes pornô. Após trocar alguns e-mails com Lane, a assistente atual da atriz para quem eu trabalharia, fiquei meio surpresa por ela me oferecer as informações sobre as filmagens assim, tão rápido. Recebi instruções para ir ao set e me encontrar com Lane para ela me levar para a entrevista.

Nossa! Eu estava em um set de filmagem.

Não era nem um set xexelento de filme pornô, mas um set de verdade, de um filme de verdade.

Era inacreditável.

Havia muita agitação ao redor. Parecia que todo mundo estava correndo de um lado para o outro, fazendo alguma coisa. Olhando de fora, parecia uma grande confusão, mas, para minha surpresa, as pessoas se moviam como se soubessem exatamente quando sair do caminho e quando seguir por ele. Um caos organizado.

— Shay? — chamou alguém.

Eu me virei e encontrei uma mulher muito grávida vindo na minha direção. Ela estava deslumbrante da cabeça aos pés e usava saltos que pareciam estar acabando com seus pés.

Sorri.

— Sou eu.

Ela esticou uma das mãos, e eu a cumprimentei.

— Sou a Lane. Que bom que você chegou. Quero que você conheça a Sarah o mais rápido possível, antes das gravações da manhã começarem. Ela está fazendo o cabelo e a maquiagem no trailer, então podemos dar um pulinho até lá para agilizar as coisas.

Senti minhas bochechas esquentarem.

— Isso tudo é muito louco.

Lane abriu um sorriso gentil e levou as mãos ao quadril.

— Primeira vez num set?

— Sim.

— Dá para perceber. Você ainda tem aquele brilho no olhar. Não se preocupa, daqui a pouco você se acostuma. É só andar por aí como se você soubesse o que está fazendo que ninguém vai pensar o contrário. Todo mundo está ocupado demais cuidando da própria vida.

Seguimos em direção aos trailers dos atores, e, conforme nos aproximávamos, meu estômago foi embrulhando cada vez mais.

— Sei que deve ser esquisito fazer uma entrevista de trabalho num trailer, mas a Sarah gosta de conhecer realmente as pessoas, sentir sua energia e tudo mais. — Ela se inclinou na minha direção e baixou a voz. — Ela assistiu a um vídeo sobre cristais e está numa onda hippie há uns dois anos. Não se assusta se ela te pedir para segurar umas pedras. É coisa de gente famosa, sabe como é.

Eu ri.

— Vou segurar o que ela quiser.

— Bom saber. Fora isso, meu conselho? Seja você mesma. A Sarah deve te fazer um milhão de perguntas. Ela gosta muito de entender quem são as pessoas com quem trabalha.

— Não tem problema. Sou um livro aberto. Ou um roteiro aberto, melhor dizendo. Não tenho nada a esconder.

— Maravilha. Até porque, se você tivesse alguma coisa a esconder, a Sarah descobriria. Certo, chegamos — disse Lane, parando na frente de um trailer.

Olhei para o nome na porta e instantaneamente voltei no tempo.

A. Maldita. Da. Sarah. Sims.

A mulher com quem Landon tinha saído depois de pisotear meu coração.

E minha atriz favorita no mundo inteiro.

Eu ia vomitar.

— Espera. Vou fazer entrevista com a Sarah Sims? — perguntei com a voz engasgada, meu coração entalando na garganta. — Tipo *a* Sarah Sims?

Lane assentiu.

— É. Desculpa, achei que tivesse dito antes.

— Você com certeza não disse.

— Espero que isso não seja um problema...

Balancei a cabeça, tentando recuperar a compostura.

— Não, claro que não. Eu só não esperava que fosse ela.

A expressão preocupada no rosto de Lane desapareceu enquanto ela concordava com a cabeça.

— Ah, sim. Bom, quando contratamos assistentes pessoais para atores, tentamos não divulgar o nome do artista. Para não atrair fãs malucos.

— Certo, é claro.

— Espera aqui enquanto eu vejo se a Sarah está pronta. — Fiquei na frente do trailer, e Lane disparou para a porta. Depois de enfiar a cabeça lá dentro, ela acenou para mim. — Vem, Shay.

Subi os degraus do trailer e, para minha surpresa, ele era muito maior do que parecia por fora. Lá dentro havia um sofá grande, uma cozinha pequena com um frigobar e uma mesa de jantar. Nos fundos havia um espaço para fazer cabelo e maquiagem, onde Sarah estava.

— Ai, nossa, você deve ser a Shay! — exclamou ela, levantando-se com bobes no cabelo e o pequeno corpo coberto por um roupão. — Vem cá — disse ela, acenando para me dar um abraço.

Passei os braços ao seu redor e, apesar de aquele ser um dos momentos mais esquisitos da minha vida, também era muito empolgante.

— Que prazer conhecer você — disse ela, afastando-se para me analisar. — Qual é o seu signo? — perguntou.

— Hum, ahn, Aquário — respondi, pega de surpresa pela pergunta.

— Ah, sim, você me passou essa vibe mesmo. Com certeza é aquariana. Você tem uma energia boa. Sou de Gêmeos, então faz sentido me sentir bem com você.

Sorri, sem ter a menor ideia do que ela estava falando.

— É, com certeza.

Ela levou as mãos às minhas bochechas, me encarou por um tempo bem maior do que o normal, e eu me esforcei muito para não deixar aquela interação esquisita me fazer ficar completamente atordoada. Mas, para ser sincera, como eu poderia me sentir de outra forma? Aquilo era... estranho. No mínimo.

— Você pode me fazer um favor? — perguntou ela, finalmente soltando meu rosto.

— Posso, claro.

— Segura minhas bolas?

Ahn, como é que é?

— O quê? — Torci para estar fazendo uma cara de paisagem convincente, porque ouvir a maldita da Sarah Sims me pedindo que segurasse suas bolas era bem bizarro.

— Bom, meus cristais. Prefiro chamá-los de bolas, porque gosto muito mais de segurá-las do que segurar um par de bolas de verdade.

Ela piscou para mim.

Relaxei um pouco. Realmente, Sarah era esquisita, mas, ao mesmo tempo, era fofa também. De um jeito estranho.

Ela foi até a mesa, pegou suas bolas e voltou até mim. Estiquei as mãos, e ela as colocou sobre minhas palmas, fechando meus dedos ao redor dos cris... hum... das bolas.

Dando um passo para trás, ela entrelaçou as mãos, sorrindo para mim feito uma mãe orgulhosa na formatura do filho.

— O que você está sentindo? — perguntou ela, seus olhos arregalados de curiosidade.

— Hum — hesitei, sem ter a menor ideia do que deveria responder.

Ela acenou para mim.

— Não existe resposta errada. Anda. Diz a primeira coisa que surgir na sua mente.

— Bom, elas são... quentes.

— Isso. — Sarah suspirou, satisfeita com a resposta. — Minhas bolas são quentes.

Meu Deus do céu, aquilo era uma pegadinha? Será que alguém sairia gritando do banheiro daqui a pouco?

— O que mais, Shay?

— Lisas. Elas são lisas.

— Elas são beeeem lisas — gemeu ela, mais entusiasmada do que deveria parecer. — Agora, cantarola para elas.

— Desculpa, o quê?

— Você sabe, cantarola. Fecha os olhos e cantarola. Depois sopra as minhas bolas de levinho.

Sabe aquele momento desconfortável em que você descobre que um dos seus ídolos é na verdade uma grande psicopata?

Mas, infelizmente, eu precisava de um emprego e, se tivesse que cantarolar para duas bolas para isso, então eu faria isso a plenos pulmões.

Fechei os olhos e estava prestes a começar a melodia quando uma risada explodiu na sala.

Abri os olhos, levantei uma sobrancelha e vi que Sarah, a cabeleireira e a maquiadora riam de mim.

— Desculpa, desculpa, foi uma brincadeirinha. A gente não fica cantarolando para as pedras. Isso seria ridículo. Eu só queria ver o quanto você estava disposta a seguir meus pedidos desvairados.

Soltei o ar.

— Ah, bom, tranquilo.

Obviamente, eu estava disposta a soprar as bolas dela. Tal era meu nível de desespero.

— Acho que vamos nos divertir juntas — observou Sarah, tirando as pedras da minha mão. — E dá para ver que você é muito dedicada, então vamos nos dar bem. Pode se sentar. Vou te passar a lista das tarefas que a Lane separou para você.

— Desculpa, a gente não vai... fazer uma entrevista para o emprego?

— Entrevista? Ah, não, querida, você já está contratada. — Ela arqueou uma sobrancelha. — Desculpa, achei que isso estivesse claro. Não havia muita dúvida de que você seria contratada, já que foi indicada por uma das minhas pessoas favoritas.

— Desculpa, indicada?

— Sim. Já estou cheia de expectativas. Para falar a verdade, com a sua experiência como barista e o fiasco da garota do café chorando o leite derramado, fiquei ainda mais empolgada para contratar você. Quer dizer, se eu ganhasse dinheiro sempre que uma matéria horrível sobre mim viraliza, estaria rica. — Ela fez uma pausa. — ... Hum. Eu estaria mais rica. Enfim, confio muito em você, já que o Landon foi só elogios.

Meu estômago se revirou.

— Você disse Landon?

— Disse. Ele explicou que vocês dois são velhos amigos e, para ser sincera, eu faria de tudo para ganhar pontos com ele. — Ela se sentou à mesa e bateu na cadeira ao seu lado. — Além do mais, como você o conhece há bastante tempo, achei que poderia me dar umas dicas?

— Como assim?

Minha mente ainda estava girando só de pensar que Landon havia me indicado para o emprego. Por que ele faria uma coisa dessas?

— Bom, sabe como é. — Ela lambeu os lábios e mordeu o inferior. — Todo mundo sabe que o Landon é um espetáculo. Faz anos que tento ficar com ele, mas nunca dá certo.

— O quê? Achei que vocês dois tinham ficado juntos há muitos anos. Vocês não ficaram quando lançaram o filme? — perguntei, tentando soar calmíssima, apesar de meu coração estar disparado no peito, tentando fugir do meu corpo.

Sarah acenou para mim.

— Ah, quem dera. Aquilo foi só uma palhaçada para promover o filme, porque o Landon teve uns probleminhas complicados na época. Você deve saber, né, já que fez parte de uma fase tão importante da vida dele.

Eu me empertiguei na cadeira, totalmente confusa.

— Sei, claro. Certo.

— Não foi por falta de tentativa, sabe, mas ele não estava a fim. Ele só queria saber de uma namorada da escola ou coisa assim. Juro, todo santo dia, ele se sentava num canto do set e ficava escrevendo cartas de amor para ela num caderno, feito um bobo apaixonado. Nunca vi nada igual.

Ele escrevia cartas para mim?

As emoções no fundo dos meus olhos eram intensas, e pisquei para forçá-las a dispersar.

— Ele escrevia cartas no set? — perguntei, minha voz falhando, mas Sarah estava distraída demais com o próprio mundinho para perceber.

— Juro, ele lotava cadernos e mais cadernos para aquela garota. Fico surpresa por eles não terem ficado juntos. Se um cara fosse obcecado por mim daquele jeito, eu me casaria com ele num piscar de olhos.

— Ele chegou a contar o que aconteceu entre os dois?
— Não. Só que ela ficaria melhor sem ele e seus problemas.

Havia tantas peças faltando no quebra-cabeça que era Landon e meu passado que eu nem sabia o que pensar sobre aquilo tudo.

— Ainda bem que não deu certo entre eles. Agora, tem mais chance da gente se reconectar. A produtora quer gerar esse burburinho de novo, tipo "ex-namorados reacendem o fogo da paixão" e, por mim, tudo bem. Só que, desta vez, não quero que seja um romance de mentirinha. Quero que o Landon se apaixone por mim de verdade, e isso vai ser bem mais fácil com a sua ajuda.

— Minha ajuda?

— Sim! É claro. Vocês dois parecem próximos, então talvez você possa me dar umas dicas sobre o Landon. Me ajudar a entender o que ele curte. Do que gosta, do que não gosta.

— Não sei... — comecei. — Talvez você devesse fazer isso sozinha, criar uma conexão naturalmente.

— Eu até faria isso, mas estou com a agenda cheia.

— Nós dois passamos muito tempo sem ter contato — confessei. — Não sei muito do que ele gosta e tal.

— Tudo bem. Você tem tempo para descobrir. — Ela segurou minhas mãos e as apertou. — Acho que isto vai ser mágico. Você não acha?

— Sem dúvida nenhuma — bufei, forçando um sorriso.

— Bom, agora, anda. Vamos segurar as bolas de novo.

29

Landon

— Você usou a Mima para meter o bedelho na minha vida?! — bradou uma voz quando eu estava parado na frente do meu trailer, relendo meu roteiro. Levantei o olhar e vi Shay marchando com raiva na minha direção. Quanto mais ela se aproximava, mais eu notava suas narinas dilatadas e seu cenho franzido. — Você está de sacanagem com a minha cara, Landon?

— Achei que você não aceitaria o trabalho se eu te oferecesse, mas queria muito te ajudar depois de tudo o que fiz. Fiquei me sentindo um escroto por você ter sido demitida só porque apareci no seu trabalho. As coisas saíram do controle muito rápido, e eu não queria ser o motivo de você não conseguir arrumar um emprego.

Ela suspirou.

— Eu teria sido demitida mesmo se você não estivesse lá.

— Tá, mas ninguém estaria zombando de você na internet por causa disso. Se eu não estivesse lá, aquela situação de merda não teria sido registrada. Eu precisava fazer alguma coisa para consertar o estrago, Shay. Eu precisava dar um jeito nas coisas.

As sobrancelhas dela baixaram.

— Me fazendo trabalhar para sua ex?

Balancei a cabeça.

— Nunca namorei a Sarah. Sei que foi isso que pareceu naquela época, mas eram só negócios. A gente nunca teve esse tipo de relação.

— E por que você quis passar essa impressão?

Aquela pergunta parecia carregada, e eu não sabia muito bem como respondê-la sem que minha mente começasse a entrar em parafuso. Eu me esforçava para não pensar muito naquela época da minha vida, quando tudo tinha sido uma grande merda.

Shay franziu a testa, notando minha relutância em responder. Ela alternou o peso entre os pés.

— A Sarah é bem mais... estranha do que eu imaginava.

Eu ri, e uma onda de alívio percorreu meu corpo.

— Você teve que segurar as bolas dela?

— As bolas grandes e lisas dela — anunciou Shay. — E ela também me contou que cada uma custa mais de quatro mil dólares. Você sabe que está bem de vida quando pode gastar mais de quatro mil dólares num cristal.

— Não é segredo nenhum que a Sarah tem grana.

O sol brilhou contra seu rosto enquanto Shay me encarava, e ela se protegeu com uma das mãos, estreitando os olhos.

— Acho que só agora a ficha está caindo... você é um ator de verdade.

Eu ri.

— Quer dizer que fugir dos paparazzi não foi prova suficiente disso?

— Não é para tanto, né? Aquilo foi bem doido. Mas ver você num set de verdade, com um trailer com seu nome na porta... Sei lá. Isso torna tudo mais real para mim.

Concordei com a cabeça.

— Quem diria que um garoto fodido da cabeça que nem eu acabaria aqui?

— Eu — respondeu ela baixinho, com os lábios se curvando levemente para cima. — Eu diria.

Aquelas palavras fizeram o clima esquentar entre nós, e tudo que eu queria era dar um passo para a frente, envolvê-la em meus braços e não soltar aquela mulher nem por um caralho, nunca mais.

Mas eu não fiz nada disso. Ela ainda estava com as barreiras erguidas. Eu não queria derrubá-las sem lhe pedir permissão.

— Você merece estar aqui mais do que eu — falei, sendo sincero.

— Pois é, mas acontece que estou aqui por sua causa. E só para deixar claro, eu teria aceitado o emprego se você tivesse me dado a oportunidade de fazer isso. Eu teria reagido com teimosia, sim, mas acabaria cedendo depois de um tempo.

— Bom saber.

Ela balançou ligeiramente a cabeça, incrédula.

— Você usou mesmo a minha avó para fazer o trabalho sujo? Não dá para acreditar nisso.

— Foi estranhamente fácil convencer a sua avó.

— Nem fico surpresa de ouvir isso — comentou Shay. — Ela sempre teve um espaço reservado no coração para você.

— Eu não posso dizer isso sobre muitas pessoas — brinquei.

— Eu posso dizer isso sobre pelo menos duas — revelou ela.

Era um brilho...?

Era um brilho aquilo? Shay havia acabado de revelar que ainda guardava um espaço em seu coração para mim? Por que eu estava com vontade de chorar e pular de alegria feito um bobo?

Calma, Landon. Fica frio.

— Bom, então tá, preciso voltar para o trailer da Sarah. Ela vai fazer uma meditação guiada comigo. Mas, antes de eu ir, preciso te fazer uma pergunta muito importante.

Respirei fundo.

— Fala.

Shay abriu um sorrisinho.

— Quantos cristais você tem?

Esfreguei a ponta do nariz com o dedão.

— Ah, sabe como é, só umas três ou quatro dúzias. Nada muito exagerado.

Ela riu.

Meu Deus, ela riu, e eu queria engarrafar aquele som para escutá-lo nos meus dias mais tristes, porque tinha certeza de que a risada dela sempre me faria sorrir, mesmo nos piores momentos.

— Te devo uma, Landon — disse ela, olhando para mim enquanto andava para trás.

— Pelo quê?

Ela encarou os arredores com os olhos arregalados, completamente fascinada. No instante em que suas mãos pousaram sobre seu peito e seu olhar encontrou o meu, fiquei sem fôlego.

— Por realizar este sonho.

Sempre que você precisar, olhos castanhos.

Sempre que você precisar.

— Mas só quero deixar claro que isso não significa que parei de te odiar, porque eu não parei — disse ela com um brilho no olhar.

— Tudo bem. Eu também te odeio.

Ela sorriu, porque sabia que isso era mentira.

Eu jamais conseguiria odiá-la, nem se tentasse.

~

— Bem que eu queria que um cara estivesse tão a fim de mim a ponto de me arrumar um emprego no set de uma superprodução — comentou Willow, quando estávamos no meu trailer naquela tarde.

Ela não parava de digitar um minuto, provavelmente atualizando minhas redes sociais. Dei uma mordida no sanduíche que ela havia trazido para mim.

— Não foi nada de mais — falei, dando de ombros. — Ela merecia.

— E você merece ela — disse Willow sorrindo, ao erguer o olhar do celular. — A gente trabalha junto há muito tempo, Landon, e nunca vi você olhar para ninguém do jeito como olha para a Shay. Por que não tenta reconquistá-la?

Eu ri. Como se fosse simples assim.

— Você sabe o que aconteceu, Willow. A minha história com a Shay não terminou muito bem.

— Talvez aquilo não tenha sido o fim — discordou ela. — Talvez tenha sido só o meio. Por que o universo uniria vocês dois outra vez se não fosse para concluir essa história?

Senti um calor percorrer meu corpo inteiro.

— Você está andando muito com a Sarah e pegando as manias hippies dela. Agora vem com esse papo do universo unir as pessoas?

— Só estou dizendo que, se eu tivesse alguém que me fizesse tão feliz quanto ela parece fazer você feliz, eu não abriria mão disso. — Willow se aproximou e pegou o picles da caixa do meu sanduíche. — Não é muito comum ter uma segunda chance no amor, Landon. Não estraga a sua.

∼

No domingo seguinte, fui jantar na casa de Maria. Estava preparado para ficar extasiado com sua lasanha. Eu sentia muita falta da comida dela, mas não mais do que sentia dos domingos que passávamos juntos. Durante boa parte da minha vida, aqueles jantares de domingo foram o que me impediu de me entregar de vez à depressão. Maria não tinha ideia de que havia me salvado nos meus dias mais sombrios.

— É impressão minha ou este lugar está cheirando a paraíso? — perguntei assim que Maria abriu a porta do apartamento para mim. Estiquei a garrafa de vinho que eu tinha trazido para ela. — Tenho certeza de que você já escolheu a bebida, mas achei que seria falta de educação chegar de mãos abanando.

— Ah, isto parece chique. Vai combinar com tudo. Obrigada. Agora, entra, entra, fica à vontade.

Fiz o que ela mandou, tirando meus sapatos ao entrar.

A casa de Maria era bastante acolhedora, assim como sua dona.

— A Shay e a Camila já devem estar chegando — explicou ela. — Quando não é uma que se atrasa, é a outra. Ou as duas.

— Você avisou que eu vinha?

— Achei melhor fazer surpresa — disse ela, voltando à cozinha para terminar de preparar a comida.

Ai, caramba. Eu não sabia como as duas reagiriam quando me vissem ali. Não era segredo nenhum que Camila não gostava de mim quando Shay e eu éramos adolescentes e eu tinha certeza de que sua raiva aumentara ainda mais depois de tudo o que aconteceu entre mim e a filha dela. Eu entenderia se ela me odiasse.

Então havia Shay. Tudo bem que tínhamos passado os últimos dias juntos no set, mas eu não sabia se já estávamos tão de boa a ponto de jantarmos aos domingos. Ela estava se abrindo aos poucos para mim, e eu não me sentia bem em invadir seu espaço. Eu desejava voltar a fazer parte da sua vida, mas não queria parecer desesperado — apesar de estar. Estava louco para tê-la de volta à minha vida, mas também não queria assustá-la.

— Deixei um álbum de fotos na mesa da sala, se você quiser dar uma olhada nas fotos fofas da Shay enquanto termino de botar a mesa.

Ótima ideia.

Fui correndo até o sofá e peguei o álbum. Comecei a folhear as páginas e de repente estava com o maior sorriso do mundo nos lábios. Tudo por causa de uma foto que mostrava uma jovem Shay andando de pônei. Ela parecia apavorada, o que fazia com que a fotografia fosse ainda melhor. A seguinte era uma imagem horrorosa da época do primeiro grau, com seu cabelo preso de uma forma meio bagunçada em uma maria-chiquinha. Era impossível não achar graça. Apesar de ser uma foto bem, bem ruim, era perfeita demais.

Ela era uma criança fofa.

Eu costumava me perguntar como ela era quando bem pequena e ficava pensando em como seriam nossos filhos, se tivéssemos algum.

Eu virei uma página quando a campainha tocou, e Maria correu para abrir a porta. Eu estava com a cabeça baixa quando escutei uma voz.

— AI, NOSSA, OLHA SÓ PARA ESSE LUGAR! É TÃO PITORESCO! — exclamou uma mulher, sua voz preenchendo todo o apartamento.

No instante em que escutei aquela voz, soube exatamente de quem era. O que eu não sabia era por que aquela pessoa estava na casa de Maria.

Então me levantei do sofá e me virei, dando de cara com Sarah parada ali, de olhos arregalados e toda empolgada. Shay entrou logo depois, e meu estômago se revirou quando me dei conta da situação.

Assim que as duas mulheres olharam na minha direção, ambas ficaram chocadas.

— Landon?! O que você está fazendo aqui? — perguntou Sarah em um tom radiante, disparando na minha direção para me dar um abraço.

Eu lhe dei um abraço rápido e me afastei depressa dela.

— Há alguns dias a Maria me convidou para um jantar.

— Sério? — perguntou Shay, olhando para a avó. — Que engraçado, ela não me contou.

— Assim como você não me contou que ia trazer uma amiga — rebateu Maria para a neta antes de lhe dar um beijo na bochecha. — Mas sempre digo que, quanto mais, melhor.

— Espero que não tenha problema — disse Sarah. — Eu ia para Nova York, mas meu voo foi cancelado por causa das condições climáticas, então eu ia passar a noite toda no hotel, sem fazer nada. A Shay estava me contando que sempre passa os domingos na sua casa e falou tanto da sua comida, que me convidei. — Ela me olhou de cima a baixo. — E agora que descobri o convidado surpresa, ficou melhor ainda.

O telefone de Shay apitou, e ela imediatamente respondeu à mensagem.

— Minha mãe está atrasada. A Bella comeu um dos sapatos favoritos dela, então ela avisou que vão demorar.

— E ela achando que um cachorro seria melhor do que um homem... — comentou Maria, me fazendo erguer uma sobrancelha, mas eu não entraria nessa discussão.

Aquilo parecia se enquadrar na categoria "não é da sua conta".

— Bom, a gente arruma outro lugar na mesa quando ela e a Bella aparecerem — disse Maria. — Vamos nos sentar logo para comer antes que a comida esfrie.

Todos nos acomodamos, e, servindo cada um de nós, Maria sorriu para Sarah.

— Então, Sarah... Você também é atriz?

— Sou. Comecei quando tinha quatro anos. Venho de uma família de artistas. Todos nós trabalhamos no cinema desde a época do meu tataravô. Ah... — Sarah esticou a mão na frente de Maria quando ela estava prestes a servir seu prato. — Desculpa, tem massa aí?

Maria ergueu uma sobrancelha.

— Você quer saber se tem massa na lasanha?

— Sim, desculpa. Eu devia ter avisado que estou tentando me adaptar a uma dieta *low carb*. Não posso comer nenhum tipo de macarrão. — Ela abriu um sorriso radiante para Maria. — Tem algum pedaço com menos massa?

O olhar inexpressivo com que Maria encarou Sarah quase me fez cair na gargalhada. Shay precisou se virar para esconder a risada.

Maria foi calma e doce como sempre ao dizer:

— Posso tirar a massa para você.

Um pedaço perfeito e maravilhoso de lasanha desperdiçado.

Quando começamos a comer, a conversa demorou um pouco para engrenar. Teria sido melhor se Sarah não estivesse lá, porque parecia haver uma barreira impedindo que eu me conectasse com Maria e Shay. Era uma pena, porque eu realmente estava empolgado para ter uma oportunidade de me reaproximar.

Em vez disso, ficamos ouvindo Sarah tagarelar sobre cristais, dizendo que era importante energizá-los sob a luz da lua ou qualquer coisa assim. Para ser sincero, eu parei de prestar atenção quando ela começou a explicar a diferença entre quartzos.

— Enfim, quero saber como meu colega de elenco era na adolescência — disse Sarah, me cutucando com o braço e interrompendo meus pensamentos. Pensamentos que giravam apenas em torno de Shay. Ela olhou para Shay com uma expressão fascinada. — Como ele era na escola?

Eu ri, me servindo de outro pedaço de lasanha.

— Você vai ficar entediada. Confia em mim.

— Ah, mas quero saber. Adoro saber mais sobre meus colegas. Há alguns anos, você estava tão envolvido com a sua namorada da época que, mesmo depois que vocês terminaram, não consegui te conhecer de verdade. Quero ter essa oportunidade agora. Então vamos lá, Shay. — Ela juntou as mãos e sorriu. — Conta tudo.

Shay soltou uma risada desconfortável e se ajeitou na cadeira.

— Você quer saber da época em que eu odiava o Landon ou depois?

Os olhos de Sarah se arregalaram de empolgação.

— Ai, nossa! Vocês se odiavam antes de virarem amigos? Me conta, me conta!

— Bom, não tem muito o que contar. A gente não se dava bem por vários motivos — explicou ela. — Mas principalmente porque o Landon achava que eu era uma pessoa diferente de quem de fato sou, e eu pensava a mesma coisa dele. Aí, com o tempo, a gente virou... — Suas palavras foram sumindo, e ela olhou para o garfo em sua mão, remexendo a comida. Ela levantou a cabeça e olhou para Sarah. — Você quer saber como ele era na adolescência?

Sarah assentiu, ansiosa.

— O Landon era um babaca. O maior babaca do mundo. Ele tratava as pessoas de um jeito horrível e conseguia ser ainda pior comigo. Ele andava pela escola com aquela pose de rebelde e se comportava como se não se importasse com nada nem ninguém a não ser com os quatro melhores amigos dele.

— *Ahh*. — Sarah suspirou. — Um bad boy. Adoro. Continua.

— E quando parecia que seria impossível ele se tornar legal... — O olhar de Shay encontrou o meu, e um sorriso minúsculo se formou em seus lábios. — Ele se tornou. Ele se abriu e mostrou que, na verdade, era uma pessoa boa, generosa, que só tinha barreiras ao seu redor. E por um bom motivo. Mas, depois que você as derrubava, ele entrava na sua vida com tanto amor e carinho para dar que não dava nem para entender o que estava acontecendo. O Landon foi um adolescente complexo. Complicado, mas, de certa forma, fácil de compreender quando você o conhecia melhor. Ele tinha muita raiva, mas era inacreditavelmente gentil. E uma das melhores pessoas que já conheci na vida. O Landon era o tipo de garoto por quem qualquer menina se apaixonaria perdidamente. Conheci uma que se apaixonou. Dizem que ela nunca se recuperou.

Suas palavras me atravessaram, e eu quis lhe dar um abraço apertado e beijá-la com vontade ao mesmo tempo. Havia tanta emoção fluindo entre nós que eu tinha certeza de que a porcaria da sala inteira sentia a poderosa conexão que havíamos compartilhado um dia.

Todo mundo menos Sarah, que parecia não ter percebido o clima.

— Uau. Ele devia ser fantástico. Eu teria adorado te conhecer nessa época — disse ela, se inclinando na minha direção e tocando a parte interna e superior da minha coxa. Tipo, beeem superior e beeem interna.

Mas que porra era aquela?

Meus olhos pousaram em sua mão e então abri um meio sorriso enquanto pegava a mão dela e a colocava de volta sobre a mesa.

— Eu não era tão legal assim na época.

Olhei para o outro lado da sala e reparei que Shay tinha visto Sarah tocar minha perna, mas ela desviou o olhar timidamente.

Não crie expectativas.

Ficamos em silêncio, e o ar parecia pesado. Ninguém parecia saber o que dizer.

— Então — encarregou-se Maria, pigarreando ao se levantar. — Quem vai querer sobremesa?

Exatamente nesse momento, a porta da frente abriu, e Camila entrou de repente.

— Desculpa a demora! — exclamou ela com o maior sorriso do mundo estampado no rosto.

Esperava ver sua cachorrinha Bella logo atrás dela, mas, em vez disso, surgiu um homem sorrindo, segurando duas garrafas de vinho.

Os olhos de todos se arregalaram enquanto encarávamos o desconhecido.

— Quem é você? — perguntou Maria, olhando para o homem.

Ele a encarou com um sorriso simpaticíssimo e se aproximou. Colocando uma das garrafas em cima da mesa, ele puxou Maria para um abraço.

— Ah, nossa, a senhora deve ser a mãe da Camila. Mas nem parece, a senhora poderia passar por irmã dela.

Maria parecia um pouco confusa com aquela conversa, mas suas bochechas coraram ligeiramente com o elogio.

— Bom, obrigada. Mas, de novo, quem é você?

— Ah, certo. — Ele se empertigou e alisou o terno. — Eu sou o David.

— David — disse Shay, repetindo o nome dele.

— Sim, ele se chama David — disse Camila, sorrindo como eu nunca havia visto antes. — Ele é o meu noivo.

30

Shay

Mas o que raios estava acontecendo? Havia um desconhecido parado na sala de jantar de Mima — David, pelo visto —, e que aparentemente era noivo da minha mãe.

Arqueei uma sobrancelha.

— Desculpa, como é que é?

— Ele é meu noivo — repetiu minha mãe, toda confiante.

Como se ela não percebesse quão ridiculamente absurdas eram as palavras que saíam de sua boca. Minha mãe não tinha um noivo. Caramba, minha mãe não tinha nem um namorado. Minha mãe era a maldita presidente do CMAOH — Clube das Mulheres que Amam Odiar Homens. Ela não saía com homens, ela os odiava com todas as forças.

O estranho par se aproximou de todo mundo abraçadinho. O corpo da minha mãe junto ao de um homem.

De novo — o que diabo estava acontecendo?

— Hum, dá para ver que isso parece ser uma questão de família, então talvez seja melhor eu e a Sarah irmos embora — disse Landon, levantando-se da cadeira.

— Acho uma boa ideia — concordou Mima.

— Ah, Landon! Você pode me dar uma carona? Eu vim com a Shay, e já entendi que ela está ocupada demais para me levar de volta — comentou Sarah, esfregando o braço dele para cima e para baixo.

Quase revirei os olhos na cara dela, mas me segurei.

Além do mais, eu estava processando o fato de que havia um homem chamado David na casa da minha avó.

— Claro — concordou Landon.

Os dois se despediram e foram embora correndo, deixando nós quatro sozinhos.

— Desculpa, eu não sabia que teria mais gente aqui — comentou minha mãe. — Se soubesse, nós teríamos trazido mais vinho.

— Como assim, você está noiva?! — gritou Mima, ignorando as palavras de minha mãe.

O rosto da minha mãe ganhou um belo tom de vermelho enquanto David pegava sua mão.

— Eu não sabia como contar para vocês, mas estamos namorando há um tempo.

— Um tempo quanto? — perguntei.

— Três meses — respondeu minha mãe.

— Três meses?! — arfei. — E você nem comenta que está saindo com alguém?

— Tá bom, senhorita do namoro de nove meses do qual ninguém ficou sabendo. Acho que você não tem muito o que argumentar — Mima me interrompeu, jogando na minha cara que meu comentário era incoerente.

Justo.

— Mas como vocês se conheceram? — perguntou Mima, sentando-se à mesa.

Ela gesticulou para os dois fazerem o mesmo, e eles se acomodaram.

— Bom, quando fui buscar a Bella, três meses atrás, rolou uma confusão com a documentação... Eles também tinham prometido a minha Bellinha para o David. Ele chegou junto comigo, e é claro que fiquei furiosa. Quer dizer, vocês sabem que me apaixonei pela Bella à primeira vista.

— Sim, isso foi até um pouco exagerado na minha opinião — acrescentou Mima. — Mas continua.

— Bom, sim, o David também ficou muito indignado com a situação. Então concordamos em dividir a guarda da Bella.

Ah, pelo amor de Deus. Dava para acreditar numa coisa dessas?

— E, numa noite, quando fui deixar a Bella com ela, percebi que a Camila estava muito gripada. Sou médico, e...

— Médico?! — Mima ficou radiante, seus olhos se arregalando de alegria. — Conta mais!

David continuou falando, todo tímido.

— Bom, sou médico e estava tentando prescrever algo para que ela se sentisse melhor. Mas vocês conhecem a Camila. Ela não gosta muito de receber conselhos. Ainda mais quando o conselho vem de um homem. Mas eu insisti. A gente passou um tempo trocando farpas, até que ela finalmente me contou que era enfermeira e sabia cuidar de si. Argumentei que mesmo assim eu gostaria de ajudar. Resumo da ópera: descobrimos que trabalhamos no mesmo hospital, nos apaixonamos durante toda aquela discussão tomando café ruim das máquinas de venda automática, então eu a pedi em casamento, ela aceitou, e aqui estamos nós! Eu vim conhecer a família! — Ele se virou para mim com um sorriso imenso. — Aliás, Shay, oi. É um prazer te conhecer A Camila vive falando que você é incrível.

Eu o fitei com o olhar mais inexpressivo do mundo.

— Bom, que maravilha! Vamos abrir o vinho para comemorar! — disse Mima, como se não tivesse acabado de escutar a história mais horripilante da vida.

— Espera, não. Vocês não estão noivos de verdade. O que está acontecendo? Mãe, você não se casaria com alguém que nem conhece.

— É verdade. Não casaria. Mas eu *conheço* o David. Sinto que a gente se conhece a vida inteira.

— Isso é ridículo e imaturo — falei, balançando a cabeça, sem acreditar em tudo aquilo. — Sinto muito, mas não vou embarcar nessa.

— Shannon Sofia, olha esse tom — Mima me repreendeu.

— Sinto muito, Mima, mas isso é loucura. Você está cometendo um erro, mãe. Um erro imenso. Está na cara que ele quer se aproveitar de você de alguma forma. Ele não iria querer casar com você assim, do nada.

No instante em que as palavras saíram da minha boca, percebi como eram amarguradas. Os olhos da minha mãe se encheram de lágrimas.

— E por que não, Shay? Porque não sou boa o suficiente? — perguntou ela.

— Não. Para com isso. Eu me expressei mal. O que eu quis dizer é que ninguém pode noivar assim tão rápido. Você precisa de mais tempo para descobrir como ele vai te decepcionar.

— Shay. — Mima suspirou. — Nem todo homem é o diabo.

— Sim, mas todos podem te machucar do mesmo jeito demoníaco.

— Quando foi que você ficou assim, Shay? Quando ficou tão fria? — perguntou minha mãe, me deixando embasbacada.

— Você está de brincadeira, né? Eu aprendi a odiar os homens com você.

O que eu estava dizendo?

Como aquelas palavras estavam saindo da minha boca?

Quando eu me tornei tão cruel?

Lágrimas começaram a escorrer pelas bochechas de minha mãe, e David foi prontamente consolá-la. Mima me encarava com um olhar perplexo.

— Sabe de uma coisa, Shannon Sofia, se você vai se comportar desse jeito, talvez seja melhor ir embora. Este é um momento feliz, e não vou deixar você acabar com a alegria da sua mãe.

Eu não sabia o que dizer, porque Mima tinha razão. Eu devia ir embora, porque não havia um pingo de alegria em mim naquele momento. Eu me sentia confusa. Traída.

Minha mãe havia passado anos falando que homens não prestavam. Como ela podia mudar de ideia de uma hora para a outra e agir como se aquilo fosse normal?

Peguei minhas coisas e saí do apartamento da minha avó, murmurando um pedido de desculpas a caminho da porta.

— Shay, espera! — chamou uma voz enquanto eu seguia pelo corredor.

Eu me virei e dei de cara com David vindo atrás de mim. Um nó se formou em meu estômago enquanto ele se aproximava. Puxei a bolsa para perto do peito e falei:

— Sim?

Ele esfregou a barba grisalha com uma das mãos e suspirou.

— Sei que você não confia em mim. Você tem todo o direito de estar desconfiada. Você nunca me viu na vida, e eu entendo. Sou um completo desconhecido, mas juro por tudo o que é mais sagrado que amo a sua mãe. Eu a amo de um jeito que nem sabia que era possível amar alguém e vou passar a eternidade provando para ela e para você que o meu amor é verdadeiro.

Eu queria acreditar naquilo, mas continuava sem ter a menor ideia de quem ele era. Tudo o que eu sabia era que minha mãe o tinha conhecido três meses antes.

— Desculpa, mas isso é demais para mim. Você não tem ideia de tudo o que minha família já passou.

— Eu entendo. Só sei das coisas que a Camila me contou sobre o seu pai e o seu avô, que eles causaram muitos traumas. Mas juro que não sou como eles. Vou me esforçar para te provar isso, mas quero que saiba que está tudo bem se você não confiar em mim de cara. Confiança é algo que conquistamos, não que ganhamos de graça. Então, leve o tempo que for necessário.

Não respondi, porque não sabia o que dizer Minha cabeça estava a mil e não parecia querer diminuir o ritmo tão cedo.

Saí da casa da minha avó sentindo o peso da culpa no meu peito por ter feito minha mãe chorar. Mas eu não podia concordar com aquilo. Ela estava se envolvendo com um completo desconhecido!

No dia seguinte, me controlei para não ficar pensando na notícia do noivado de minha mãe e David. Para minha sorte, Sarah me manteve ocupada no trabalho.

— Preciso que você ensaie as falas com ele — ordenou Sarah depois de terminar o cabelo e a maquiagem.

Ela havia passado a última hora reclamando sem parar de como seu corpo estava inchado devido ao jantar épico de domingo na casa de Mima. Torci para eu nunca precisar viver sem ingerir carboidratos.

Se precisasse escolher, eu preferia morrer gorda, com um sorriso no rosto e um Twix na boca.

Qualquer outra possibilidade parecia tortura. O que eu deveria fazer? Morrer com uma salada? O que estaria escrito na minha lápide? *Aqui jaz Shay Gable. Ela viveu à base de mil calorias por dia e nunca se deliciou com um Snickers.*

Que vida triste, meu Deus.

— Como assim ensaiar as falas com ele? — perguntei, sentando-me à mesa dela.

— Você sabe... ensaiar as falas — repetiu ela, como se eu fosse surda ou simplesmente burra. — Ele pediu para a gente fazer isso outro dia, mas estou muito ocupada. Tenho uma sessão de reiki daqui a pouco, mas ele precisa ensaiar as falas com alguém.

— A assistente dele, a Willow, não pode fazer isso?

— Pode, sim — concordou Sarah, mas abriu um sorriso malicioso para mim. — Mas é melhor ser você. Para conseguir arrancar mais informações dele. Tipo os hobbies e os pratos favoritos dele. Quero planejar alguma coisa para ele, só que preciso de mais detalhes.

— Para ser sincera, não me sinto muito à vontade fazendo isso, Sarah.

A última coisa que eu queria era ajudar a unir Landon com outra mulher.

Por um milésimo de segundo, jurei ter visto um lampejo de irritação nos olhos de Sarah antes de ela voltar à sua personalidade normal e fofa — porém esquisita.

Ela puxou o ar algumas vezes, soltando-o devagar.

— Shay, sei que este pode não ser o emprego mais normal do mundo para você, mas essas coisas fazem parte do trabalho, tá? — Ela se aproximou de mim e me entregou o roteiro. — Por favor, faça o que estou pedindo sem reclamar. A gente se dá tão bem — cantarolou ela, sorrindo de orelha a orelha, mas dava para ver que era forçado. — Eu não gostaria que as coisas mudassem. Tá bom?

Aquilo parecia mais uma ameaça do que qualquer outra coisa.

Engoli em seco e peguei o roteiro da mão dela.

— Tá.

Ela retomou sua personalidade animada e bateu palmas.

— Ah, maravilha! Que bom que nos entendemos. Que bom que fui clara.

— Cristalina.

Sorri entre os dentes. Eu sabia que, se não pegasse o roteiro, provavelmente estaria desempregada até o fim do dia. E minhas contas não gostariam nada disso.

Segui para o trailer de Landon e bati duas vezes. Willow abriu a porta com um sorriso enorme.

— Ah! Oi, Shay. E aí?

Ela sorriu. Willow havia sido minha salvadora nos últimos dias, sendo praticamente minha mentora pelo set. Dava para perceber que ela trabalhava no mercado tinha muito tempo apenas pelo seu jeito de andar de um lado para o outro, como se pertencesse àquele lugar.

Eu continuava tropeçando nos meus próprios pés, tentando agir naturalmente apesar de me sentir uma palhaça com sapatos gigantescos o tempo todo.

— Oi. A Sarah disse que precisava ensaiar as falas com o Landon, mas não pode vir. Então ela me mandou no lugar dela.

Willow parou por um segundo e depois me olhou com uma expressão confusa, mas então voltou a sorrir.

— Claro, entra. Eu estava saindo agora mesmo para tomar o café da manhã.

Ela saiu do trailer, abrindo espaço para eu entrar.

Subi a escada do trailer e fiquei feliz ao ver que o espaço de Landon era totalmente diferente do de Sarah. Não havia sinais gritantes de talismãs hippies, apenas uma música tranquila e a televisão ligada na ESPN.

Eu sobreviveria.

Landon ergueu o olhar do sofá onde estava confortavelmente sentado, escrevendo em um caderno, e se levantou.

— Shay. Oi.

Passei os dedos pelo cabelo, sentindo um frio na barriga.

— Oi. Desculpa te incomodar, mas a Sarah disse que você precisava ensaiar as falas com ela, não foi? Só que ela está muito ocupada, então me mandou no lugar dela. — Ele levantou uma sobrancelha com ar curioso, e eu sorri. — Eu sei que não faz sentido, mas estou aprendendo a obedecer aos pedidos da Sarah.

— Provavelmente é melhor fazer isso mesmo. Ela fica bem irritada quando alguém não faz suas vontades.

— A cada dia entendo mais isso.

— Vem, senta. Só preciso repassar umas cenas, mas vai ser ótimo ter a sua ajuda.

Fiz o que ele pediu e comecei a folhear o roteiro. Ter um roteiro de verdade nas mãos era algo surreal. Eu estava segurando o sonho de outra pessoa, secretamente desejando fazer o mesmo com o meu em um set.

Landon não pegou o roteiro dele, mas me instruiu a abri-lo na página trinta e três, como se soubesse de cor todas as cenas e páginas. Isso não me surpreendeu, porque, quando fizemos Romeu e Julieta na escola, ele havia decorado o roteiro em apenas alguns dias.

Abri na página que Landon indicou e, no instante em que ele começou a cena, fiquei completamente encantada com sua persona.

Landon era um ator fantástico na adolescência, mas como um homem adulto? Tinha pleno domínio de todas as palavras que saíam de sua boca. Sua atuação nunca era exagerada nem diluída. Ele dizia as palavras com convicção e naturalidade, e, quando precisava dar vazão às emoções, desmoronava de um jeito que me deixava à beira das lágrimas.

Landon Harrison tinha nascido para ser ator. Ele era genial, e assistir à sua performance no trailer no fim daquela manhã foi um privilégio. Era como um presente secreto que eu queria guardar apenas para mim, mas logo ele estaria no set, e todo mundo veria como era excelente.

— Você foi fantástico — falei, o ar entalando em meu peito.

Ele franziu a testa e apertou a ponte do nariz.

— Acho que dá para melhorar.

— Que perfeccionista.

— Fazer o quê? Aprendi com você. Eu lembro o quanto você era crítica consigo mesma quando atuava na escola.

Eu ri.

— É porque nunca cheguei nem perto de ser tão talentosa quanto você. Juro, você tem mais talento no seu dedo mindinho do que eu tenho no corpo todo.

— Mentirosa — disse ele em um tom tão sincero que fez meu corpo inteiro se arrepiar.

Fiquei meio sem jeito.

— E este roteiro é muito bem escrito. Fiquei arrepiada com as palavras. É poderoso.

Os olhos dele se arregalaram, intrigados.

— Suas palavras são mais poderosas ainda. Você devia me deixar mostrar um dos seus roteiros para algumas pessoas — ofereceu ele pela milionésima vez.

— Vou falar de novo: de jeito nenhum. Quero tentar por conta própria primeiro e acho que estou seguindo na direção certa.

Ele assentiu com a cabeça.

— Estou orgulhoso de você, *chick*.

— Mas não aconteceu nada — falei.

— Ainda. — Ele sorriu. — Mas vai acontecer daqui a pouco. Eu sei que vai.

A confiança que ele tinha em mim fez minha cabeça girar. Eu me ajeitei sobre a almofada do sofá e pigarreei.

— Bom, vou deixar você voltar para o que estava escrevendo. Tenho que ver se a Sarah precisa de alguma coisa e...

— Vamos fazer alguma coisa juntos — interrompeu-me ele.

— O quê?

Ele piscou algumas vezes e balançou a cabeça.

— Não estou falando agora, é óbvio. Preciso estar no set daqui a pouco de qualquer forma, mas seria legal fazermos alguma coisa juntos. Fora do trabalho. Eu só quero... — Suas palavras falharam, e ele deu de ombros. — Vamos fazer alguma coisa, Shay.

Eu não sabia exatamente como responder àquele convite, então falei a primeira coisa que surgiu na minha cabeça.

— Tá bom.

Seus olhos se arregalaram como se ele estivesse surpreso por eu ter aceitado. Ele passou as mãos pelo cabelo e instantaneamente pareceu se arrepender disso. Eu tinha certeza de que a pessoa que havia arrumado o cabelo de Landon levara um bom tempo para colocar cada fio no lugar ideal. Graças a Deus ele não precisava mais ser louro para aquele filme. Ele ficava melhor com seu cabelo castanho-escuro.

— Ótimo, legal, beleza. Vou fazer uma aula de ioga no estúdio da sua avó hoje à tarde. Talvez você possa me encontrar lá, e aí podemos jantar depois. O que você acha?

— Uma coisa de cada vez, Landon. Que tal começarmos com a ioga e depois vemos o que acontece? — sugeri.

Ele concordou com a cabeça, parecendo satisfeito com o plano.

— Por mim, tudo o que você me oferecer está ótimo.

Ouvimos uma batida à porta do trailer, então a cabeça de Willow apareceu.

— Ei, desculpa interromper, mas estão te chamando no set, Landon. A Sarah já está lá.

— O que significa que eu não estou onde deveria estar — brinquei, me levantando. — Bom trabalho, Landon — falei, esticando a mão para lhe desejar boa sorte.

Mas o que era aquilo?

Eu realmente lhe ofereci um aperto de mão?

Eu tinha virado uma pessoa sem um pingo de trato social.

Mas ele apertou minha mão com um sorriso e me agradeceu a ajuda.

Nós três seguimos para o set, e era impossível não sentir um frio na barriga enquanto Landon seguia ao meu lado. Quando chegamos, eu e Willow ficamos mais para trás, e Landon entrava completamente no personagem ao pisar no cenário. O corpo dele se transformava de um jeito que eu nunca tinha visto antes. Ele curvava os ombros, deixava sua postura desmoronar e brincava com os dedos. Ele não era mais Landon, e sim Larry Price — o esquisitão triste que tinha muito medo de viver.

Assistir a Landon atuar fez meus olhos se encherem de lágrimas. Ele era tão bom no que fazia, e com certeza estava na profissão certa.

Quando ele errava alguma coisa, saía do cenário e respirava profundamente. Toda vez, ele enfiava a mão no bolso e segurava algo, respirando fundo algumas vezes com os olhos fechados.

— O que é aquilo? — perguntei para Willow, observando Landon com fascínio. — O que ele está segurando?

— Ah, é uma mania que ele tem. Ele faz isso desde sempre. Toda vez que precisa dar um tempo e se concentrar, ele pega aquele colar e o aperta, respirando fundo.

— É um colar especial?

— Bom — disse ela, sorrindo para mim e já voltando para seu celular —, tenho quase certeza de que é o seu coração.

Suas palavras me paralisaram.

Meu coração.

Ele usava o colar com o pingente de coração que eu tinha lhe dado anos antes para acalmar sua alma nervosa.

E o meu coração de verdade? O que ficava dentro do meu peito e tinha passado os últimos anos completamente fechado para o mundo? Sem aviso prévio, ele voltou a bater, devagar.

E, assim que voltou a bater, bateu por ele.

Landon era... flexível.

Puta merda. Ele era flexível de formas que eu nem imaginava serem possíveis.

Eu já tinha feito muitas aulas no estúdio da minha avó, mas precisava admitir que não era perfeccionista quando se tratava de ioga. Mas Landon conseguia se retorcer todo e sustentar as posturas sem fazer esforço nenhum, o que me deixava impressionada.

— Por que estou com a impressão de que esta não é sua primeira vez? — brinquei, pingando de suor depois da aula.

Todas as mulheres da turma encaravam Landon, e eu precisava admitir que isso era compreensível.

Eu também o encarava.

— Minha terapeuta me convenceu a fazer umas aulas há alguns anos. Ela achou que a ioga poderia me ajudar a liberar um pouco da minha energia acumulada — explicou ele, pegando uma toalha e secando o suor do rosto.

— E ajudou?

Ele concordou com a cabeça.

— Aham. E eu adoro. Minha carreira não me dá muitas oportunidades de desacelerar, então é uma sensação boa. É legal fazer uma pausa no caos que é a minha vida. Fazia um tempo que eu não conseguia praticar, então fiquei feliz quando a Maria me convidou para fazer aulas aqui.

— Que bom que isso te faz bem.

E, nossa, como era bom de assistir.

— Já que não posso te levar para jantar, posso te levar até o seu carro?

— Essa oferta não vou recusar.

Pegamos nossas coisas e saímos para a noite fria. Cada respiração nossa ficava visível no ar gelado. Viramos a esquina da rua onde estava o meu carro, e o frio começou a ficar congelante.

— Então você está bem — comecei. — Com a sua cabeça e o seu coração?

— Estou. Tive muita dificuldade para encontrar um ponto de equilíbrio no começo, mas tive sorte de ter dinheiro suficiente para conseguir a ajuda de que precisava.

— Isso é ótimo, Landon. Era só isso que eu queria para você.

— Eu sei. Deu bastante trabalho, e ainda tenho momentos difíceis, não vou mentir. Mas me sinto melhor do que nunca. E é por isso que mal posso esperar para acabar o filme e poder voltar a ajudar as pessoas.

— Ajudar as pessoas?

— Quero dar um tempo no cinema e viajar pelos Estados Unidos ajudando crianças em regiões menos privilegiadas. E também dar palestras sobre saúde mental. Não quero simplesmente dar dinheiro para as pessoas, e sim estar presente para contar minha história. Para escutar as delas. Saúde mental é um assunto tão estigmatizado, e me lembro de como isso me assustava quando eu era mais novo. Parecia que eu tinha sido condenado à morte, e não era nada disso. Demorei muito para entender que aquilo não era o fim do mundo, apenas uma parte da minha vida. Quero ajudar as pessoas a entenderem isso.

"Elas não tiveram as mesmas oportunidades que eu tive para me tratar. Muitas regiões urbanas não recebem o investimento nem a atenção necessária quando se trata de saúde mental. Então quero mergulhar de cabeça nisso para entender como posso contribuir e ajudar"

Parei de andar e o encarei, fascinada.

— Não faz isso, Landon — sussurrei, balançando a cabeça.

— O quê?

— Não se torna um personagem que consegue se redimir na nossa história.

Ele abriu um meio sorriso.

— Só quero fazer o bem, Shay. Cheguei à conclusão de que, já que estou neste mundo, posso muito bem aproveitar meu tempo para torná-lo um pouquinho melhor.

— O mundo precisa de mais pessoas como você.

— Nunca imaginei que escutaria isso de você depois de tudo o que aconteceu entre nós.

Eu ri.

— Confia em mim, eu também não imaginava. Mas estou falando sério. Você está fazendo muito bem ao mundo. Temos sorte de ter você aqui.

Ele franziu a testa por um milésimo de segundo e olhou para o chão.

— Por muitas vezes achei que não conseguiria chegar até aqui.

— Então todos nós temos muita sorte por você ter conseguido.

Ele esfregou a nuca e ergueu o olhar.

— Desculpa por eu ter te magoado.

Aquelas palavras soaram dolorosamente verdadeiras ao saírem de sua boca. Ele me fitava de um jeito que me fez querer chorar em seus braços e perdoá-lo.

— Não precisamos falar sobre isso agora.

— Mas deveríamos falar, sim, em algum momento. A gente precisa conversar sobre o que aconteceu. Estou pronto e quero tentar explicar para você tudo o que aconteceu comigo naquela época. Se você estiver disposta a me ouvir, posso te mostrar minhas cicatrizes.

Concordei lentamente com a cabeça.

— É claro. — Chegamos ao meu carro, e comecei a revirar a bolsa em busca das chaves. — Bom, isso foi divertido. Talvez a gente possa repetir a dose na semana que vem — sugeri.

— Eu adoraria.

Continuei revirando a bolsa.

— Shay?

— O quê?

Ele ficou parado ali, com as mãos enfiadas nos bolsos, e inclinou a cabeça para mim.

— Como está o seu coração?

Suas palavras me tiraram o fôlego. Minha mão escapuliu da bolsa, e me aproximei dele. Segurei suas mãos e as levei até meu peito, contra o meu coração, contra a minha alma.

— Continua batendo.

Ele apertou minhas mãos de leve e olhou para nossas mãos entrelaçadas.

— Sei que provavelmente não tenho o direito de dizer isto, e sei também que depois vou me arrepender de ter sido tão direto assim, mas preciso falar. Se em algum momento você começar a acreditar em segundas chances — disse ele, sua voz baixa e contida. — Por favor, me dá uma.

Antes que eu conseguisse responder, um flash de câmera iluminou nossos rostos.

Click.

Então outro.

Click, click!

E, em um piscar de olhos, o momento carinhoso foi arruinado, porque, no mundo em que vivíamos, Landon não podia ter segundos de calmaria nem estar longe dos holofotes.

31

Shay

Landon havia viajado para um evento beneficiente na Califórnia, e não tínhamos conseguido conversar desde o dia em que ele se abriu e me pediu outra chance.

Minha mente não parava desde que ele havia dito aquilo. Eu não sabia como lidar com as palavras que ouvi. Para mim, uma segunda chance no amor significaria uma segunda chance de me magoar. Talvez eu não estivesse pronta para isso. Na última vez que meu coração havia sido estraçalhado, eu levei uma eternidade para juntar os cacos, e ele nunca mais bateu da mesma forma.

Mas não havia pensado mais nesse assunto desde que recebi um telefonema de Eleanor no começo de uma manhã. Ela estava chorando do outro lado da linha.

— Ellie, o que houve? — perguntei, sentindo o pânico crescer em meu peito enquanto eu me sentava na cama. Minha prima não parava de chorar e, só de ouvir aquilo, parecia que eu ia desabar também. — O que foi? Qual é o problema?

— É a Karla — ela conseguiu dizer, suas palavras roucas e falhas. Isso fez com que eu me empertigasse ainda mais.

— O que tem a Karla? O que houve?

— Aconteceu um problema. Ela foi à uma festa ontem à noite, e as pessoas foram longe demais com o bullying. Jogaram um monte de coisas na menina e esfregaram carne crua nela.

— Ai, meu Deus. Ela está bem?

Mas como assim?

Meu peito ardia com o pânico enquanto Eleanor me explicava o que tinham feito com Karla. Na festa... na festa que eu a incentivara a ir. A culpa tomou conta de mim ao mesmo tempo que eu escutava o relato de Eleanor, que estava aos prantos.

— Não, ela não está bem. Passei a noite com o Greyson para dar apoio a ele, porque ele ficou arrasado. Para completar, a Karla me viu na cama dele agora de manhã. Ela começou a gritar, dizendo que ele estava traindo a mãe dela... Ai, Shay — chorou Eleanor e não conseguiu mais continuar.

— Respira, Ellie. Por favor, respira. Vai ficar tudo bem.

— Não vai. Não vai ficar tudo bem — disse ela, parecendo mais e mais arrasada a cada segundo. — Ela fugiu, e o Greyson a encontrou no túmulo da mãe. E ela estava com um frasco de comprimidos, Shay. Ela ia ter uma overdose.

Ai, meu Deus.

Eu não conseguia respirar.

As lágrimas começaram a escorrer pelas minhas bochechas.

A primeira pessoa em que pensei foi Landon.

Eu precisava ligar para Landon, porque, apesar de não sermos mais como antes, eu sabia que certas coisas afetavam sua alma. Principalmente quando se tratava de uma pessoa sofrendo uma overdose e tentando tirar a própria vida.

Digitei o número dele depressa e, quando Landon atendeu, ele sabia exatamente por que eu estava ligando.

— Oi. O Grey já me ligou. Estou indo para o aeroporto agora para voltar para casa — disse ele.

Dava para ouvir o pânico em sua voz, o medo entalado em sua garganta.

— Tá bom. Se você precisar de qualquer coisa... — comecei.

— Valeu — respondeu ele. — Você está bem?

A pergunta fez com que mais lágrimas escorressem dos meus olhos.

— Não. E você?

— Nem um pouco.

32

Landon

Quando pousei em Chicago, Greyson já tinha internado Karla em uma clínica psiquiátrica. Peguei um táxi direto do aeroporto para a clínica e encontrei Shay na sala de espera, sentada ao lado de Greyson.

Corri até os dois sem falar nada. Apenas puxei Greyson para um abraço apertado, me recusando a soltá-lo.

— Porra, Grey — murmurei, sentindo minhas emoções aflorarem.

— Pois é — concordou ele, afastando-se de mim. Ele apertou a ponte do nariz e secou as lágrimas que começavam a escorrer por suas bochechas. — Nunca senti tanto medo na vida. Landon, se ela tivesse tomado aqueles comprimidos... — começou ele.

Balancei a cabeça.

— Ela não tomou. Ela não tomou, Greyson. Ela está bem.

— Ela não está bem. — Ele fungou e esfregou a mão sob o nariz. — Ela está mal pra caralho.

Eu não sabia o que dizer, porque ele tinha razão. Karla não estava bem, nem ficaria bem, pelo menos por um bom tempo. Eu sabia como era aquela batalha, conhecia o peso dos pensamentos que acompanhavam ideações suicidas. Eu sabia que elas eram capazes de tomar conta de uma pessoa e a engolir por inteiro. Eu já tinha passado por isso. Eu já tinha vivido essa vida, e havia sido necessário muito tempo e muitas reflexões para conseguir escapar daquele poço de desespero.

— Sr. East? — chamou uma mulher. — Pode voltar agora. O exame acabou, e a sua filha pediu que o senhor ficasse com ela agora.

Greyson entrou na mesma hora. Passei as mãos pelo cabelo e respirei fundo, então me virei para Shay.

— Oi.

Ela se levantou.

— Oi.

E veio correndo me dar um abraço. Ela me abraçou. Seus braços apertaram meu corpo, me envolvendo em seu calor. Eu não conseguia me lembrar da última vez que Shay havia me abraçado. Droga, fazia anos. Tudo bem que nossos corpos acabavam estando bem juntinhos ultimamente, mas nunca na forma de um abraço.

Eu me deixei ser envolvido.

Eu precisava daquilo, porque sentia que iria desmoronar a qualquer minuto.

Pigarreei quando nos afastamos.

— Como está o seu coração? — eu me forcei a perguntar.

Ela abriu o sorriso mais triste do mundo, e senti seus olhos castanhos atravessarem minha alma.

— Como está o seu coração? — rebateu ela.

Senti algumas lágrimas caindo e rapidamente as sequei. Então forcei um sorriso.

— Continua batendo.

Não tão forte quanto deveria, mas ele seguia firme, porque Karla continuava neste mundo com a gente. Nós não a perdemos, e isso parecia uma pequena vitória.

Ficamos ali na sala de espera, em silêncio, enquanto o tempo passava, mas tudo ao redor parecia imóvel.

Não falamos nada, porque não havia muito a ser dito. Mas eu estava feliz por ter Shay ao meu lado, sentia que precisava de alguém por perto. Eu precisava dos eventuais toques delicados dela no meu ombro ou de um carinho no meu joelho para me lembrar de que eu não estava sozinho, apesar de minha cabeça tentar me dizer o contrário.

Talvez meu lado sombrio tenha influenciado a Karla.

Talvez a culpa seja minha.

Essas eram algumas das mentiras que passavam pela minha mente. Esses eram os demônios que eu tentava combater. Sempre que os pensamentos ameaçavam me dominar, eu sentia a mão de Shay nas minhas costas e o peso do mundo começava a se dissipar.

Comecei a bater o pé no chão, sentindo minha mente entrar em parafuso, mergulhando em memórias.

— É difícil estar aqui — confessei baixinho.

Shay inclinou a cabeça para mim e franziu a testa.

— Por causa do seu tio?

— Não. — Balancei a cabeça. — Por minha causa.

Seus olhos se estreitaram, confusos, enquanto ela me fitava.

Algumas horas depois, Greyson voltou e abriu um sorriso torto para mim. Ele parecia exausto, como se tivesse sido atropelado por um caminhão.

— Ei, a Karla quer falar com você — disse ele para mim.

Concordei com a cabeça e olhei para Shay.

— Você também vem?

Ela balançou a cabeça.

— Não. Duvido que ela queira falar comigo, pela minha relação com a Eleanor. E isso é outro problema. De qualquer forma, não quero ser um gatilho.

— Ah... — Inclinei a cabeça. — Então por que você está aqui?

Ela abriu um sorriso meio sem graça, e entendi exatamente sua resposta sem que Shay precisasse explicar.

Ela estava ali por minha causa.

Acho que me apaixonei de novo por ela naquele momento.

A verdade era que eu nunca tinha parado de amá-la.

No caminho até o quarto de Karla, passando por corredores compridos, senti meu estômago embrulhar. Minha ansiedade estava a mil, mas eu sabia que precisava ser forte, porque aquela garotinha necessitava do meu apoio. Eu não podia demonstrar nenhuma fraqueza ao me sentar ao seu lado.

Cada paciente da clínica tinha o próprio quarto. Ao atravessar o corredor, vi que alguns quartos eram decorados com objetos e fotos que remetiam à vida dos pacientes. Quanto mais decorados eram, mais tempo fazia que os pacientes estavam na clínica.

Eu me lembrei da época em que havia sido internado em uma clínica. Logo que cheguei, não havia nada nas paredes, mas, com o passar dos dias, comecei a enchê-las de cartas.

Cartas que escrevia para Shay.

Fiquei internado por três meses e, quando tive alta, levei comigo todas as minhas palavras, na esperança de poder entregá-las a Shay um dia, para mostrar como ela havia me ajudado a atravessar a escuridão, mesmo sem saber que eu estava desmoronando.

Quando senti que estava melhor, Shay já estava em outra. Ela nunca leu as palavras que eu tinha criado apenas para ela.

Parei na porta do quarto de Karla e encarei as paredes vazias, torcendo para que ela não tivesse que preenchê-las antes de encontrar o caminho de volta para casa.

Havia uma cama de solteiro, uma mesa com duas cadeiras e uma escrivaninha. Tudo parecia muito sem graça e sem vida. Na cama pequena estava Karla e suas belas sombras.

Eu também levei um tempo para entender que sombras podiam ser lindas. Tantas coisas lindas habitavam as sombras, e era nosso dever tratá-las com gentileza e lembrá-las de que elas também tinham seu lugar.

Karla ergueu o olhar para mim e tentou forçar um sorriso, mas não conseguiu.

— Oi, tio Landon.

— Oi, campeã. Posso entrar?

Ela fez que sim com a cabeça.

Entrei no quarto e fui direto até ela. Eu me sentei na cama e a abracei. Ela retribuiu com um abraço bem, bem apertado. Muito apertado. Quase como se estivesse agradecendo por ainda estar aqui para ser abraçada. Para sentir. Para existir.

Eu também estava transbordando de felicidade por isso.

Eu estava muito feliz por abraçar aquela garotinha naquela noite.

— Desculpa — fungou ela, se afastando.

— Pelo quê?

— Por ter sido idiota de cogitar tomar aqueles comprimidos. — Ela balançou a cabeça. — Eu não ia fazer nada, tio Landon. Juro que não ia.

Acariciei suas costas.

— Você sabe o que eu sou para você, Karla?

— O quê?

— Um porto seguro. Você não precisa dizer para mim o que as pessoas esperariam escutar. Você não precisa mentir para proteger os meus sentimentos, tá bom? Eu sou seu porto seguro. Você pode confiar em mim. Nada de mentiras aqui, só verdades.

A curva em suas costas se tornou mais pronunciada quando ela girou os ombros para a frente.

— Eu já tinha pensado nisso antes — confessou ela, baixinho. — Pensei nisso várias vezes depois do acidente.

Essa confissão fez meu coração doer mais do que tudo no mundo, mas escutei pacientemente enquanto ela compartilhava sua escuridão comigo.

— Acho que tenho depressão — sussurrou Karla, quase como se tivesse vergonha de admitir isso.

— Me conta como você se sente.

— Todo dia é difícil. Até os dias bons são difíceis, e não sei como fazer meu coração parar de doer. E ultimamente todo mundo ao meu redor parece tão feliz. A Lorelai é a menina mais contente do mundo. Meu pai está seguindo em frente com a Eleanor. Todo mundo está superando o acidente, menos eu. Todo mundo está melhorando, menos eu. E isso me irrita. Fico com raiva por todo mundo estar feliz, e eu, não. É só isso que eu quero. Eu quero ser feliz, tio Landon.

Eu a envolvi em meus braços de novo e a puxei para o meu lado. Eu precisava que ela sentisse minha presença, que soubesse que não estava sozinha naquela noite.

— Você vai conseguir, Karla, prometo. Sei que é brega pra caralho dizer isto, mas essas coisas levam tempo. Quando a sua mente está carregada, você precisa passar por muitos testes e experiências para conseguir entender o que funciona ou não funciona para o seu caso. Às vezes, é meditação; outras, é medicação. Não existe um caminho único para sair da depressão, Karla. Você precisa descobrir o que funciona no seu caso e entender quais são os seus gatilhos. Juro que ter que lidar com a depressão não é uma sentença de morte.

— Eu não quero morrer — jurou ela, e eu acreditei.

Vi isso nos olhos dela. Talvez esta fosse sua maior verdade — o fato de que Karla queria viver.

— Eu sei, e vamos fazer de tudo para descobrir a melhor forma de te ajudar.

Ela concordou devagar com a cabeça, absorvendo tudo o que eu dizia.

— Como você sabe tanto sobre depressão? Você tem tudo. Duvido que já tenha ficado triste na vida.

Dei uma risadinha.

— Você nem imagina como esse comentário é irônico.

— Como assim? É sério. Aposto que você nunca nem chorou de tristeza.

— Eu chorei hoje, quando soube de você. Já chorei muitas vezes na vida de tristeza. Olha só. — Arregacei as mangas da minha camisa e segurei a mão de Karla. Fiz com que os dedos dela percorressem minhas tatuagens, minha pele cicatrizada onde marcas do meu passado ainda existiam. — Está sentindo?

— Aham, o que é isso?

— Minha tristeza do passado. Eu costumava me ferir, porque queria entender a minha depressão.

Seus olhos se arregalaram.

— Você se cortava?

— Cortava. Eu queria encontrar um jeito de sentir alguma coisa De sentir qualquer coisa. Demorei um tempo para entender o que funcionava para mim. Então confia em mim quando eu digo que tenho muito mais dias felizes do que tristes agora. Encontro motivos para sorrir todo santo dia, e um desses motivos é você, Karla. O mundo é melhor porque você está aqui, e você vai fazer a diferença de um jeito mágico. Só preciso que você continue lutando, sabendo que tem uma equipe forte do seu lado, tá?

— Pode deixar. Prometo. Minha mãe não iria querer que eu desistisse — disse ela.

— Você tem razão, não iria mesmo. Sei que ela está orgulhosa vendo o quanto você tem sido forte durante isso tudo.

Ela sorriu, e isso me fez sorrir também.

— Fico feliz por você não ter se ferido demais quando era mais novo. Eu teria sentido sua falta se você não estivesse aqui. Estou muito feliz por você ainda estar aqui, tio Landon.

Meu coração derreteu com essas palavras.

— Eu estou muito feliz por você ainda estar aqui também.

Eu me despedi de Karla prometendo que voltaria na manhã seguinte para visitá-la. Greyson passaria a noite com a filha para que ela não ficasse sozinha. Os dois teriam um longo caminho pela frente até a recuperação, mas eu estava feliz por eles finalmente parecerem estar andando juntos

Fui até a sala de espera e vi que Shay ainda estava lá.

Ela sorriu para mim e se levantou.

— Como ela está?

— Viva e querendo muito melhorar.

— Que bom! Fico feliz com a notícia. Odeio que ela precise passar por isso.

— Eu também, mas, às vezes, você precisa andar um tempo pela escuridão antes de alcançar a luz. Ela vai conseguir. Vou me certificar de que vai dar tudo certo.

— E você? E a sua luz?

— Estou enxergando um pouquinho mais dela todo dia.

— Que bom. Isso é ótimo — disse Shay, alternando o peso entre os pés antes de voltar a olhar para mim. — Quer uma carona até o hotel?

— Seria ótimo. Se você puder me deixar lá, vai ser perfeito.

Fizemos o caminho até o hotel em silêncio, com Shay olhando de soslaio para mim de vez em quando. Conseguia ver a preocupação em seu olhar. Era como se ela estivesse com medo de eu estar com os pensamentos muito tumultuados — e eu de fato estava. Eu me sentia exausto demais até para colocar uma máscara e fingir que estava bem. Além disso, eu não queria mais usar máscaras perto de Shay.

Ela foi comigo até meu quarto, e lhe agradeci o apoio.

— Acho que você não deveria ficar sozinho hoje — comentou ela, se apoiando no batente.

— Vou ficar bem. Além do mais, nós temos regras, lembra? Nada de dormirmos juntos — brinquei, tentando diminuir a tristeza no meu peito com uma risada.

Shay enfiou as mãos nos bolsos da calça jeans e se balançou para a frente e para trás.

— Landon... — sussurrou ela, sua voz baixa e contida. — Se você pedir para eu ficar, eu fico. Se você me pedir que vá embora, vou ficar por mais tempo ainda.

Isso foi o suficiente para me fazer assentir devagar com a cabeça e dar um passo para o lado, deixando-a entrar no quarto. Shay fechou a porta e me fitou com carinho.

— O que eu posso fazer por você? — perguntou ela.

Eu não sabia responder a essa pergunta. Ela não podia apagar o que tinha acontecido com Karla, não podia voltar no tempo e mudar o passado, não podia parar os pensamentos perturbadores que fervilhavam na minha cabeça.

Mas ela podia fazer uma coisa, que talvez fosse o que eu mais precisasse naquele momento.

— Posso te abraçar? — pedi baixinho, baixando a cabeça.

Eu precisava tê-la perto de mim naquela noite. Eu precisava envolvê-la em um abraço forte, para me lembrar do fato de que eu não estava sozinho.

Shay passou os braços ao meu redor e me puxou para perto, então derreteu em mim, como se tivesse nascido apenas para se aninhar ao meu corpo. Quando eu lhe disse que podia me soltar, ela me apertou ainda mais.

Eu me sentia bizarramente agradecido pelo abraço daquela mulher.

33

Shay

— Eu estou bem, de verdade, Shay. O engraçado é que a única coisa em que consigo pensar agora é que estou exausto. Só quero me deitar na cama e dormir — disse Landon, esfregando os olhos cansados.

Eu havia passado as últimas três horas abraçada a ele e, para ser sincera, não estava pronta para soltá-lo.

Estreitei os olhos, sem saber no que acreditar. Porque, no geral, ele parecia bem. Ele parecia estar lidando com tudo na maior tranquilidade. Por outro lado, eu conhecia Landon. Sabia que ele conseguia esconder muito bem suas mágoas do mundo. Sabia que ele se esforçava para ser forte, mesmo quando tudo o que queria fazer era desmoronar. Eu sabia como seu coração partido batia de um jeito torto.

Então a última coisa que eu pretendia fazer era voltar para minha casa e deixá-lo desmoronar sozinho. Queria estar por perto para ampará-lo, se precisasse.

— Vou passar a noite com você — sussurrei.

— O quê? Não. Estou bem, Shay, sério. Não precisa se preocupar. Estou bem.

Ele continuava mentindo, e eu continuava insistindo.

— Por favor, Landon, me deixa ficar hoje. Só até amanhecer, aí depois você pode me expulsar. Juro de pés juntos.

Ele me encarou com os ombros jogados para trás, exibindo sua determinação, mas eu conseguia ver a dor em seus olhos azuis. Ela aparecia em lampejos, e ele piscava para dissipá-la. Seu coração estava partido por causa de Karla, e eu não sabia como tirar aquela angústia de dentro dele.

A verdade era que a dor era menos sofrida quando você a compartilhava, porque aí ela não fervia e, consequentemente, não queimava você.

— Estou bem — sussurrou ele, agora com a voz mais trêmula do que antes.

— Tá, eu sei, mas mesmo assim... — Segurei sua mão. — Me deixa ficar.

Landon respirou fundo e assentiu calmamente com a cabeça. Ele pressionou a testa na minha e fechou os olhos.

— Você pode ficar deitada comigo até eu dormir? Não quero conversar, mas, se você puder ficar deitada do meu lado, seria ótimo.

— Posso, claro.

— Promete?

— Prometo.

Ele me levou para a cama e me ofereceu uma de suas camisas e um short. As peças eram grandes demais para mim, só que, de alguma forma, cabiam perfeitamente.

Ele se deitou na cama, e eu deixei que me envolvesse em seus braços. Eu estava ali para ajudá-lo a se sentir melhor, mas, por fim, eu que acabei me sentindo segura. Nos braços dele, senti acontecer. Senti meu coração frio começar a derreter, tudo por causa do homem que eu tinha amado um dia.

O cômodo estava tomado pelo silêncio, apesar de nenhum de nós estar dormindo. Eu sabia que sua mente estava a mil, então não queria piscar, porque ele poderia precisar de mim para fazê-lo se lembrar de respirar.

Eu não tinha ideia do tempo que ficamos naquela posição, pressionados um ao outro, silenciosos como a noite. Não sabia por quanto tempo sua cabeça continuou girando. Não sabia como seus pensamentos estavam sendo acalmados. Mas, no momento em que ouvi sua respiração se acalmar e percebi que ele estava dormindo, também acabei caindo no sono.

∼

Nos dias que se seguiram, fiz questão de checar como Landon se sentia e garantir que ele estivesse bem.

Shay: Como está o seu coração hoje?

Landon: Continua batendo, de algum jeito.

Shay: Quer companhia?

Landon: Não precisa. Sei que você deve estar ocupada.

Shay: Que pena, já estou na porta do seu quarto, então você pode muito bem me deixar entrar.

Landon abriu a porta com um sorriso enorme no rosto.
— Não vou mentir, estou muito feliz por você estar aqui.
Eu também, Landon. Eu também.
Entrei no quarto dele, e Landon fechou a porta. Tirei os sapatos e falei:
— Eu estava pensando em pedir comida, sentar no sofá e ficar de bobeira. Se você quiser, posso pedir comida para duas pessoas.
— Perfeito — concordou ele.
Ergui uma sobrancelha.
— Você quer ver *Friends*?
— Cacete, claro que eu quero ver *Friends*.
Ele sorriu de orelha a orelha e foi se sentar no sofá. Peguei meu celular para pedir o jantar e me sentei ao seu lado. Acabamos pedindo comida chinesa para um batalhão e, enquanto ele assistia a *Friends*, eu assistia a ele.

Era como nos velhos tempos. Quando comíamos bobagens e assistíamos a *Friends* e, durante um tempo, nos esquecíamos de que o mundo lá fora estava desmoronando. Nós ríamos, ficávamos aconchegados um no outro, nos abraçando para manter unidas nossas peças falhas de quebra-cabeça.

Ali, Landon não parecia ser um dos melhores atores do mundo. Ele parecia um ser humano normal, curtindo seu tempo livre comigo.

Puxei os joelhos contra o peito e os abracei.

— O que aconteceu com você, Landon?

— Como assim?

— Naquela época. O que aconteceu com você? Por que você sumiu?

— Ele baixou a cabeça e se retraiu um pouco. Obviamente nervoso com a pergunta. — Não precisa responder, se não quiser.

— Preciso, sim. Ainda é muito difícil para mim tocar neste assunto, mas quero que você saiba, sim. É importante para mim que você saiba a verdade, mesmo que seja doloroso de explicar.

Desliguei a televisão, cheguei mais perto dele e segurei suas mãos.

— Seja lá o que for que você tiver para me contar, estarei aqui. Estou ouvindo.

Ele engoliu em seco, seu pomo de adão se movendo na garganta, e começou a falar.

— Depois que o meu pai morreu, fiquei perdido, mas tentei agir como se estivesse tudo bem. Não queria que as pessoas ficassem preocupadas comigo. As palavras do meu pai não saíam da minha cabeça, eu só me lembrava dele falando o quanto eu decepcionava os outros. Tudo tinha um limite na cabeça dele, as pessoas não ficariam preocupadas em me ajudar a resolver meus problemas para sempre. Ele falava que eu era fraco e ia acabar sozinho. Então tentei ignorar que estava com depressão em vez de encarar a doença. — Ele se virou para mim e abriu um sorriso triste, mas continuou: — Achei que, se eu continuasse trabalhando sem parar, ficaria bem. Cheguei à conclusão de que, se eu largasse a terapia e parasse de ficar remoendo o passado, ficaria bem. Eu podia me concentrar só no trabalho. Podia usar uma máscara, parecer feliz para o restante do mundo. Assim eu fugiria da escuridão dentro de mim.

Ah, Landon...

Eu imaginava que ele tivesse passado por algo assim, mas fiquei arrasada ao saber que de fato tinha acontecido.

— Eu, hum, fiquei tão bom em fingir que estava feliz que parei de tomar meus remédios. Achei que não precisava mais deles e que ficaria bem. Mas... no fim das contas, não fiquei nada bem. Eu me lembro de um dia, na festa de um dos meus colegas de elenco. Foi um episódio idiota, na verdade. Todos os atores eram bem mais experientes do que eu e estavam lendo postagens maldosas sobre eles no Twitter, dando risada. Então, quando foi a minha vez de ler os comentários sobre mim, que precisei pesquisar, porra... — Ele respirou fundo e apertou a minha mão. — Aquilo foi difícil. Eu não só tinha que lidar com as críticas do meu pai, como a de desconhecidos do mundo inteiro agora também, que diziam que eu não era bom o suficiente. E aquilo acabou comigo. "Landon Pace é um ator amador que não conseguiria dizer uma frase convincente nem se a sua vida dependesse disso." "O mundo seria melhor sem Landon Pace, porque aquele filme foi uma porcaria." "Landon Pace é um merda. Ninguém sentiria falta." A lista era infinita, e eu não consegui lidar com aquilo, não sem meus remédios ou as pessoas que realmente se importavam comigo. Voltei para casa com pensamentos bem, bem ruins. Os piores possíveis. Quando dei por mim, havia acordado numa cama de hospital, depois de uma lavagem estomacal.

— Ai, meu Deus, Landon. — Minhas mãos subiram para o peito quando enfim soube da revelação que não estava pronta para escutar. — Você teve uma overdose?

Ele assentiu com a cabeça.

— Não foi de propósito, mas tive. Eu tinha ido para casa com a cabeça a mil, e tomei meus medicamentos para depressão para tentar desacelerar meus pensamentos. O fato de eu estar caindo de bêbado não ajudou muito.

— Eu nem imaginava... Sempre que eu te via na internet, você parecia tão feliz.

— As vantagens de ser ator — brincou ele. — Ninguém consegue perceber quando você está feliz de verdade ou só interpretando um papel. — Ele esfregou a nuca. — As gravações do meu filme com a Sarah já estavam quase no final, e o estúdio não queria que o escândalo da overdose vazasse. Então mudaram o foco da narrativa e fizeram parecer que eu e Sarah estávamos juntos. Depois daquelas fotos, me internei em uma clínica psiquiátrica, parecida com a que a Karla está, e voltei a tomar meus remédios. Também voltei às minhas sessões com a Dra. Smith. Foi a pior época da minha vida, e tive que lutar com unhas e dentes para me recuperar, mas consegui.

Uma onda de confusão inundou meu estômago.

— Por que você não voltou para mim? Por que me afastou da sua vida? Eu teria entendido. Você podia ter me explicado tudo.

Seus olhos me fitaram com um carinho que eu nunca tinha visto antes. Ele inclinou a cabeça e deu de ombros.

— Você merecia ser feliz. Quando voltei para explicar as coisas, vi que era tarde demais. Vi você com um cara, rindo, e a minha cabeça ainda estava bem ruim. Eu sabia que, se te encontrasse, não haveria risadas por um bom tempo. Haveria muito sofrimento, muito esforço da sua parte para tentar me manter de pé enquanto eu desmoronava, e eu não queria nada disso para você. Eu não queria mais ser um fardo.

Ele me viu com um cara?

Minha mente voltou para a época da faculdade, tentando identificar de que cara ele estava falando. O único em quem consegui pensar foi Jason, e nunca tivemos nada além de amizade, apesar de ele querer mais. Ele tinha passado lá em casa algumas vezes para tentar me convencer de aprofundarmos nossa relação, mas nunca tivemos nada além de amizade.

— Landon. — Eu cheguei mais perto dele, segurando suas mãos. Encostei minha testa na dele, sentindo sua respiração roçar em minha pele. — Eu teria preferido nossos dias difíceis a dias felizes com qualquer outra pessoa no mundo.

— Eu sei. Foi por isso que precisei me afastar. Você abriria mão da sua felicidade para entrar na minha escuridão, e eu não queria isso para a sua vida. Eu queria poder te proporcionar mais dias felizes do que tristes, então tive que ir embora. Eu tive que me entender primeiro e aprender a cuidar de mim mesmo, em vez de depender de você. Mas saiba que... apesar de eu ter tido muitos dias ruins, o pior dia da minha vida foi quando precisei te deixar.

Nossas mãos se entrelaçaram, e fechei os olhos, permitindo que suas palavras preenchessem meu coração e minha alma. Cheguei ainda mais perto, até sentar no seu colo, então as mãos dele me envolveram.

Nossos lábios roçaram um no outro, e meu coração começou a bater loucamente no peito.

— Se você me contar sua maior verdade, eu conto a minha — suspirei contra sua boca, enchendo-o de beijinhos.

— Nunca deixei de sentir saudade de você — confessou ele, suas mãos fazendo pequenos círculos na minha lombar. — Nunca parei de sonhar com você — sussurrou ele, conforme sua boca chegava em meu pescoço. — Nunca parei de querer você — jurou ele. — E nunca deixei de amar você.

— Eu também te amo, Landon — confessei, me sentindo tão verdadeira, exposta, protegida em seus braços. — Eu te amo mais do que sou capaz de explicar. Tentei sufocar esse sentimento. Tentei apagá-lo do meu coração, mas sabe o que aconteceu? Meu coração continua batendo por você. Ele sempre bateu por você e sempre baterá.

— Me dá outra chance de provar para você que sou capaz de cuidar do seu coração? — Sua voz soava tímida e baixa, e seus olhos estavam fixos nos meus

— Dou, mas, por favor... — Respirei fundo. — Vai devagar.

Mais tarde, naquela noite, Landon me levou para o quarto. Ele tirou minha roupa enquanto eu tirava a dele, e nós nos deitamos nus, expostos um para o outro. Nossas verdades transpareciam em cada toque que compartilhávamos. Quando ele me penetrou naquela noite, eu senti. Senti seu carinho, suas promessas e seu amor, e torci com todas as minhas forças para que ele sentisse os meus mais puros sentimentos também.

34

Shay

Em uma quinta-feira de manhã, Greyson me ligou e me pediu que fosse visitar Karla. Fiquei um pouco surpresa com o telefonema, porque eu tinha certeza de que Karla não iria querer nada comigo devido à minha conexão com Eleanor. Fui para a clínica na mesma hora.

Segui pelos corredores da clínica com os nervos à flor da pele. Quando cheguei ao quarto dela, sorri, pois a encontrei sentada à escrivaninha, com um caderno e uma caneta, escrevendo sem parar.

Eu não sabia o que ela estava escrevendo, mas fiquei feliz por vê-la colocando palavras no papel. A escrita sempre ajudava a curar almas torturadas.

— Olá — falei, fazendo Karla erguer o olhar do caderno.

Seus olhos se arregalaram de alegria, e ela veio mancando na minha direção.

— Oi.

Ela ficou parada na minha frente por um instante, esfregando um braço para cima e para baixo enquanto encarava o chão.

Sorri.

— Bom, você não vai me dar um abraço?

O ar escapou pelos seus lábios, como se ela estivesse esperando minha permissão para me cumprimentar. Ela me envolveu em seus braços e me apertou.

— Achei que você me odiasse — sussurrou ela.

— O quê? Por que odiaria você?

— Porque eu fiz meu pai terminar com a Eleanor. Mas não era isso que eu queria de verdade. Só estou... tentando entender as coisas. Não sei como meu pai consegue ficar feliz com outra pessoa depois de perder a minha mãe. Quer dizer, eu gosto muito da Eleanor. Ela é uma boa pessoa. É só que... me senti traída — confessou ela.

Pensei na minha própria mãe e em como eu tinha me sentido traída quando ela anunciou que estava noiva de David. Senti a culpa batendo na mesma hora, porque eu sabia que Eleanor e Greyson tinham uma conexão verdadeira. Talvez minha mãe e David também tivessem.

Eu só consegui enxergar isso quando olhei para a história de outra pessoa e vi semelhanças com a minha.

— Se tem uma coisa que eu sei sobre a vida é que o amor é complicado — expliquei, sentando-me à mesa do quarto de Karla. — Eu mesma ainda estou tentando entender como ele funciona, mas, se é amor verdadeiro, tudo vai dar certo. Prometo.

— Ando escrevendo bastante ultimamente — me contou ela. — Isso me ajuda a entender o que está se passando na minha cabeça. E acho que tudo está ficando mais claro. Penso em mim mesma como uma personagem de um dos meus livros. Sou a heroína com múltiplos arcos. Tenho defeitos, mas estou tentando enxergar como eles poderiam me tornar mais bonita.

Sorri.

— Acho isso maravilhoso, Karla.

— Será que você pode ler a minha história depois que eu terminar?

— Seria uma honra. Estou orgulhosa de você por se esforçar. Por se aprofundar e buscar respostas dentro de você.

Ela assentiu.

— O tio Landon está me ajudando bastante com isso. Ele diz que o objetivo é ser feliz, e é só isso que eu quero. Quero ser feliz de novo.

— E vai ser. Prometo. Mal posso esperar para te ver nas nuvens.

— Estou fazendo listas das coisas que me deixam feliz. Tipo músicas, filmes e tal. Acho que está ajudando.

— É uma ótima ideia. Acho que vou fazer a mesma coisa.

Talvez estivesse na hora de eu me analisar como personagem, avaliar meus próprios arcos, porque, não importa a idade de uma pessoa, sempre vai haver espaço para crescer.

Depois da minha conversa com Karla, fui direto para a casa da minha mãe. Quando ela abriu a porta, olhou para mim com o cenho franzido, obviamente ainda irritada com meu comportamento infantil.

— Desculpa, mãe — falei para ela, balançando a cabeça. — Eu tenho muito medo do amor. Não sei como ele funciona, como ele acontece, nem como impedir meu coração de ser partido. Reagi mal quando recebi a notícia do David, e sinto muito.

A testa franzida lentamente começou a ficar lisa.

— Eu meio que peguei vocês de surpresa — confessou ela. — Eu devia ter preparado você e a Mima antes.

— Isso não muda o fato de que reagi muito mal. Sei que meu pai fez você passar por maus bocados no passado, e nunca mais quero te ver magoada daquele jeito.

— Eu sei. Pode acreditar, passei tanto tempo com raiva que tive dificuldade para me aproximar das pessoas. Não confio em homens. Continuo não confiando neles como um todo, e preciso trabalhar isso em mim. Mas confio no David. Shay... se você visse como ele me trata, nunca duvidaria do amor dele. O amor do seu pai me aprisionava, mas o do David me liberta. Estou tão feliz — exclamou ela, levando uma das mãos ao peito.

Seus olhos ficaram marejados, mas, desta vez, era de alegria. Minha mãe estava... feliz.

Eu não conseguia me lembrar da última vez que a vira tão feliz. A alegria transbordava de sua alma, transparecia em seu olhar e era nítida em seus lábios.

— Você pode me contar mais sobre ele? — perguntei.

— É claro. Afinal de contas, preciso que a minha madrinha saiba de todos os detalhes.

— Vou ser sua madrinha?

— Ah, fala sério, Shay. — Ela balançou a cabeça, descrente. — Até parece que eu escolheria outra pessoa.

∽

Tudo à minha volta, finalmente, parecia estar entrando novamente nos eixos, e eu me sentia muito grata por isso. Eu e Karla retomaríamos nossas aulas de escrita. Perguntei a Eleanor se isso seria um problema, e ela me implorou que continuasse ajudando Karla. Ela se preocupava muito com as meninas, mesmo de longe. Eu tinha certeza de que ela logo encontraria o caminho de volta para o mundo de Greyson.

Algumas coisas simplesmente estão predestinadas a acontecer.

Tudo estava às mil maravilhas até eu aparecer no trabalho e dar de cara com uma atriz bem emburrada.

— O que diabo é isso?! — bradou Sarah quando cheguei.

Assim que entrei no trailer, percebi que os cristais dela deviam ter desalinhado, porque o clima ali estava bastante carregado.

— O quê? — perguntei, completamente confusa.

Com bobes no cabelo e a maquiagem pela metade, ela veio batendo os pés até mim, com um olhar desvairado.

— Isto — chiou ela, enfiando o celular na minha cara, então vi uma foto na qual eu e Landon estávamos quase nos beijando na frente do estúdio de ioga.

Eu já tinha visto algumas imagens desse dia, e só consegui pensar em uma coisa.

— Bom, pelo menos não estou jogando café em ninguém — brinquei.

Sarah não achou graça da minha piada.

— Eu falei que era para você se aproximar dele para descobrir informações que pudesse me passar, Shay. E aí dou de cara com isto! Como você teve coragem? Eu confiei em você.

— Sejamos justas, eu avisei que não me sentia confortável em fazer isso para você. Eu não queria me meter nisso.

— É, bom, parece que você se aproximou demais dele. Vou ter que te dispensar.

Espera, o quê?

— É sério mesmo? Por causa das fotos de um tabloide? A gente nem ia se beijar.

Sarah deu de ombros e me dispensou com um aceno de mão, como se eu não fosse nada.

— É, pois é, você devia ter pensado nisso antes de me trair.

— Eu não te traí — resmunguei. — Só não fiz exatamente o que você queria que eu fizesse. Além do mais, não sou um Cyrano de Bergerac da vida. Não vou te jogar nos braços de alguém de quem eu gosto.

— Então é verdade? — perguntou ela. — Você gosta dele?

É claro que eu gostava dele. Como poderia não gostar? Ele era meu Satanás, e eu era a *chick* dele

Eu sempre iria gostar dele, mesmo se nunca tivéssemos nosso final feliz. A última coisa que eu queria era jogá-lo no colo de uma pessoa meio maluca.

— Isso não faz diferença.

— É verdade, porque você não faz diferença. Você acha mesmo que tem chance com o Landon quando eu estou no páreo? No fim das contas, você não é ninguém. Você é tão substituível quanto um par de sapatos. Tudo bem que você apareceu e fez o Landon se lembrar do passado, mas você não é o futuro dele nem nunca será.

Estreitei os olhos, encarando aquela mulher parada ali, na minha frente, perplexa com seu comportamento.

— Ah, vai se foder, Monica — grunhi.

Sarah arqueou uma sobrancelha.

— Como assim? Quem é Monica?

— Você. Você é a Monica. Você é a garota da escola que acha que pode atormentar as pessoas até elas fazerem as suas vontades para que você se sinta poderosa. Mas quer saber de uma coisa? Você não me intimida. Quando eu era mais nova e achava que você e o Landon tinham alguma ligação, é claro que me intimidava. Eu me sentia inferior. Mas, agora que te conheço de verdade, estou cem por cento convencida de que não tem razão para que eu tenha medo nenhum. Então, fica à vontade. Me demite. Mas, no fim das contas, quem vai ganhar sou eu, porque eu me recuso a deixar que uma mulher que carrega pedras para cima e para baixo diga que eu não tenho valor. E só para você ficar sabendo, paguei nove pratas naquelas mesmas pedras na Amazon!

35

Landon

Pelo visto, minhas aulas semanais no estúdio de ioga de Maria teriam que ser suspensas. As câmeras agora sabiam onde me encontrar. No instante em que virei a esquina e vi a fila de pessoas parada na frente do prédio, entendi que a notícia da minha ida até lá na semana anterior havia se espalhado. Mas Maria tinha ganhado novos clientes, o que era excelente.

Eu só detestava ver que, mais uma vez, algo do qual eu gostava de verdade tinha sido arruinado por causa da fama. Eu não podia nem respirar em paz.

— Você é bom mesmo em atrair multidões — disse uma voz. Eu me virei e dei de cara com Shay parada ali. Ela estava sorrindo, mas rapidamente franziu a testa. — Tudo bem?

Dei de ombros.

— Eu só queria ter algo que fosse só meu por um tempinho. As aulas da Maria eram isso para mim.

Ela chegou mais perto, e vi o canto da sua boca se curvar de leve.

— Nem imagino como deve ser irritante ter gente te seguindo o tempo todo. O meu drama do café finalmente ficou para trás, mas aquilo foi um inferno. Não consigo nem pensar em como seria ser o foco dessa atenção toda o tempo todo.

— Tem dias em que isso é meio cansativo.

A verdade era que aquilo estava virando um incômodo cada vez maior desde que Shay havia voltado para a minha vida. Queria fazer tantas coisas com ela. Eu queria levá-la para jantar, poder sentar à mesa com calma e ter uma conversa amigável com ela. Queria poder entrar em uma cafeteria sem me preocupar com pessoas sacando uma câmera e filmando nossas interações.

— Você se arrepende de ter virado ator? — perguntou ela.

— Sei lá. Quer dizer, adoro o que eu faço... os filmes, digo. Só que, mais do que isso, adoro ter recursos para ajudar as pessoas. Por causa do que eu faço, por causa dessa carreira, consigo apoiar pessoas que não teriam condições de fazer certas coisas sozinhas, e, de certa forma, isso faz com que essa loucura toda valha a pena. Mesmo que seja um pouco desgastante de vez em quando.

Ela olhou para o estúdio lotado. As pessoas formavam uma fila do lado de fora, nitidamente sem as roupas apropriadas para fazer alongamentos relaxantes de ioga.

— Quer dar uma volta comigo? — sugeriu ela. — Para escapar um pouquinho desse mundo?

— Demais.

Ela sorriu para mim, e eu sorri para ela enquanto seguíamos na direção oposta à da multidão.

— Então... eu queria mesmo conversar com você hoje. Tentei fazer isso durante as gravações, mas sempre havia alguém por perto. Bom, acho melhor te alertar, de qualquer forma. É sobre a Sarah.

— Ah, é? O que tem ela?

— Bom. — Shay suspirou e inclinou a cabeça na minha direção. — Ela é meio que doida de pedra.

Soltei uma gargalhada.

— Esse é o completo oposto do que eu esperava que você fosse me falar.

— Desculpa, mas é verdade. Sei que sou fã dela há milênios, e sei que achei que ela foi perfeita como Lucy Knight, e sei que falei sem parar sobre ela ter interpretado uma psicopata de um jeito bem realista. E tudo faz sentido agora. Ela foi escalada propositalmente para aquele papel. Ela é uma psicopata.

— Bom, eu podia ter te contado isso.

Ela ergueu uma sobrancelha.

— Bom, ainda bem que você sabe. Ela surtou comigo hoje e me demitiu só porque viu as fotos que os paparazzi tiraram da gente na semana passada.

— Espera, o quê? Ela te demitiu?

— É. Não tem problema, de verdade. Vou achar outra coisa e, na pior das hipóteses, posso dar aulas no estúdio da Mima.

— Mas você adorava estar no set. Você merece estar no set.

— Vou encontrar meu caminho de volta. Talvez só demore mais alguns anos.

Aquilo era muita sacanagem. Sarah tinha passado dos limites demitindo Shay, e eu estava determinado a fazê-la entender seu erro.

— Sinto muito, Shay. De verdade.

— Está tudo bem. E fico feliz por você saber a verdade sobre ela. Não quero que você acabe ficando com uma garota assim.

— Com que tipo de garota eu deveria ficar? — perguntei.

Ela parou de andar e ergueu o olhar para mim. Meu coração estava acelerado, e minha cabeça girava quando a vi abrindo a boca para responder.

— Você devia ficar com uma garota como eu.

— E como exatamente eu ficaria com uma garota como você?

Ela chegou mais perto de mim e mordeu o lábio inferior.

— Acho que você teria que me beijar agora.

Foi o pedido mais fácil que já realizei.

∽

Minha.

Shay finalmente tinha dito que era minha, e seria impossível ser mais feliz. Nós tínhamos passado as últimas noites juntos, enroscados nos braços um do outro. Todo dia no trabalho, eu tentava evitar Sarah o máximo possível. Não havia mais porra nenhuma para dizer para aquela atriz fria, que dava um chilique quando não conseguia o que queria.

Certa tarde, ela apareceu no meu trailer, e quase pedi a Willow que a colocasse para fora, mas me contive. Nós precisávamos ser profissionais, já que tínhamos dedicado tanto tempo e energia ao filme.

— Oi, Landon. Eu queria ver se está tudo bem entre a gente. Sei que o clima anda meio tenso entre nós depois que demiti a Shay. Bom, eu precisei fazer isso, mas achei que pudéssemos conversar.

— Não — falei, sem rodeios.

— O quê?

— Eu disse que não. O que você fez com ela foi errado, e eu não vou te perdoar. A Shay é a pessoa mais importante da minha vida e eu me recuso a deixar alguém como você se meter entre nós. Então estou recusando a oferta, Sarah. Não quero conversar sobre nada. Você mostrou quem é de verdade, e vamos deixar por isso mesmo.

— Eu não sou assim de verdade — disse ela, balançando a cabeça. — Deve ter tido alguma falha de comunicação entre mim e a Shay. Se ela quiser o emprego de volta, tudo bem. Eu não queria causar nenhum problema para ela — retratou-se Sarah, e tive que me controlar para não revirar os olhos na frente dela. Ela olhou para a mesa, onde havia um roteiro, e seus olhos percorreram a página. — Isso é da Shay? — perguntou ela, pegando o roteiro. — Eu não sabia que ela escrevia.

— Porque você nunca se deu ao trabalho de perguntar.

Ela começou a folhear as páginas, e me levantei depressa para tirá-las de suas mãos.

— Isso não é da sua conta.

— Fala sério, Landon. Se ela quer começar uma carreira de verdade, posso ajudar. Como um favor para você. O meu pai é o maior roteirista do mundo. Tenho certeza de que a Shay pode trabalhar com ele numa mentoria.

Isso parecia bom demais para ser verdade, e eu sabia que era melhor recusar a oferta de Sarah. Eu sabia que ela não era uma pessoa confiável.

— Ela vai conseguir sozinha, sem a sua ajuda — falei para Sarah.

Tudo bem que eu tinha pegado o roteiro na casa de Shay depois de descobrir que ela havia perdido o emprego, para tentar fazê-lo chegar às mãos das pessoas certas. Conforme o dia foi passando, me dei conta de que aquilo seria um erro. Ela havia me pedido inúmeras vezes que não compartilhasse seu trabalho com ninguém, e era isso que eu pretendia fazer. Respeitar sua vontade. Eu só queria encontrar uma forma de ajudá-la, mas sabia que aquilo era algo que ela precisava fazer por conta própria. Aquele era o sonho dela — eu era apenas o sortudo que teria o privilégio de vê-lo se realizando.

— Você está cometendo um erro — alertou-me Sarah. — Nós dois poderíamos ser o próximo grande casal da indústria cinematográfica se você me desse uma chance de verdade.

— Não existe nada de grande em duas pessoas que não deveriam ficar juntas.

— Como você sabe que a gente não deveria ficar junto?

Porque meu coração pertence a outra pessoa.

Sempre pertenceu e sempre pertencerá.

— Estou apaixonado por ela, Sarah. Não há como mudar isso.

Ela bufou, e sua personalidade real voltou a dar as caras.

— Como você pode amar alguém como ela? — sibilou Sarah, com o nojo estampado no rosto.

— A pergunta que realmente deve ser feita é como alguém como ela pode amar um homem como eu. De toda forma, acho que está na hora de você sair do meu trailer.

— Você é muito abusado — reclamou ela.

— Sou, sim. Agora, sai daqui antes que eu peça para te tirarem à força.

— Nunca fui tão desrespeitada na vida! — choramingou ela como uma menina de cinco anos que não tinha ganhado um pirulito.

— Bom, pois é. — Dei de ombros e fui até a porta, então a abri. — Existe uma primeira vez para tudo.

36

Shay

Eu estava sentada na poltrona reclinável de Raine com o bebê Jameson nos meus braços, encarando a televisão. As coisas estavam começando a melhorar para mim. Eu tinha me candidatado a uma vaga de professora adjunta de elaboração de roteiros em uma faculdade, e me chamaram para uma segunda entrevista. Se não fosse por Karla, eu jamais teria cogitado em ser professora, mas até que eu gostava de ensinar escrita para as pessoas. Claro que não era nada como Hollywood, mas parecia uma oportunidade ótima.

Eu queria comemorar a novidade com Landon, mas ele estava em Nova York promovendo seu novo filme com Sarah, o diabo em pessoa. Raine e Hank tinham me convidado para coquetéis matinais — e provavelmente para eu ficar segurando Jameson enquanto os dois tiravam uma folga.

Por mim, não havia problema nenhum — Jameson era um anjinho.

A televisão estava ligada no programa *Good Morning America*, e todos nós estávamos acomodados diante da tela, animados para a entrevista de Landon.

Quando ele apareceu, meu coração começou a bater mais rápido. Era triste saber que eu tinha perdido tantas de suas aparições ao longo dos anos. Agora, nem passava pela minha cabeça deixar de assistir a uma entrevista sequer dele.

Ele estava tão bonito sentado no palco, com nosso colar com pingente de coração no pescoço. Eu finalmente tinha voltado a usar o meu também. Parecia que estava na hora de tirar a poeira dele.

— Sim, as gravações foram muito emocionantes — declarou Landon. — Trabalhar com a Sarah foi um sonho — exclamou ele, e eu ri.

Ele tinha me explicado sobre as mentiras ridículas que a produtora o forçava a contar para as câmeras.

Dava para ver que ele entrava em sua persona de ator quando estava sob os holofotes. Sua postura ficava mais empertigada; seu sorriso, mais largo; e aqueles olhos? Ainda eram os que eu conhecia, e eu conseguia enxergar o Landon de verdade neles sempre que os observava.

— Pois é — concordou Sarah, tocando o joelho dele.

— Que ridícula! — exclamou Raine.

Eu concordava com minha amiga em gênero, número e grau.

Landon deu um tapinha brincalhão na mão dela e a removeu da sua perna, seguindo com a conversa como se Sarah não fizesse diferença.

Aquele era o meu garoto.

— Então parece que vocês dois gostam de trabalhar juntos — comentou o entrevistador. — Esse é o segundo filme que fazem, né?

— Sim... — começou a responder Landon, mas Sarah o interrompeu.

— Foi incrível demais, e eu estou muito empolgada para anunciar que vamos fazer outro filme juntos este ano, chamado *Easton*. É uma história linda, escrita por Shay Gable, sobre dois amantes que passam por enormes dificuldades — revelou Sarah, e eu fiquei boquiaberta.

Ela continuou falando do roteiro, revelando a história inteira, sem o menor pudor. A história inteira do *meu* roteiro.

Como assim? Como ela conhecia a minha história? Ela havia contado tudo com um sorriso na cara em rede nacional, e vi o choque no olhar de Landon.

— O que foi isso? O Landon parece prestes a ter um ataque de pânico. A cara de paisagem dele normalmente é melhor — observou Raine. Ela se virou para mim e arqueou uma sobrancelha depois de ver a expressão no meu rosto. — Sério. O que está acontecendo?

— Essa história é minha — falei com a voz engasgada.

— Espera, o quê? Esse é o enredo todo? — perguntou Hank, incrédulo.

— É. Estou trabalhando nele há um tempão. É a história que o meu agente está tentando vender. É a melhor que já escrevi. E a escrota da Sarah Sims acabou de contar tudo para todo mundo.

— Puta que pariu — arfou Raine. — Que escrota!

Eu não conseguia respirar. Entreguei Jameson para a mãe dele, porque eu não conseguia respirar.

O único jeito de Sarah saber sobre meu roteiro seria se Landon tivesse contado para ela, e eu não conseguia entender por que ele faria uma coisa dessas. Por que ele estragaria algo tão importante para mim? Aquele roteiro era meu bebê, minha estrela, e ele o tinha entregado para outra mulher. A mulher que havia me demitido.

Saí da casa de Raine e fui correndo para a minha. Revirei o lugar, procurando minhas palavras escritas. Buscando pelo roteiro que deveria estar numa pilha junto com os outros. Mas ele tinha sumido.

Landon o levara sem a minha permissão, e cada partezinha do meu coração que começava a se abrir de novo para ele e seu amor se fechou imediatamente.

~

— Eu posso explicar — disse Landon, parado na porta do meu apartamento no dia seguinte.

Eu nem sabia por que tinha aberto a porta para ele. Imaginei que ele viria falar comigo depois da entrevista, mas não conseguia nem prever que tipo de desculpa tentaria me dar.

Meus olhos estavam inchados de tanto chorar deitada na cama na noite anterior. Eu sabia que não tinha como perdoá-lo por ter feito aquilo, por ter traído a mim e às minhas palavras. Mesmo assim, eu queria escutar o que ele tinha para me dizer.

— Fica à vontade. Tenta.

Ele enfiou as mãos nos bolsos e curvou os ombros para a frente.

— A Sarah deve ter roubado o roteiro no meu trailer enquanto eu gravava alguma cena. É a única possibilidade. Isso deve ter sido uma vingança dela depois que a expulsei do meu trailer. Só pode ser isso. Aí ela pegou algo de mim para machucar você.

— Eu já sabia disso — falei.

Ele ergueu o olhar para mim, cheio de esperança.

— Sabia?

— Sabia. Depois que fui trabalhar com a Sarah, descobri o tipo de pessoa que ela é. Não estou nem um pouco surpresa com isso. Mas estou surpresa com o fato de que você estava com o meu roteiro.

Ele abriu a boca para falar, mas nenhuma palavra saiu.

— É isso mesmo. Você me traiu.

— Não, Shay. Não é o que você está pensando. Eu queria tentar ajudar. Você foi demitida e...

— Você não acreditou que eu ia conseguir sozinha. Entendi.

— Não foi nada disso. É claro que eu acreditava que você ia conseguir. Foi por isso que mudei de ideia e resolvi não mostrar o seu trabalho para ninguém. Peguei o roteiro sem pensar direito. Isso foi um erro imenso.

— Você pegou uma coisa minha sem permissão. Não posso mais confiar em você, Landon. Já lidei com mentirosos demais na minha vida. Não vou passar por isso de novo com você.

— Shay... por favor...

— É melhor você ir embora — falei, abrindo a porta.

Comecei a fechá-la, deixando Landon de fora da minha vida, porque eu não sabia mais o que fazer. A culpa era minha, na verdade. Eu tinha deixado uma pessoa que havia me magoado voltar para a minha vida. Era difícil entender o que eu esperava que fosse diferente.

Errar uma vez é humano, insistir no erro é burrice.

— Por favor, Shay. A gente pode resolver isso. Sei que existe um jeito de nos entendermos. Nós já passamos por tanta coisa juntos. Não vamos deixar esse ser o fim — implorou ele, seus olhos cheios de emoção.

— Pois é, Landon. Nós já passamos por tanta coisa juntos, e eu estou cansada. Não quero mais passar por essa lenga-lenga de ficar decepcionada e magoada de tempos em tempos. Não quero mais isso para mim.

— Mas eu te amo — sussurrou ele, sua voz carregada de sofrimento. — Eu te amo mais que tudo, Shay. E nós estamos tão perto. Estamos tão perto do nosso final feliz.

— Talvez finais felizes sejam apenas um sonho. Algo que nunca se encaixaria na nossa realidade.

— Você não está falando sério. Eu te conheço, e você me conhece. Você sabe que nós devíamos ficar juntos. Porra, a gente lutou muitas batalhas, Shay. Não deixa isso acabar com a gente. Não se fecha para mim.

Eu precisava me fechar para ele. Era o único jeito de encerrar a história dolorosa que vivíamos fazia tempo demais. Ela havia começado quando éramos adolescentes e tinha se prolongado demais. Agora, estava na hora de encerrar nosso romance. Hora de escrever as palavras finais.

— Sinto muito, Landon. Chega. Acabou.

Fechei a porta e fiquei ouvindo Landon bater do outro lado, mas eu não a abriria de novo. Eu não o deixaria entrar, por mais que meu coração ansiasse pelo seu amor.

~

— Você tem medo de amar — explicou Mima no jantar de domingo, depois de escutar sobre meu término com Landon.

Ela estava muito convencida do que dizia, como se não enxergasse as falhas em suas palavras.

Balancei a cabeça, chocada com o comentário da minha avó. Ela não tinha entendido que Landon havia me traído? Que ele tinha pegado meu trabalho sem permissão e deixado que caísse nas mãos erradas?

O que isso tinha a ver com eu ter medo de amar?

— Uma coisa não tem nada a ver com a outra — falei. — O meu amor por Landon não tem nada a ver com o motivo do término. Ele me traiu.

Do mesmo jeito que todos os homens na minha vida. É isso que homens fazem — decepcionam mulheres.

— Não. Ele cometeu um erro, e você está usando isso como um motivo para fugir. A verdade é que você usaria qualquer deslize dele como uma desculpa para sair correndo, porque tem medo de amar.

— Eu não tenho medo de amar — falei entre os dentes.

Meu estômago se revirou diante dessas palavras, que pairavam em minha mente.

— Querida, ela tem razão — concordou minha mãe, se esticando para segurar minha mão. — Vejo muito de mim em você, e me culpo por isso. Você não confia nos homens. Acha que, não importa o que aconteça, eles vão te decepcionar. E sei que fui eu quem ficou martelando essa tecla na sua cabeça. Ajudei a criar esse medo em você, e sinto muito por isso, porque isso não é verdade. Nem todos os homens são maus.

— Mas todos nos decepcionam — sussurrei, deixando aquela verdade profunda escapar da minha boca.

— Isso não é verdade — disse Mima. — Os homens fazem besteira de vez em quando? É claro, mas as mulheres também. Nós somos humanos, perfeitamente imperfeitos. Cometemos erros. Viramos para a direita quando devíamos ir para a esquerda. Criamos hábitos ruins. Às vezes, machucamos as pessoas que mais amamos. Nós tentamos e fracassamos, mas também aprendemos com nossos erros e procuramos fazer a coisa certa dali para a frente. Eu conheço o Landon e conheço você. Sei o quanto vocês se amam. E o amor de vocês é maior do que o mundo inteiro. Não fuja dele por medo, *mi amor*. Não deixe o medo te guiar para sempre. Se fizer isso, vai acabar vivendo uma história que não deveria ser sua. Não jogue fora seu destino antes de alcançar seu final feliz.

— Talvez eu não tenha um final feliz — falei, baixando a cabeça.
— Talvez a minha mãe seja a mulher destinada a quebrar a maldição da família, não eu.
— Não. Nós duas estamos destinadas a isso — disse minha mãe, ainda segurando minha mão. — Nós vamos ter um final feliz. Só porque você está empacada no meio da sua história com o Landon não significa que o restante das páginas está fadado ao fracasso. O final vai valer a pena, Shay. Nenhum final feliz surge de uma história perfeita. Você tem que insistir. Não desiste dele ainda.

Ouvi o que elas tinham para me dizer, escutei seus conselhos, porém o medo ainda era tão grande que foi impossível ignorá-lo.

Elas tinham razão. Eu tinha medo de amar. Eu tinha pavor de viver me magoando, e não sabia como vencer meu maior temor.

37

Landon

— Sinceramente, estou preocupada com você — disse Karla, sentada na minha frente em nosso jantar.

Ela sustentava um olhar muito sério de preocupação enquanto cortava seu filé.

Meses tinham se passado desde que Shay se afastara de mim. O coração dela estava duro como pedra de novo, e eu duvidava que ela permitiria que eu tentasse fazê-lo voltar a bater de novo.

— Eu estou bem, pequena — falei, me esforçando para esconder a tristeza em meu sorriso.

A verdade era que meu coração estava em mil pedacinhos. Todo dia era difícil, mas eu continuava seguindo em frente sempre que possível. Eu vivia no automático, vivendo um dia de cada vez, tentando não desabar e entrar em parafuso para não chegar a um estado do qual eu não conseguiria me recuperar.

— Você não está bem — discordou Karla. — Você está arrasado, e não aguento mais te ver assim. E foi por isso que trouxe reforços.

Arqueei uma sobrancelha.

— O quê? Do que você está falando?

Ela pegou o celular e fez uma ligação.

— Oi, aham. Estamos prontos. Podem entrar. — Quando desligou, Karla abriu um sorriso bobo para mim. — Não se preocupa, tio Landon. Vai ser melhor assim.

Antes que ela tivesse a chance de se explicar, a porta do restaurante abriu, e um grupo de pessoas entrou.

Greyson, Eleanor, Camila, Maria, Raine e Hank se juntaram ao redor da mesa. Cada um puxou uma cadeira e se sentou.

— O que é que está acontecendo? — perguntei, sem entender absolutamente nada.

— Estamos fazendo uma intervenção do amor — anunciou Camila, entrelaçando as mãos. — Porque achamos que está na hora de você mexer essa bunda e fazer alguma coisa para reconquistar a minha filha.

— O quê? Não. Ela não vai me perdoar de novo. Não depois do que eu fiz.

— Você quer dizer tentar colocar o roteiro dela nas mãos certas porque queria que ela conseguisse realizar seus sonhos? Esse erro? — perguntou Maria.

— Bom, sim. Esse mesmo. Juntando isso com todas as outras coisas do passado, acho que fica difícil para mim.

— Mas que monte de merda — disse Greyson.

— É, mas que monte de merda! — repetiu Karla.

— Olha a boca, Karla — repreendeu-a Greyson.

— Desculpa, pai — disse ela.

— De qualquer forma, eles têm razão. As suas desculpas são esfarrapadas, exatamente como as dela. Vocês dois simplesmente estão com medo de conseguir o final feliz que se esforçaram tanto para conquistar — explicou Maria. — E, para falar a verdade, todos nós estamos de saco cheio de ficar esperando vocês tomarem uma atitude para resolver isso. Então, agora, estamos nos metendo.

— Como? Não sei como consertar isso. Não consigo encontrar as palavras certas para resolver essa situação.

— Isso é verdade. Você não vai encontrar palavras novas para oferecer a Shay. Elas podem parecer vazias demais. Mas você pode oferecer suas antigas palavras — sugeriu Raine. — Você nunca parou de escrever para ela naqueles cadernos, Landon. Você tem anos dos seus sentimentos escritos para ela ler. Agora é o momento de usá-las. Entregue aquilo tudo para ela. A Shay precisa ler aquelas palavras mais do que tudo.

Eu ainda não tinha certeza do que fazer.

— Pelo amor de tudo que é mais sagrado, você pode parar de pensar demais em tudo por cinco minutos e só se arriscar? — bradou Camila, jogando as mãos para o alto. — Sei que eu não era muito sua fã quando vocês eram mais novos, Landon, e errei ao colocar tanta coisa nas suas costas. Eu subestimei o amor que você dizia sentir pela minha filha por causa das minhas mágoas e acho que acabei endurecendo o coração dela por isso. Ela tem medo de amar, Landon. Ela não sabe como se abrir de novo depois de ter se magoado tantas vezes, mas, se existe uma pessoa capaz de derrubar as barreiras delas, é você. O seu amor e as suas palavras podem curar o coração partido da minha filha. Talvez leve um tempo, mas eu sei que você está disposto a se esforçar. Então faça isso.

Suspirei, sentindo uma pequena onda de esperança crescer dentro de mim ao olhar para todas aquelas pessoas ali, insistindo na ideia de que nosso romance finalmente ganhasse um final feliz.

— Sabe o que a Shay me disse uma vez? — perguntou Karla. — Ela me falou que, se algum dia você precisar escolher entre sentir medo ou ter coragem, é melhor ter coragem. Eu acho que essa é a sua chance, tio Landon. Essa é a sua chance de ser corajoso. É o que a Shay gostaria que você fizesse.

Seja corajoso.

— Sim — concordou Maria. — *Sé valiente. Sé fuerte. Sé amable, y quédate.*

Olhei para ela com a sobrancelha erguida.

— Você vai ter que me explicar essa frase como se eu fosse muito burro, Maria.

Camila riu e segurou minha mão.

— Seja corajoso. Seja forte. Seja gentil. E fique. Agora está na hora de lutar pelo seu amor, Landon. Então, vamos lá. Seja corajoso.

— Tá bom — fiz que sim com a cabeça. — Então, por onde começamos?

Raine abriu um sorriso largo e juntou as mãos.

— Beleza. Então o plano começa com você sendo, tipo, meio babaca com a Shay no Natal. Como nos velhos tempos. Antes de vocês dois fazerem aquela aposta boba.

Bom, então tá.

Eu não esperava por essa.

— A gente precisa que você a pegue desprevenida. Que a provoque de um jeito inesperado — explicou Raine. — A Shay está lutando contra si mesma para não deixar você se reaproximar, e, se você aparecer na frente dela falando palavras bonitas, ela vai te dar um fora sem pestanejar. Então você precisa ser irritante. Se você for babaca, ela vai ficar tão confusa que vai ter que reagir. Se ela estiver com o sangue fervendo de raiva, vai ter que interagir com você. Duvido muito que Shay não tente se defender caso você se comporte como um idiota com ela, e é aí que vem a segunda parte do plano.

— Ela tem razão — concordou Camila. — Trata ela mal.

Arqueei uma sobrancelha.

— Calma aí. Então você quer que eu trate a sua filha mal?

— Não só quero, como *preciso* que você faça isso. Fica à vontade, Landon. Usa seu talento de ator. Seja um merdinha com a minha filha.

— Posso falar merdinha também, pai? — perguntou Karla para Greyson.

— Não, você não pode falar merdinha nenhuma — respondeu Greyson.

Sorri e juntei as mãos.

— Beleza, então qual é a segunda parte do plano?

— Ahh. — Raine suspirou, batendo palmas. — Você vai adorar, tenho certeza.

38

Shay

Eu tinha passado os últimos meses focada no trabalho como professora. A cada dia, eu me esforçava o máximo possível para não pensar em Landon. Queria não sentir tanto a falta dele, mas não conseguia tirá-lo da minha cabeça.

Todos os dias ele invadia minha mente sem ser convidado e eu, como a tola que era, me demorava nesses pensamentos.

Eu sentia tanta falta dele que ainda chorava de vez em quando por não o ter ao meu lado.

Eu achava que conseguiria deixar de lado meus sentimentos por ele como tinha feito quando era mais nova, só que, agora, isso parecia mais difícil.

Abrir mão dele estava sendo uma verdadeira luta. Talvez porque me apaixonar por ele na idade adulta tivesse sido diferente. Mais fácil, de certa forma. Bom, isso até o momento em que me deparei com um problema e me afastei dele.

Eu achava que estava indo bem até começar a receber umas mensagens muito esquisitas de Landon antes das festas de fim de ano.

Landon: Estou sonhando com você sentada na minha cara. Está pensando em mim também?

O quê?
Que raios era aquilo?

Será que ele tinha mandado mensagem para a garota errada?
Aquilo fez meu estômago se revirar.
Ignorei a mensagem.
No dia seguinte, chegaram outras

> **Landon:** Quer foder?

> **Landon:** Tenho sonhado em me enterrar nas suas coxas.

Mais alguns dias se passaram.

> **Landon:** Shay, se não dá para a gente se amar, posso ser seu pau-colega de novo. Sem nenhum tipo de laço — a menos que você queira que eu te amarre.

Estava na cara que Landon havia enlouquecido.

Eu me esforcei para ignorar as mensagens, mas, sempre que elas chegavam, a vontade que me dava era jogar meu celular na parede.

Na manhã de Natal, tentei permanecer otimista. Eu sabia que existia uma chance de encontrar Landon, e com certeza não estava animada com a ideia, não depois daquelas mensagens doidas.

Eu me esforcei para me levantar naquela manhã e fui para o brunch na casa de Eleanor e Greyson.

Era muito estranho dizer isso — Eleanor e Greyson, como se eles fossem uma unidade. Eleanor tinha ido morar com ele e as duas filhas havia pouco tempo.

Alguns meses antes, Greyson e Eleanor finalmente oficializaram seu romance, e eu tinha sido convidada para passar a manhã de Natal na sua casa. Cheguei mais cedo para ajudar Eleanor a preparar a comida e organizar as coisas para o brunch.

Tudo estava indo bem até eu ouvir a porta da frente abrindo e a filha caçula de Greyson, Lorelai, que tinha uns sete anos, gritar de alegria.

— Tio Landon!

Olhei por cima do ombro, para a sala, onde Landon havia acabado de entrar, cheio de presentes. Cada centímetro do meu corpo ficou paralisado quando o vi ali, a apenas um cômodo de distância de mim.

Parte de mim queria me jogar nele para que pudéssemos ficar juntos. Eu queria envolvê-lo no meu abraço e fingir que nós nunca tínhamos terminado.

Em vez disso, fiquei imóvel.

— Feliz Natal!

Ele equilibrou os presentes em uma das mãos e abraçou Lorelai com a outra. Ela era uma menininha fofa, animada e cheia de vida. Se você quisesse ouvir as histórias mais épicas do mundo, Lorelai as contaria — ela nunca deixava passar nenhum detalhe. Juro que uma história sobre uma ida rápida ao mercado poderia durar uma hora. E, com Lorelai contando, era provável que houvesse alienígenas e unicórnios dançando pelos corredores, rodeados por pastas de amendoim e geleias. Greyson tinha uma casa cheia de mentes criativas.

Lavei um prato enquanto analisava a interação de Landon com suas sobrinhas do coração.

Lorelai rapidamente começou a vasculhar os bolsos dele, procurando insistentemente por alguma coisa.

Landon riu, e o som me causou um calafrio. Ele estava tão bonito, e também parecia saudável. E nada arrasado, diferentemente de mim. Talvez não estivesse mesmo. Talvez meus sentimentos por ele fossem mais fortes do que os dele por mim. Eu preferia ser mesquinha e odiar sua felicidade, mas na verdade tudo o que eu queria era que aquele homem encontrasse seu final feliz.

— Tá bom, tá bom, tá bom, deixa só eu guardar isto aqui — insistiu ele, indo até a árvore de Natal para deixar sua pilha de presentes.

Então ele se empertigou, enfiou a mão no bolso e pegou uma bala para entregar à sobrinha.

Uma bala de banana.

Tentei ignorar o frio tempestuoso que atacou minha barriga enquanto eu observava os dois.

Ele carregava balas no bolso. Ele carregava as minhas balas — balas de banana. Ainda eram as minhas favoritas. As memórias me atingiram em cheio, e pensei na nossa época de escola, quando ele encheu meu armário só com balas de banana e peônias. A lembrança me deixou com o coração quentinho. Era uma das minhas memórias favoritas de nós dois. Eu considerava aquela a primeira parte da história de Landon e Shay. Na época, eu nem imaginava onde nós iríamos parar. Nem sonhava que as coisas aconteceriam do jeito que aconteceram.

— Se você continuar encarando ele desse jeito, vai acabar cega — disse alguém atrás de mim, quase me fazendo derrubar o prato tamanho o susto.

— O quê? Eu não estava encarando ninguém — menti ao me virar para Eleanor. — Eu queria ver quem tinha chegado, só isso.

Ela abriu um sorriso malicioso, mas não insistiu no assunto.

Baixei o prato e voltei para o restante da louça à minha frente, tentando ignorar o frio na barriga que senti ao ver Landon distribuindo balas.

Assim que terminei de lavar a louça, atravessei a casa para ir ao banheiro. No caminho, passei pelo quarto de Karla.

Reparei que Landon estava parado lá dentro, dando um abraço apertado nela. Ele sussurrava ao seu ouvido e, fosse lá o que estivesse falando, era exatamente o que Karla precisava ouvir. Lágrimas escorriam por suas bochechas, mas um sorriso tomava conta de seus lábios conforme ela concordava com a cabeça.

— Tá bom — sussurrou ela. — Eu sei, tio Landon.

Quando ele terminou de falar com ela, se afastou e abriu o sorriso mais verdadeiro e carinhoso do universo. Eu queria não ter visto aquilo — o jeito como ele reconfortava tanto uma menina confusa. Agora eu queria ser reconfortada pelo seu abraço também, por estar com o coração em cacos.

Landon secou as lágrimas que escorriam dos olhos dela.

— Eu te amo, Karla, e estou feliz demais por você estar aqui.

Eu não sabia se isso significava aqui no Natal, ou aqui, viva, mas, de toda forma, meu coração? *Foi feito de gato e sapato.*

— Eu também te amo, tio Landon, e estou feliz demais por você estar aqui.

Sempre que as meninas o chamavam de tio Landon, parecia que meu coração ia explodir de fofura. Ele amava aquelas meninas, e elas sorriam sempre que o viam.

Aquilo era o suficiente para aquecer as partes mais congeladas do meu coração.

Os olhos de Landon foram até a porta, me pegando no flagra enquanto eu escutava seu momento de ternura com Karla.

Inicialmente, ele pareceu surpreso, mas então seus lábios se curvaram no sorriso mais sexy do mundo, e ele fez um gesto rápido com a cabeça e articulou com a boca, sem som:

— Oi, *chick*.

Saí em disparada para o banheiro, sentindo vergonha por bisbilhotar um momento íntimo.

No instante em que entrei no banheiro, fechei a porta, corri até a pia e joguei água no rosto. Meu corpo inteiro parecia estranho, e eu não sabia lidar com a onda de emoções que me assolava. Landon parecia tão bem, saudável e feliz. Eu não conseguia parar de pensar em ir até ele e abraçá-lo. Qual era o meu problema?

Talvez fosse só a melancolia ocasionada pelas festas de fim de ano.

Era mais provável que fosse a melancolia do meu coração partido.

Dei leves batidinhas em minhas bochechas e comecei a me dar uma lição de moral.

— Certo, se controla, Shay. É só o Landon. Não precisa se desesperar. Você é uma mulher forte, independente, que consegue ficar no mesmo espaço que seu ex. Vocês dois são adultos e estão seguindo com a própria vida há alguns meses. Você consegue ser educada e legal sem pensar em nada romântico. Você. Consegue — falei.

— Isso aí — comentou uma voz do outro lado da porta. — Você. Consegue.

Escancarei a porta e encontrei Landon parado ali, com um sorriso malicioso no rosto.

— O que você está fazendo?! — perguntei. — É falta de educação ficar bisbilhotando os outros.

Ele ergueu uma sobrancelha.

— Você está mesmo me dando uma bronca por ficar bisbilhotando como se não tivesse feito a mesma coisa comigo e com a Karla segundos atrás? Ou como se não estivesse me comendo com os olhos quando eu cheguei e parei para falar com a Lorelai?

Ele tinha percebido que eu o estava olhando?

Que humilhante.

E, espera, o quê? Ele tinha dito que eu o estava comendo com os olhos?

— Eu não estava te comendo com os olhos — sussurrei em um tom irritado, sentindo minhas bochechas esquentarem de vergonha.

— Acredita em mim, *chick*, eu sei quando estão me comendo com os olhos. Mas não precisa ficar sem graça. — Ele deu um passo para a frente, diminuindo a distância entre nós, fazendo com que uma onda de eletricidade atravessasse meu corpo. — Eu estava te comendo com os olhos também.

Ele estava sendo um grande de um arrogante, como se a gente não tivesse terminado meses antes. Como se não tivéssemos nos amado. Ele estava se comportando feito um... babaca arrogante.

— Será que a gente pode parar de falar sobre comer as pessoas com os olhos? E é melhor você parar de me chamar de *chick*. A gente já tem mais de trinta anos, Landon. Isso é meio infantil.

— Você prefere que eu te chame de boneca ou docinho?

— Acho que você tentou os dois na época da escola. Nenhum deu certo.

— Então como vou te chamar então?

— Que tal Shay?

— Beleza, *chick*. Vou ver o que posso fazer por você.

Mas como assim?

Ele abriu um sorriso malicioso, como se soubesse de algo que eu ainda iria descobrir.

— Você pode me chamar de Shannon, se quiser manter um clima profissional — sugeri, tentando ignorar o nó na minha garganta.

Ele se aproximou de mim um pouco mais. Observei seus olhos percorrendo meu corpo, indo de cima a baixo, percorrendo cada centímetro, passando pelos meus lábios, onde permaneceram pelo que pareceram horas, mesmo que tivessem sido apenas segundos.

— E de onde você tirou essa ideia de que eu quero manter um clima profissional com você, Shay Gable?

Ai, meu Deus, ele estava me comendo com os olhos. Senti o calor no meu estômago começar a subir e um leve tremor nas pernas enquanto Landon me comia com os olhos bem ali, no corredor de Greyson, embaixo de um ramo de visco.

Dei um passo para trás, tentando interromper aquele momento inadequado, porém delicioso, entre nós. Imaginei que ele conseguia entender o que havia causado em mim, pela vermelhidão das minhas bochechas.

Seu sorriso se alargou, satisfeito por ter me deixado abalada.

Ele deu um passo para trás, e eu dei mais dois.

— Feliz Natal, Shay — sussurrou ele, enfiando a mão no bolso e pegando uma bala de banana.

Eu bufei e soprei meu nervosismo ao pegar a bala de sua mão.

— Tá bom, Landon. Feliz Natal.

Voltei apressadamente para a cozinha, para ajudar Eleanor com a comida. Ela ergueu uma sobrancelha para mim.

— Tudo bem?

— Tudo. Está tudo ótimo — resmunguei, pensando que Landon estava se comportando de um jeito muito esquisito. — Quer saber, não está nada ótimo. Sabe o que eu mais odeio no mundo?

— O quê?

— O Landon Harrison — respondi, e ela riu como se não acreditasse em mim, porque era claro que aquilo era ridículo, mas eu não conseguia me livrar daquele incômodo no peito, então continuei falando: — Quer dizer, dá para acreditar nisso? Quando ele me viu, teve a cara de pau de falar "feliz Natal" para mim. Dá para acreditar nesse babaca? — reclamei.

Chamá-lo de "babaca" meio que queria dizer que eu o amava.

Ela riu.

— Que grosseria.

— Exatamente! É como se ele estivesse tentando fazer algum joguinho psicológico maluco comigo.

— Ou talvez ele só estivesse te desejando um feliz Natal mesmo.

Bufei. Talvez eu estivesse exagerando mesmo.

Pelo menos era isso que eu estava pensando até ouvir a voz dele ali na cozinha.

— Precisam de ajuda, meninas? — perguntou ele.

— Você cozinha? — perguntei.

— Cozinho, de vez em quando.

— Por que estou achando difícil de acreditar nisso?

— Não sei, mas, se você me der uns minutinhos, tenho certeza de que posso colocar uma bela linguiça na sua vida.

Ele piscou para mim.

Ele.

Piscou.

Meu estômago se revirou com aquelas palavras. Aquilo não era do feitio dele, e eu não entendia o que estava acontecendo. Ele estava me lembrando do antigo Landon que eu tanto odiava.

— Você é nojento — esbravejei, confusa demais com a pessoa que falava comigo.

Aquele não era o homem que eu amava. Nem de perto.

— Provavelmente vai ser a melhor carne que você terá provado em um bom tempo. E, se não me falha a memória, e tenho certeza de que ela não falha, você já me contou que gosta bastante da minha linguiça.

— Cala a boca, Landon — sibilei, sentindo minhas bochechas esquentarem. — Você é muito convencido.

— Eu sei.

— Ah, vai à merda, Landon — arfei, totalmente frustrada e envergonhada com a conversa dele.

O restante da manhã continuou com comentários grosseiros e olhares esquisitos por parte de Landon, o que me deixou bem desconfortável. Parecia que eu tinha entrado em uma realidade paralela e não conseguia encontrar uma forma de sair de lá.

Quando chegou a hora de comer, Eleanor me pediu que chamasse todo mundo.

— Os rapazes estão no escritório do Grey. Vai lá avisar que a comida está pronta.

Fui até lá chamar todo mundo. Quando toquei na maçaneta para abrir a porta, parei ao ouvir uma conversa.

— Só estou dizendo que eu poderia fazer a Shay se apaixonar de novo por mim se quisesse, mas não quero. Tenho mais o que fazer com o meu tempo — avisou Landon, apunhalando meu coração.

— Duvido muito, cara. Aposto que você não consegue. Ela já te esqueceu — acrescentou Hank.

— Estou com o Hank — disse Greyson. — Ela não vai voltar para você.

— Vamos colocar dinheiro nisso — disse Landon. — Aposto dois mil que consigo fazer a Shay se apaixonar por mim de novo nos próximos três meses.

— Calma aí. Nem todo mundo tem uma empresa de uísque ou é um ator famoso. Alguns de nós são pobres. Aposto cinquenta pratas. Esse é o meu limite — acrescentou Hank, e minha irritação estava nas alturas.

Eles estavam mesmo fazendo uma aposta sobre mim como se nós estivéssemos na escola? Não havia a menor chance de eu participar de uma coisa dessas de novo.

Entrei de supetão no escritório, pronta para passar um sermão neles pelo comportamento infantil, mas parei ao ver inúmeros papéis espalhados por todo canto. Havia folhas penduradas no teto, como estrelas no céu. Folhas cobrindo o chão e as estantes. Centenas e centenas de papéis pelo cômodo inteiro.

Fiquei olhando para os três, que sorriam de orelha a orelha.

— O que está acontecendo? — perguntei, olhando para eles e seus sorrisos bobos.

— Acho que vamos deixar o Landon responder — disse Greyson, enquanto ele e Hank saíam correndo do escritório, fechando a porta.

Meu coração martelava no peito, como se estivesse prestes a pular para fora do meu corpo.

— O que é tudo isso?

— Somos nós — respondeu ele, enfiando as mãos nos bolsos e vindo até mim. — Bom, pelo menos sou eu falando com você. Tem mais de três mil folhas. Três mil cartas que escrevi para você. Três mil páginas do meu amor por você.

Peguei um papel do chão, sem entender o que ele estava falando. Meus olhos passaram pelas palavras, e lágrimas começavam a se formar nos meus olhos.

8 de janeiro de 2008

Chick,

Hoje foi difícil. Não estou conseguindo dormir e queria te ligar. Acho que nem meu número você deve ter mais... Eu queria te abraçar, mas sei que não tenho mais esse direito. Minha mente anda pesada ultimamente, e a única forma de aliviar a tensão é pensando em você.

Penso no seu sorriso. Na sua risada. Na sua covinha. Na sua bondade.

Sempre que me sinto atordoado, penso no seu coração.

Ele sempre acalma as batalhas dentro da minha alma.

Sinto sua falta.

Acho que sempre vou sentir.
A Raine me disse que você está feliz. Então também estou.

— *Satanás*

Peguei outras cartas, meus olhos correram pelas páginas como se eu fosse uma viciada que precisava da próxima dose

3 de fevereiro de 2010

Feliz aniversário, chick.
Espero que seu dia seja ótimo.

— *Satanás*

E outra.

12 de julho de 2014

Chick,
Sei que é idiotice continuar escrevendo essas cartas, mas, depois de tanto tempo, já virou um hábito. Isso me ajuda a entender meus pensamentos, e minha terapeuta diz que qualquer coisa que mantenha minha cabeça no lugar vale a pena. Então continuo escrevendo para você. Só para você.
Ontem à noite quis muito sonhar com seus olhos.
Odeio saber que eles estão se esvaindo da minha memória.

— *Satanás*

E outra...

31 de agosto de 2019

Chick,
Na festa do uísque, você disse que me odiava.
Detestei querer dizer para você que ainda te amo. Que ainda sinto que você é meu lar. Que a época mais feliz da minha vida

era quando eu estava nos seus braços. Entendo você me odiar
Eu, no seu lugar, também me odiaria pelo que fiz.
Mas meu amor por você continua aqui, forte no meu peito
Eu te amo vezes dois. Acho que isso nunca vai mudar.

— Satanás

— Você... você escreveu para mim todos os dias durante uma década? — perguntei com a voz embargada, tomada pelo choque ao perceber que nunca havia saído dos pensamentos de Landon.

Das palavras que ele havia criado apenas para mim.

— Escrevi. Chegou um ponto em que eu devia ter parado, mas não consegui. Parecia que, se eu parasse de escrever minhas cartas, perderia você de verdade, e nunca quis que isso acontecesse. Nunca quis abrir mão de você.

Fui até ele, abrindo caminho entre suas histórias, e segurei suas mãos. Levei-as ao meu peito e balancei a cabeça.

— Meu coração não funciona do jeito que deveria funcionar. Tenho medo de te amar, porque isso significa que posso te perder de novo, Landon, e isso me deixa apavorada.

— Eu sei. Sei o quanto isso te assusta, porque me assusta também. Tenho pavor de estragar tudo. Tenho pavor de destruir a melhor coisa que já aconteceu na minha vida por causa das minhas recaídas com a depressão, ou de cometer algum erro. Só que não aguento cogitar a possibilidade de deixar você ir embora de novo. A gente pode até ter medo, mas acho que vale insistir. Podemos ficar assustados, mas devemos honrar nosso amor mesmo assim. Precisamos lutar, Shay, porque não tem outro jeito. Nunca vai haver mais nada nem ninguém para você. Você é a minha história. Você é a minha última página. Você é minha última palavra.

Puxei o ar com ímpeto e o soltei devagar.

— E se eu demorar muito para descobrir como não sentir medo?

— Lembra o que você me disse quando éramos mais novos? Você me falou que eu podia levar o tempo que precisasse, ir no meu ritmo. Lembra? Preciso que você faça isso agora, mas vou estar aqui esperando, pronto para te segurar caso você ameace cair. Prometo que vou devagar com você, que nós vamos com calma para apreciar nosso amor, sem ter pressa e sem perder os momentos bonitos, a sua risada, o seu sorriso, o seu coração. Prometo dar um passo de cada vez no nosso romance, respirando cada fôlego com carinho e paixão. Prometo isso tudo, e me prometo por inteiro. Prometo *seré valiente, seré fuerte, seré amable, y quedaré*.

No instante em que ele disse essas palavras, as lágrimas começaram a escorrer pelo meu rosto.

Então eu o beijei.

Nosso beijo foi tão delicado e carinhoso que eu nem sabia se aquilo poderia ser considerado de fato um beijo. Mas, quando meus lábios tocaram os dele, o tempo parou.

— Desta vez é para sempre? — sussurrei contra sua boca.

— Desta vez é para sempre. Nem imagino passar mais um dia sem você ao meu lado. Eu te amo, Shay. Eu te amo mais do que consigo explicar e vou passar o resto da minha vida compensando todas as memórias que não criamos juntos. Isto — disse ele, me puxando para o seu peito. — Você, eu, nós. Isto é só o começo da nossa história linda, e mal posso esperar para ver o que mais vamos escrever nas nossas páginas.

— Vai ser a melhor história do mundo.

Ele apoiou a testa na minha, me segurando como se não fosse me soltar nunca mais.

— Eu te amo vezes dois — disse ele, me dando um beijo suave.

— Eu te amo vezes dois — repeti.

E vezes três, vezes quatro, vezes o infinito.

Epílogo

Shay
Três anos depois

— Tudo bem aí? — perguntou minha mãe, enfiando a cabeça no provador.

Meu coração batia disparado enquanto eu me encarava no espelho. O vestido no meu corpo era tudo que eu havia sonhado. Era o primeiro vestido que eu tinha provado, e, no mesmo instante, eu sabia que era ele. Mesmo assim, Raine e Eleanor insistiram para que eu provasse outros modelos.

— Você nunca deve se contentar com a primeira opção, porque sempre tem alguma coisa melhor ainda por vir — explicou Raine. — Além do mais, este é meu primeiro dia de folga do Jameson em três anos, então preciso que você demore um pouco mais a escolher para que eu possa ficar bêbada de champanhe grátis.

Depois do sétimo vestido e de Raine já estar alegrinha de champanhe, voltei para o modelo original que tinha sido amor à primeira vista.

Às vezes, a primeira opção é a melhor.

Isso valia para o vestido e para o homem com quem eu me casaria em alguns meses.

Nos últimos três anos, eu e Landon tínhamos nos dedicado a fazer nossa história de amor crescer. Havíamos aprendido mais sobre os altos e baixos um do outro. Apesar de eu não sofrer de depressão como

Landon, havia dias, semanas e meses em que eu me sentia mal Eu tinha ondas de baixa autoestima e, sempre que elas chegavam, Landon ficava ao meu lado. Demorei um tempo para conseguir confiar na nossa relação. Eu lutava contra os pensamentos antigos que poluíam minha mente, e o medo às vezes se infiltrava no meu coração, me fazendo acreditar que tudo era bom demais para ser verdade. Que, um dia, Landon perceberia que estaria melhor sem mim. Que eu não era suficiente.

Nesses dias, nessas semanas e nesses meses, Landon se aproximava ainda mais de mim. Seu amor se tornava uma arma contra minhas dúvidas e ele as derrotava ao fazer com que eu me lembrasse das nossas verdades. Que nosso amor era forte. Que nosso amor era verdadeiro. Que não importavam as tempestades, o sol sempre brilharia na nossa história, porque ela havia sido construída com base em verdades.

Quando ele me pediu em casamento, eu disse o "sim" mais fácil da minha vida.

— Acho que é este. — Eu me virei para minha mãe com os olhos marejados de lágrimas. — Este é o vestido que quero usar para me casar com o Landon.

Os olhos dela estavam radiantes.

— É perfeito. Simplesmente perfeito.

Os últimos três anos foram a fase mais feliz da vida da minha mãe. David havia cumprido sua promessa e demonstrado seu amor por ela de todas as formas possíveis. Fazia mais de dois anos que os dois estavam casados, e felizes, e eu nunca tinha visto um amor tão íntegro.

No fim das contas, nem todos os homens eram maus — alguns queriam que a mulher de sua vida fosse apenas feliz.

Quando Mima me viu com aquele vestido ali no provador, seus olhos se encheram de lágrimas.

— Nossa, é esse mesmo, né? Eu soube disso na primeira vez que vi você nele.

— Sim. É este.

Concordei com a cabeça, passando os dedos pelo tecido de cor creme. Era um vestido de princesa, coberto de renda e cristais.

Mima veio em minha direção segurando um envelope grande e o entregou para mim.

— Fui orientada a te entregar isso quando você tomasse sua decisão. Vem, Camila. Vamos deixar a Shay sozinha por um instante.

As duas saíram do provador, e eu rasguei o envelope.

Lá dentro, havia um caderno com algumas balas.

Balas de banana.

Meus lábios se curvaram em um sorriso quando abri o caderno e comecei a ler o que estava escrito nas páginas.

Chick,

Hoje é o dia em que a mulher dos meus sonhos encontrou o vestido dos sonhos dela. Você encontrou o vestido que vai usar a caminho do altar para me dar meu final feliz. Eu não acreditava em histórias de amor até você entrar na minha vida. Não acreditava em romance nem em finais felizes, nem em nada que tivesse um pingo de vida.

Você mudou tudo isso para mim. Você me levou a um novo mundo, cheio de crenças. Você me fez acreditar no amor verdadeiro, e não tenho palavras para te agradecer por isso.

Queria dizer que você mudou minha vida para melhor, que, sem você, não existe um lar.

Você é a definição de força e amor. Não apenas de amor pelos outros, mas por si mesma. Foi uma honra observar você se tornar a mulher forte que é hoje. Você luta pela sua felicidade em todos os aspectos da sua vida e me inspira a ser uma pessoa melhor. Você me incentiva a ir atrás dos meus sonhos sem me preocupar com a opinião dos outros. Você acalma a tempestade dentro da minha cabeça. Quando estou perdido na zona de guerra, você tranquiliza minha mente.

Você é minha alma gêmea, meu coração, meu amor de conto de fadas, e não sei nem explicar o quanto você me tornou uma pessoa melhor.

Quando você caminhar até o altar nesse vestido lindo, saiba que estarei te prometendo a minha eternidade. Estarei te prometendo meus altos e baixos. Estarei te prometendo que vou me dedicar à sua felicidade. À minha felicidade. À nossa felicidade.

Houve uma época da vida em que eu não achava que chegaria aos trinta anos. Eu vivia com uma nuvem escura pairando sobre mim, e parecia que ela não iria embora nunca. Então você chegou e me iluminou. Você me levou para um lugar onde aprendi a fazer as pazes com meus demônios, sem precisar me proteger de tudo, mas me incentivando a desejar algo melhor para mim mesmo. A buscar uma oportunidade de ter a melhor vida possível.

Você me salvou.

Todo dia, você salva a minha vida.

Eu te amo vezes dois. Agora e para sempre. Mal posso esperar para que você seja minha esposa.

Um salve à nossa história. Às nossas dificuldades, à nossa luz.

Obrigado por todas as palavras lindas que você me ofereceu ao longo dos anos.

Sou o homem que sou hoje por causa do seu amor.

— Satanás

P.S.: Você está tão linda hoje. Não precisa se preocupar, não estou espionando em um canto escondido. Mas eu sei que, não importa o que estiver no seu corpo, você estará sempre radiante. Espero que você consiga sentir meu amor hoje, mesmo de longe. Estou mandando ele para você.

Meus lábios se curvaram no maior sorriso do mundo, e senti meu coração batendo acelerado no peito. Certa vez, me apaixonei por um garoto lindo, complicado, que tinha um monte de problemas. Ele lutava contra seus demônios. Ele ia para a guerra todos os dias e voltava mais forte do que antes. E ele era meu.

Todas as suas feridas, todas as suas cicatrizes e todos os seus machucados eram meus.

E eu amava cada um deles.

~

Landon
Seis anos depois

— E o Oscar de Melhor Roteiro vai para... — O apresentador abriu o envelope devagar enquanto minha mão apertava a de Shay com força. — Steven Kane, por *Além*.

O salão inteiro aplaudiu Steven enquanto ele subia os degraus até o palco para receber sua estatueta. Eu e Shay o aplaudimos enquanto ele fazia seu discurso. O cara até chorou, o que era de se esperar. Ele já tinha sido indicado dez vezes e aquele era o primeiro Oscar dele.

Ainda assim, eu achava que tinha sido uma sacanagem e que minha esposa merecia mais que ele.

Shay tinha sido indicada para seu primeiro Oscar, e ela estava encarando a derrota da mesma forma que encarava todos os outros momentos da vida: com elegância e humildade. Ela bateu palmas para Steven, com um sorriso genuíno nos lábios, e era por isso que eu a amava tanto: porque ela sabia ficar feliz pelos outros. Ela entendia que o sucesso de Steven não a transformava em um fracasso. Ela sabia que, independentemente do que acontecesse, ela era boa o suficiente — ouvindo ou não isso de outras pessoas.

Ela nunca tinha aceitado minha oferta de tentar mostrar o trabalho dela para o mundo, mas, por incrível que parecesse, Sarah Sims acabou ajudando nesse quesito Anos antes, depois de Sarah ter falado no *Good Morning America* sobre o roteiro que Shay havia escrito, alguns agentes entraram em contato com ela perguntando se precisava de um representante. Era engraçado ver as voltas que o mundo dava — aquilo que parecia o fim dos sonhos de Shay tinha sido apenas o começo deles.

Desde então, ela havia trabalhado duro com sua nova agente, Maggie Estate, para realizar seus sonhos. Na primeira vez que assistimos a um filme dela no cinema, eu chorei pra caralho, porque estava muito orgulhoso. Ela era a personificação da perseverança. Ao longo dos anos, Shay tinha escutado "não" dezenas de vezes, mas nunca havia desistido, porque sua confiança em si mesma era maior do que a rejeição que ela via de outras pessoas.

— Um dia, alguém vai ter que dizer sim — ela sempre dizia. — Então agora não é hora de desistir.

Eu adorava isso nela — ela nunca desistia de nada. Ainda bem que Shay não desistiu de mim. Mesmo durante nossos piores dias, ela mantinha parte do seu coração aberto para nosso amor.

Eu vivia consumido pelas dúvidas, enquanto Shay tinha certeza de tudo. Foi ela que me ensinou a continuar respirando durante as fases difíceis. Ela havia me ensinado que cada segundo era uma chance de recomeçar. Sempre que eu caía, me lembrava de que era capaz de me levantar e começar de novo. E sempre que eu caía, Shay estava lá estendendo a mão para mim com seu amor, me ajudando a me reerguer.

Eu queria poder dizer que havia me curado da depressão, mas isso não era tão fácil. No entanto, aprendi a honrar meus momentos sombrios. A não os ignorar, e a ter conversas sinceras com meu desespero. De vez em quando, eu me permitia deixar aflorar meus verdadeiros sentimentos para lidar com meus problemas. Todo santo dia, eu analisava minhas caixas, e a parte mais linda disso era arrumar espaço para as coisas maravilhosas que entravam no meu mundo.

Três coisas, para ser exato.

Três coisas boas.

Shannon Sofia Harrison
Ava Maria Harrison
Lance James Harrison

Os três amores da minha vida.

Quando eu e Shay descobrimos que teríamos gêmeos, ficamos extasiados. Ava e Lance tinham completado cinco anos no último fim de semana e eram as crianças mais felizes do mundo. Os dois eram iguaizinhos à mãe — o farol que me mostrava o caminho de casa todas as noites.

Após a cerimônia de premiação, Shay e eu decidimos não ir à festa da *Vanity Fair*. Nossa comemoração particular nos aguardava em casa.

Quando chegamos à nossa casa em Los Angeles, um sorriso se espalhou pelo meu rosto, e os olhos de Shay se arregalaram de alegria.

— Você não fez isso — arfou ela, chocada.

— Fiz.

Parados na varanda da frente estavam todas as pessoas que amávamos, segurando um cartaz com os dizeres: "Você é nossa vencedora." Todo mundo tinha vindo para o grande evento. Todos os nossos amigos e parentes estavam ali para comemorar com nossa vencedora.

Lágrimas se formaram nos olhos de Shay ao ver nossos pequenos empunhando pequenos Oscars feitos à mão.

Quando saímos do carro, eles foram correndo até a mãe e a abraçaram.

— Estes são seus Oscars de verdade, mamãe — disse Ava, entregando a réplica de estátua para ela. — Os da televisão pareciam de mentirinha.

— É, mamãe. Aqui você ganha dois, diferente daquele programa chato — disse Lance, entregando o dele também.

Lágrimas escorriam pelo rosto de Shay, e ela beijou as bochechas dos nossos filhos.

— Estes são os melhores prêmios que eu já ganhei na vida.

Abraçamos todo mundo e abrimos garrafas de champanhe em homenagem à grande conquista de Shay. A noite seguiu cheia de risadas, alegria e amor. Olhei para minha casa e percebi que todos os meus sonhos tinham se realizado. Fama, dinheiro e sucesso não faziam diferença. Família, amor e felicidade, sim. Eu tinha essas três coisas em abundância na minha vida. Eu era o homem mais sortudo do mundo — com cicatrizes e tudo.

Todos combinamos de nos encontrar no dia seguinte para comemorarmos com um brunch.

No fim do dia, Shay foi para nosso quarto tomar banho e se preparar para dormir, e eu fiquei encarregado de colocar os pequenos na cama.

— Lê mais um? — Lance bocejou, já deitado.

— É, papai, mais um — pediu Ava, reproduzindo o bocejo de Lance.

Apesar de poderem ter os próprios quartos, os gêmeos estavam convencidos de que iriam querer dividir o mesmo espaço até terem cento e quatro anos. Nós estávamos ansiosos para ver como seria na adolescência.

Beijei os dois na testa.

— Hoje, não. Já lemos quatro livros, e passou da hora de vocês dormirem.

Os dois fizeram bico, mas eu não estava disposto a ceder. Na noite anterior, eu havia lido seis livros para eles. Shay dizia que eu era muito mole. Eu concordava completamente com ela. Não me surpreendia que as crianças gostassem tanto de histórias, levando em consideração que a mãe era uma das melhores contadoras de histórias de todos os tempos.

Tão boa a ponto de ser indicada a um Oscar.

Eu ainda estava convencido de que tinha sido injustiça ela não ter ganhado.

Apaguei a luz do quarto das crianças e fui para o meu quarto, pronto para cair na cama com uma esposa exausta.

Ela já estava quase dormindo quando me deitei ao seu lado. Então lhe dei um beijo sua testa e puxei seu corpo contra o meu. Ela se derreteu nos meus braços como se seu coração tivesse sido feito para se encaixar no meu.

— Estou tão feliz — sussurrou ela, roçando os lábios nos meus.

— Eu também.

Feliz pra cacete.

Ela bocejou e se aconchegou mais em mim. Seus olhos estavam fechados, o sono começava a dominá-la, mas sua boca se abriu para me fazer baixinho a pergunta mais importante da minha vida.

— Como está o seu coração?

— Completamente preenchido — respondi.

E esse meu coração? Esse coração machucado, ferido, magoado que ficava dentro do meu peito? Ele bateria por ela para sempre e por toda a eternidade.

Este livro foi composto na tipografia ITC Berkeley
Oldstyle Std, em corpo 11,5/16, e impresso em
papel off-white no Sistema Cameron da
Divisão Gráfica da Distribuidora Record.